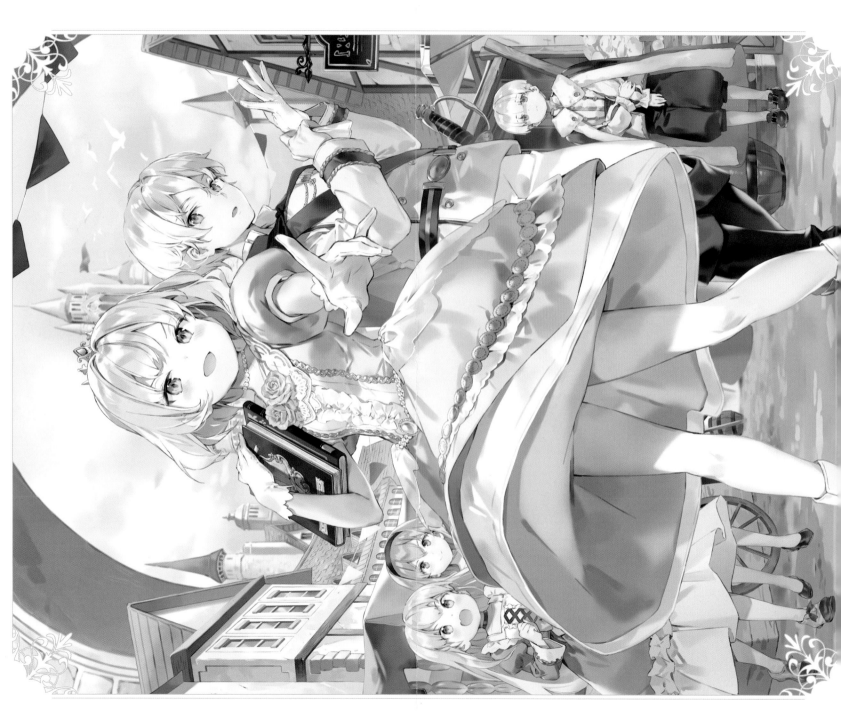

제국이야기 티어문

단두대에서 시작하는 황녀님의 전생 역전 스토리

TEARMOON
EMPIRE STORY
WRITTEN BY
NOZOMU MOCHITSUKI

VIII

모치츠키 노조무 지음

Gilse 일러스트

선크랜드 왕국
Sunkland Kingdom

왕도

기마 왕국
Kingdom of Cavalry

세인트 노엘
학원

노엘리쥬 호수

공도

왕도

성 베이르가 공국
Principality of Saint Veirga

렘노 왕국
Remno Kingdom

변경지

N

미개척지

루돌폰 변경백가

세로

티오나의 남동생. 우수하다.
추위에 강한 밀을 개발했다.

티오나

변경백의 장녀.
미아를 학우로서 좋아한다.
이전 시간축에서는 혁명군을 주도했다.

✤ 선크랜드 왕국 ✤

키스우드

시온 왕자의 종자.
시니컬한 성격이지만
실력이 좋다.

시온

제1왕자. 문무겸비의 천재.
이전 시간축에선 티오나를 도와
훗날 단죄왕으로 이름을 떨친
미아의 원수.
이번 삶에선 미아를
'제국의 예지'로 인정하고 있다.

[바람 까마귀] 선크랜드 왕국의
첩보대.

[백아(白鴉)] 어떤 계획을 위해 바람 까마귀 내부에
만들어진 팀.

✤ 성 베이르가 공국 ✤

라피나

공작 영애. 세인트 노엘 학원의
학생회장이자 실질적인 지배자.
이전 시간축에서는 시온과
티오나를 후방에서 지원했다.
필요하다면 웃는 얼굴로 살인할 수 있다.

[세인트 노엘 학원]

인근국의 왕후·귀족 자제가 모이는
엘리트 중의 엘리트 학교.

✤ 렘노 왕국 ✤

아벨

왕국의 제2왕자.
이전 시간 축에서는
희대의 플레이보이로 유명했다.
이번 삶에선 미아를 만나 진지하게
검 실력을 단련하기 시작했다.

[포크로드 상회]
클로에

여러 나라에서 활동하는
포크로드 상회의 외동딸.
미아의 학우이자 독서 친구.

혼돈의 뱀

성 베이르가 공국과 중앙정교회를 적으로 보며
세계를 혼돈에 빠뜨리려고 하는 파괴자 집단.
역사의 그늘 속에서 암약하지만, 상세는 불명.

티어문 제국

미아

주인공.
제국의 유일한 황녀이자
제멋대로 굴던 황녀.
하지만 사실은 그냥 소심할 뿐.
혁명이 일어나 처형당했지만
12세로 회귀했다.
단두대 회피에 성공했지만,
벨이 나타나서는……?!

← 손녀와 할머니 →

미아벨

미래에서 시간을 거슬러온
미아의 손녀딸, 통칭 '벨'.

사대 공작가

루비

레드문
공작가의 영애.
남장 미인.

슈트리나

옐로문 공작가의
외동딸.
벨이 사귄
첫 친구.

에메랄다

그린문
공작가의 영애.
자칭 미아의
절친.

사피아스

블루문 공작가의
장남.
미아 덕분에
학생회에 들어간다.

루드비히

젊은 문관. 독설가.
자신이 숭상하는 미아를
황제로 만들 생각이다.

안느

미아의 전속 메이드.
가족은 가난한 상가.
회귀 전엔 미아를 도와주었다.
이번 삶에서는
미아에게 충성한다.

디온

백인대의 대장으로,
제국 최강의 기사.
이전 시간축에서
미아를 처형한 인물.

원수

※ ——— 미래 시간축에서의 관계　　※ ………… 이전 시간 축에서의 관계

티어문 제국

니나
에메랄다의 전속 메이드.

발타자르
루드비히와 같은 스승 밑에서 배웠다.

질베르
루드비히와 같은 스승 밑에서 배웠다.

무스타
티어문 제국의 궁정 주방장.

에리스
안느의 동생으로, 리트슈타인가의 차녀. 미아의 전속 소설가.

리오라
티오나의 메이드. 삼림의 소수민족 룰루 족 출신. 활의 명수.

바노스
디온의 부관으로 티어문 제국군 백인대의 부대장. 체격이 좋다.

마티아스
미아의 아버지. 티어문 제국의 황제. 딸을 극진히 사랑한다.

아델라이드
미아의 어머니. 고인.

갈브
루드비히의 스승. 노현자.

루돌폰 변경백
티오나와 세로의 아버지.

기마 왕국

마롱
미아의 선배. 세인트 노엘 학원에서는 승마부 부장.

황람
월토마. 미아의 애마.

선크랜드 왕국

모니카
백아의 일원. 아벨의 종자로서 렘노 왕국에 잠입해 있었다.

그레이엄
백아의 일원. 모니카의 상사에 해당하는 남자.

상인

마르코
클로에의 아버지. 포크로드 상회의 수장.

샬로크
대륙의 각국에 다양한 상품을 판매하는 대상인.

렘노 왕국

린샤
렘노 왕국의 몰락 귀족의 딸.

란베일
린샤의 오빠.

페르쟝 농업국

라나
페르쟝 농업국의 제3왕녀. 미아의 학우.

아샤
라나의 언니로, 페르쟝 농업국의 제2왕녀.

STORY

붕괴한 티어문 제국에서 이기적인 황녀라 경멸받던 미아는 처형당한 뒤
눈을 뜨자 12세로 돌아가 있었다. 두 번째 인생에선 단두대를 회피하기 위해
제국을 바로잡고자 동분서주. 과거의 기억과 주위의 착각 덕분에 혁명 회피에 성공한다.
그러나 미래에서 나타난 손녀 벨을 통해 생각지 못한 핏줄의 파멸과 자신이 암살당한다는 사실을 알게 된다.
회피하기 위해서는 제국 최초의 여성 황제가 될 필요가 있는 모양인데……?

제4부
그 달이 인도하는 내일로 Ⅱ

THE TOMORROW THE MOON LEADS

제1화 유하르 왕의 의뢰

"……어라? 제게 수확 감사의 춤을 춰 달라고요?"

갑작스러운 제안에 미아는 어리둥절해서 고개를 갸웃거렸다.

그곳은 페르쟝 농업국의 성, '케이크 성'의 귀빈실.

어젯밤 유하르 왕과의 식사, 그리고 대상인 샬로크와의 대결을 거쳐 우선 당면한 문제를 해결한 미아는 여유롭게 하루를 보내려고 했다. 만……

그때 찾아온 페르쟝의 왕녀, 라냐는 입을 열자마자 이렇게 말했다.

"미아 님, 저희와 함께 수확 감사의 춤을 춰주실 수 있을까요?"

어째서인지 진지한 얼굴로 그렇게 말하는 라냐에게 미아는 무심코 고개를 갸우뚱 기울였다.

"하지만 그건…… 페르쟝의 왕녀에게만 허락된 행위 아니었던가요?"

수확 감사제의 제례무를 신에게 바치는 건 백성을 이끌고 수확을 지휘하는 페르쟝의 왕녀가 해야 할 일. 그렇다고 들었는데? 하며 미아는 고개를 갸웃 갸웃 까딱였다. 하지만……

"보통은 그렇지만, 사실 '마레비토의 춤'이라고 손님을 초청해서 추는 춤이 있습니다. 귀한 손님이 계실 때 추는 특별한 춤인데……"

"흐음……"

미아는 팔짱을 끼고 작게 신음했다.

──그렇군요. 확실히 이웃에 있는 대국인 티어문의 황녀가 왔으니 귀한 손님에 해당하는 걸까요……?

일단 이유는 이해할 수 있었으나…….

"하지만 제가 출 수 있을까요? 어떤 춤인지 모르는데요…….

"미아 님이시라면 괜찮습니다. 이전에 조언을 받았던 춤의 스텝이니까요……."

"아, 그런 적도 있었죠……."

춤(만)은 특기인 미아는 이전에 라냐에게 상담을 받은 적이 있다.

매년 감사제에서 수확 감사의 춤을 취야 하는 라냐였으나, 박자 감각이 절망적으로 없었기 때문이다.

그때는 참 고생했다며 추억에 잠기는 미아였다.

"게다가 미아 님께서는 예정보다 일찍 오셨으니까요. 연습할 시간은 충분하다고 봅니다."

축제는 일주일 뒤이니, 그때까지는 넉넉하게 연습할 수 있다.

"흐음, 뭐, 그런 것이라면……."

춤(만)은 특기인 미아는 동작을 외우는 것에 딱히 불안이 없었다.

게다가 타티아나에게서도 운동하라는 말을 들었다.

──축제에서도 분명 많이 먹을 테니까, 춤을 연습하며 소모해 두는 게 중요하죠.

그 순간, 미아는 떠올렸다.

"그래요. 저기, 라냐 양. 그 춤 연습에 벨도 참여시켜도 괜찮을까요? 실제 무대에 올려달라고는 하지 않을 거지만요……."

미아와 마찬가지로 페르쟝에 온 뒤로 이것저것을 아주 많이 먹은 벨이었다.

운동시키지 않으면 샬로크처럼 될지도 모른다…….

"네. 괜찮습니다. 으음, 벨 양은 미아 님의 친족, 이셨죠?"

"네, 소…… 아니. 동생입니다."

순간 머뭇거리는 미아. 그 후에 나온 동생이라는 단어. 그것으로 모든 것을 알아차렸다는 양 라냐는 고개를 끄덕였다.

"알겠습니다. 티어문의 황실과 연이 있는 분이라면 오히려 무대에 오르셔도 괜찮을지도 모르죠."

"……네? 어, 미아 언니. 저도요?"

방의 중앙. 기둥과 기둥 사이에 걸린 해먹에 누워있던 벨이 놀라서 펄쩍 일어났다가…….

"꺄악!"

그대로 추락했다…….

어젯밤, 샬로크의 병실에서 돌아온 미아는 해먹에 누워서 행복하다는 듯이 잠든 벨의 모습을 발견했다.

"……더는, 못 먹겠어요, 미아 언니."

그런 잠꼬대를 하며…… 참으로 만족스러워하는 미소를 짓고 있다.

문득 잠옷이 위로 말려 올라가 귀여운 배꼽이 빼꼼 고개를 디민 것이 보였다.

"저런……. 대국의 황녀로서 안될 모습이로군요……."

참고로 미아의 잠버릇은 그리 나쁘지 않다. 때때로 실수해서

안느의 침대에 누워버리는 정도다. (……괴담 등을 들었을 때)

어쨌거나, '정말 누굴 닮은 걸까요……' 하고 중얼거리면서도 미아는 벨의 옷을 내려주려고 했다가…… 깨달았다.

그 귀여운 배가 조금 부풀어 있다는 것을!

"……이렇게 맛있는 건, 먹어본 적이, 없어요. 에헤헤, 얼마든지, 들어가요."

타이밍이 좋게 벨의 잠꼬대가 들렸다.

아아, 이 아이도 자신과 마찬가지로 끔찍하면서도 감미로운 저주를 이어받은 것이다.

맛있는 음식은 무한으로 먹을 수 있다는 저주……. 장래에 몸을 좀먹는 악마의 저주다.

하지만 지금의 미아는 그 저주를 회피하는 방법을 알고 있다.

그것은 운동이다! 규칙적인 생활이다!

"벨에게도 운동을 시켜야겠어요……."

그런 사명감에 불타오르던 미아에게 라냐의 제안은 나이스 타이밍이었다.

"벨, 맛있는 것을 먹은 만큼 제대로 운동해야만 한답니다. 저와 함께 춤을 연습하세요."

미아의 말을 들은 벨은 폴짝 일어났다. 그리고는 씩씩하게 말했다.

"네, 알겠습니다! 미아 하, 언니가 그렇게 말씀하신다면 저도 연습 열심히 하겠습니다."

참으로 말을 잘 듣는 벨이었다.

"아, 하지만 이제 축제까지 시간이 없으니 루드비히 선생님과 하는 공부 시간을 줄일 필요가……."

참으로 약삭빠른 벨이었다.

"……그건 남겨두세요. 나중에 울면서 후회하게 될걸요?"

"으윽. 미아 언니, 역시 악독해요……."

바로 울상이 되는 벨을 보며 미아는 작게 한숨을 쉬었다.

──이 아이는……, 아바마마 정도라면 간단하게 손바닥 위에 놓고 굴릴 수 있을 것 같아서 미래가 무서운데요……. 마성의 여자란 이런 걸 말하는 걸까요……?

조금 복잡한 기분이 드는 미아였다.

제2화 미아 황녀, 춤에 몰두하다!

라냐에게서 요청을 받은 미아는 바로 수확 감사무의 연습을 시작했다.

페르쟝의 춤은 두 손에 나루코라 불리는 목제 타악기를 들고 그걸 딱딱 울리면서 리드미컬하게 춘다.

그리고 미아는 가르쳐준 춤을 거의 완벽하게 추었다.

물이 흐르는 듯한 그 움직임은 넋을 놓게 될 정도로 아름답고, 마치 오랫동안 그 춤을 춘 장인처럼 능숙하다.

말할 것도 없이 춤은 특기인 미아이지만, 그것만은 아니고 노력의 산물이기도 했다.

왜냐하면…….

"미아 님께서 추실 춤은 간단하게 변형한 형태이니 안심해주세요. 정식판은 굉장히 어려워서……."

그렇게 말하며 배려를 보이는 라냐에게 미아 쪽에서 말해버리고 말았기 때문이다.

"어머, 저라면 괜찮은데요? 정식판이어도 상관없습니다."

이런 소리를…….

……할 수밖에 없었다……. 왜냐하면 미아의 바로 뒤에서, 벨이…….

"우후후, 미아 하…… 언니의 춤, 무척 기대돼요!"

잔뜩 들뜬 얼굴로 이렇게 말했으니까…….

미아로서도 손녀의 순수한 존경심이 기쁘지 않을 리 없었기에 무심코 저지르고 만 것이다. 정시판이어도 상관없다고…….

"흐흥, 제 멋진 춤을 똑똑히 지켜보시죠!"

심지어 이렇게 자만심으로 넘쳐나는 소리까지 하고 말았다. 하지 말지…….

그렇게 당당하게 선언해놓고 실패할 수도 없었다. 그래서 연습하지 않고 여유를 부릴 수 있을 만큼 미아의 심장은 튼튼하지 않다. 미아의 심장은 아주 소심하다.

그리하여…… 본 무대에서 실수하는 꿈을 꾸고 가위에 눌리면서도 미아는 열심히 연습했다. 연습에 연습을 거듭하고 또 연습했다.

미아의 공부법은 물량작전이지만, 미아의 춤 연습법 또한 물량이 생명이다.

아무튼 많이 춰서 동작이 몸에 배게 만드는 것이다.

그렇게 완전히 춤을 마스터한 미아가,

"앗, 벨. 거기 틀렸습니다. 거기는 좀 더 이렇게, 두둥실한 뒤에 부우웅 돌아서 팟 쉬는 거예요……."

이와 같이 천재적인 교수법으로 벨을 지도하고 있을 때 찾아온 사람이 있다.

"오랜만입니다, 미아 님."

"어머나, 클로에. 당신도 왔었군요……."

오랜만에 보는 독서 친구의 얼굴에 저도 모르게 미소 지은 미아였다.

"하지만…… 타티아나 양과 같이 오다니, 독특한 조합이네요."

미아가 작게 고개를 갸웃거렸다.

클로에와 나란히 나타난 사람은 타티아나였다. 최근에는 계속 샬로크를 간호하며 곁에 있었을 텐데…….

"콘로그 씨가 아버지와 대화하고 싶다고 하셔서요……."

클로에는 그렇게 말한 뒤 고개를 숙였다. 한눈에 봐도 걱정이 가득한 클로에의 모습에 미아는 부드럽게 미소 지었다.

"괜찮습니다. 제가 단단히 말해두었으니까요!"

미아는 의기양양하게 가슴을 폈다.

"그렇죠? 타티아나 양."

"네. 샬로크 님께선 미아 님과 대화하신 뒤로 크게 변하셨습니다."

그렇다. 샬로크는 그날 이후 완전히 얌전해지고 말았다. 물론 몸의 회복을 우선하는 것도 있을 테지만.

──우후후, 제가 푹 꺾어준 것이 효과를 본 거죠. 마음을 독하게 먹은 보람이 있어요!

마음에 독버섯을 피워낸 미아는 고개를 주억거렸다.

"게다가 타티아나 양이 약을 만들어드렸답니다."

그렇게 말하며 미아는 음흉한 미소를 지었다.

──타티아나 양도 제법이에요……. 샬로크 씨를 건강하게 만드는 것만이 아니라, 그걸 기회 삼아 성격도 교정하다니……. 우후후, 피가 매끄럽게 잘 도는 약……, 대단한 수완이라니까요!

피가 끈끈하면 성격이 급하고 금방 화를 낸다는 유언비어를 굳게 믿어 의심치 않는 미아였다.

"그러니 이제 괜찮습니다. 분명 나쁜 짓은 하지 않을 거예요."

'아마 사과하려는 게 아닐까요……?' 같은 예상을 하는 미아였다. 하지만…… 미아는 전혀 모르고 있었다.

거기서 사과 이상의…… 아니, 엉뚱한 대화가 오가려 하고 있다는 것을…….

"크게 고생하셨군요, 샬로크 씨."

샬로크 콘로그의 병실을 찾아온 마르코는 그 모습을 보고 놀랐다.

"아아, 포크로드 상회의 마르코 씨. 이런 모습으로 실례합니다."

쓴웃음을 짓는 그 얼굴은 조금 야윈 것처럼 보이기도 했지만…… 무언가 허물을 한 꺼풀 벗은 것처럼 독기가 빠진 모습이었기 때문이다.

"예정했던 장사도 전부 결렬되고 말았습니다."

"그런 것 치고는 기분이 좋아 보입니다만……."

"하하……. 사선을 넘나들다 보니, 뭐라고 해야 할까……. 많은 생각을 해서 말입니다……."

그러더니 샬로크는 마르코 쪽을 똑바로 바라보았다.

"마르코 씨에게도 큰 폐를 끼쳤습니다. 사과를 받아들여 주실 수 있을까요?"

뜻밖에 순순히 나오는 사과에 마르코는 말문이 막혔다.

──정말 다른 사람이 되어버린 것 같군……. 이런 말은 조금 그렇지만, 오히려 수상할 정도야…….

마르코는 쓴웃음을 지으면서도 어깨를 으쓱했다.

"어디까지나 장사 상의 경쟁이니 사과받을 일도 아니지만……. 미아 황녀 전하께 무언가 말씀을 들으셨습니까?"

"그렇…… 죠. 길을 제시해주셨다고 해야 할까……. 지금 이대로 돈만 추구하며 살아가다가 죽는다면 분명 후회할 것이라는 게 눈앞에 들이닥치니……. 나잇값도 못 하고 조급해졌습니다. 무언가를 해야만 한다고……."

"그렇군요……."

마르코의 내면을 신선한 놀라움이 휩쓸었다.

강압적이고 돈벌이만 생각하는 수법으로 유명했던 샬로크를 이렇게까지 바꿔놓을 수 있었던 미아 루나 티어문이라는 존재…….

──그래, 클로에도 바뀔 만 하구나. 아니, 클로에만이 아니라 나도…….

미아의 빵·케이크 선언과 대륙 전역을 기근에서 구한다는 계획(이라고 마르코가 멋대로 믿고 있는……), 거기에 자신이 협력할 수 있는 부분이 있지 않을까. 어느새 마르코는 그렇게 생각하게 되었다.

상인으로서 자신의 노하우를 지금에야말로 살릴 때가 아닌가…… 하고…….

"음? 왜 그러시죠?"

"아뇨. 그런 것이라면…… 샬로크 씨, 마침 좋은 이야기가 있습니다. 아, 이건 황녀 전하께서 직접 말씀하신 것은 아니고, 어디까지나 제 예상입니다만. 미아 님께서는……."

이렇게 온갖 계획이 결실을 맺으며 페르쟝의 수확제가 시작되었다.

제3화 새벽의 연무(演舞)

페르쟝의 수확 감사제는 저녁에 시작해서 밤새 열리는 성대한 축제다.

왕도, 오로 알데아의 중앙에 위치한 광장에 세워진 제단. 그곳에 미리 보관해두었던 햇밀을 바치며 축제를 시작한다.

그것은 제사와 연회가 일체화한, 떠들썩한 행사였다.

그런 와중에…… 미아는…….

"아아, 이 타코스는 정말로 맛있어요. 매콤한 맛이 버섯에 이렇게 잘 어울릴 줄은 몰랐다니까요! 버섯은 버섯만 먹어도 맛있지만, 다른 식재와 함께 먹어도 맛이 두드러지는군요. 참으로 심오해요."

감동에 젖어 부르르 떨고 있었다.

얇은 생지로 감싼 타코스의 안쪽에는 아삭아삭한 잎채소와 붉은색의 매콤한 소스, 여기에 미아가 사랑하는 버섯. 촉촉한 생지와 채소의 아삭함, 버섯의 꼬드득한 식감이 만들어내는 삼중주에 미아의 혀가 춤을 췄다.

"아아, 맛있어요. 페르쟝의 풍부한 결실에 감사드립니다. 돌아가면 한동안은 먹지 못할 테니 기억 속에 똑똑히 새겨넣어야겠어요."

'아예 매년 놀러 올 수는 없으려나……?' 같은 생각을 하던 차에 라냐의 종자가 찾아왔다.

"미아 황녀 전하, 이제 슬슬……."

"흠……! 춤을 추러 갈 차례로군요! 벨, 가요."

미아는 당당하게 일어났다. 그 몸에서는 기합이 용솟음쳤다.

맛있는 버섯 요리를 먹은 미아의 기합은 무척 충만해져 있다.

──이렇게 맛있는 요리를 먹을 수 있었어요. 맛있는 버섯을
수확하게 해주신 신과, 요리를 만들어준 페르쟝의 여러분에게 느
끼는 고마움과 감동을 표현해야죠!

일단 건물에 들어간 미아는 그곳에서 마레비토 의상을 받았다.

마레비토 의상은 한 장의 옷감을 몸에 휘감아 끈으로 조이는,
조금 독특한 형식이었다. 아래쪽도 밑자락이 넓은 바지 비슷한
모양의 처음 보는 디자인이었다.

안느의 도움을 받아 바로 갈아입기 시작했으나…….

"으음, 이게 이렇게…… 어라?"

안느가 당황했다.

"낯선 의상이라 고전하는 건 어쩔 수 없죠, 안느. 신경 쓰지 말
고 천천히 해도 됩니다."

"네, 죄송합니다. 페르쟝 분에게도 도움을 받겠습니다……."

안느는 그렇게 말하며 밖으로 나갔다.

잠시 후 돌아온 안느는 라냐의 종자의 도움을 받아 제대로 옷
을 입혀주었다. 그 얼굴에 초조함은 없다. 못하는 것에 대한 열등
감도 없다. 대신, 해야 할 일은 하나하나 확인하면서 작업을 진행
했다.

그날, 타티아나처럼 되어야 한다고 말했을 때의 흔적은 이제

없다. 거기에 있는 건 조급해하지 않고 착실하게 기술을 연습하는, 여느 때와 같은 안느의 모습이었다.

이윽고 안느는 자신의 솜씨에 만족한 건지 고개를 크게 주억거리며 말했다.

"미아 님, 준비가 끝났습니다."

그 말을 들은 미아는 심호흡한 뒤…….

"고마워요, 안느. 그럼 다녀올게요."

싱긋 웃었다.

춤을 추기로 한 이들이 후방으로 물러나 준비하는 시간, 그것은 축제의 클라이맥스를 앞둔 잠깐의 휴식.

개시 직후 진수성찬과 술로 분위기가 가득 달아올랐던 연회에 찾아온 짧은 정적이었다.

"유하르 폐하……."

조용히 술잔을 기울이던 유하르에게 말을 거는 사람이 있었다.

"아아, 그대는 분명…… 미아 황녀 전하의……."

"티어문 제국의 금월청 소속인 루드비히 휴이트라고 합니다. 유하르 폐하. 잠시 시간을 내어주실 수 있겠습니까?"

루드비히는 그렇게 말한 뒤 무릎을 꿇었다.

"무례를 허락해주시기 바랍니다……."

본래 국왕인 유하르에게 일개 문관인 루드비히가 불쑥 말을 거는 것은 예법에 어긋난 행위이긴 하나…….

"오늘 밤은 축제의 밤. 왕도 백성도 모두 신께 감사를 바치는 날이자, 왕도 백성도 신 앞에서는 그저 인간에 불과하지. 마음대로 히기라."

"감사드립니다, 폐하."

그렇게 말한 뒤 루드비히는 유하르의 바로 옆에 앉았다. 그리고는 조용히 입을 열었다.

"폐하, 미아 황녀 전하께 수확 감사무를 의뢰하신 이유는 무엇입니까?"

갑작스러운 질문에 유하르는 딱히 기분이 상한 기색도 없이, 놀란 기색도 없이……. 조용히 잔을 흔들면서 대답했다.

"아니……. 그냥 변덕이다. 별다른 의미는……."

"혹여나 인사를…… 생각하고 계시는 게 아닙니까?"

루드비히의 날카로운 발언에 유하르는 눈썹을 들어 올렸다.

"흠, 역시 황녀 전하의 중신이로군. 간파당했나?"

장난기 어린 미소를 지은 유하르에게 루드비히는 거듭 물었다.

"백성들에게 미아 황녀 전하의 인상을 강렬하게 심어준다……. 그 의미는……. 혹시 페르쟝의 미래에 깊게 관련이 있는 것 아닙니까?"

"루드비히 경은 세인트 노엘 학원의 입학식에서 일어난 일을 알고 있나?"

유하르는 질문에는 대답하지 않은 채 반대로 물어보았다.

예의 빵 · 케이크 선언이라면 루드비히도 당연히 들었다. 그런데다 그는 미아가 세우고 있을 계획도 추측하고 있었다.

"그 선언을 현실화하기 위해서 필요한 것은…… 국경을 넘은,

기근을 대비한 조직을 구축하는 것이죠."

"그래. 그리고 그러한 조직에는 본거지가 될 장소가 필요하다. 또 여기에는 농업 지식과 당장 수송이 가능한 식량의 비축이 필요하지…… 그렇다면…… 우리 페르쟝의 땅이 입후보해도 괜찮지 않겠는가."

그것이야말로 유하르 왕이 그린 페르쟝의 미래였다.

그리고 동시에 그것은…….

"우리 페르쟝은 제국 자체와 신뢰 관계를 맺을 생각이 없다. 하지만 우리는 미아 황녀 전하를 신뢰하고, 그 장대한 계획에 협력하고 싶지…… 그러기 위한 포석으로서 백성들이 미아 황녀 전하의 모습을 익히게 만들고 싶었다."

그것이 유하르가 낸 대답. 케이크 성을 세운 백성이 향할 미래.

그렇기에 유하르는 중요한 연무에 참가해달라고 요청했다.

"그 이야기는 저희도 큰 관심이 있습니다."

불현듯 목소리가 들린 쪽으로 시선을 돌리자 그곳에는 두 명의 남자가 있었다.

샬로크 콘로그와 마르코 포크로드. 희대의 상인 두 명의 모습이다.

"콘로그 씨, 몸은 이제 괜찮은가?"

"아무렴요……. 이렇게 중요한 때에 누워있을 수도 없습니다."

그때였다.

딱, 따닥……. 웅성거림을 지우듯이 낭랑한 나무 소리가 들렸다.

"음, 이 이상 축제에 어울리지 않는 이야기를 할 수도 없지……."

뒷이야기는 추후에."

　이리하여 훗날 페르쟝의 새벽의 연무라 불리게 되는 소녀들의
춤이 시작되었다.

제4화 페르쟝의 새벽 ~케이크 성이 지향하는 곳~

딱, 따닥!
정적을 가르고…….
딱, 따닥!
밤의 공기를 흔들며…….
딱, 딱! 따닥!
춤이 시작된다.

바람에 춤추는 불꽃, 빛이 드리운 제단 위에 드러난 두 왕녀의 모습…….
그것은 아샤와 라냐 자매였다.
두 사람은 얼굴을 가린 얇은 베일을 나부끼며 바람에 흔들리는 밀 이삭처럼 제단의 주위를 우아하게 춤추었다.
어색함 없이 매끄러운 움직임에 그 자리에 모인 백성들은 포근한 미소를 지었다.
"라냐 님, 작년에는 조금 더…… 그, 좀 그런 느낌이셨는데……. 무척 능숙해지셨구나."
"정말로 잘 자라주셨어……."
마치 제 아이의 성장을 지켜보는 부모와도 같은 감상이 각자의 입에서 흘러나왔다.

빙글, 빙글. 제단 주위를 돌며 두 왕녀의 춤이 이어졌다.

그것은 여느 해와 다를 비 없는 풍경. 반가우면서도 어딘가 안심이 되는, 매년 보는 이 시기의 풍경이었다.

하지만 올해는 여기에 변화가 있었다.

따닥, 따닥, 따닥!

낯선 나무 리듬. 거기에 호응하듯이 어둠 속에서 딱, 따닥 하고 소리가 울렸다.

그쪽으로 시선을 준 사람들은 무심코 숨을 삼켰다.

거기에 선 인물과 그 사람이 걸친 의상에 사람들의 시선이 모여들었다.

마레비토의 의상. 그것은 머나먼 동방에서 온 여행객이 걸치고 있던 옷을 모방하여 만들어진 의상이었다.

옷감의 색은 쾌청하게 갠 하늘의 색. 길게 늘어진 소매에는 금사로 밀 무늬를 그려놓았다.

반짝반짝한 허리띠에는 발아로 시작하여 결실에 이르는 과일의 생육을 수놓았다.

그리고…… 그 옷을 입은 이는 백금빛 머리카락이 아름다운 황녀, 미아 루나 티어문이었다.

그 뒤에는 미아의 송자, 혹은 혈연인 걸까?

같은 머리색을 지닌 사랑스러운 소녀의 모습이 있었다.

두 사람은 호흡을 맞추고, 소리에 맞춰서…… 천천히 제단이 있는 곳으로 걸어갔다.

"그렇구나. 이번에는 제국에서 온 손님이 마레비토 춤을 추는 건가⋯⋯."

　태평하게 바라보고 있던 그들의 눈앞에서── 미아가 약동했다!

　제단 앞에 도착하자 리듬이 바뀌었다.

　'정적과 온화함'에서 일변하여 격렬한 낙뢰와도 같은 리듬으로. 그것은 환희의 리듬이었다.

　마레비토 춤은 먼 옛날, 페르장이 세워지기도 전인 고대의 전승에서 유래되었다.

　과거에 이 땅에 살던 농민들은 메마른 토지에 고통스러워했다. 그때 찾아온 여행객이 비옥한 토지의 존재를 가르쳐주고 인도했다고 한다.

　그때의 기쁨, 환희, 감사를 표현하는 것이 마레비토 춤이다.

　벨에게는 이 격렬한 리듬이 어려웠기에 필연적으로 미아가 중심이 되어 춤을 추었다.

　우수한 춤 실력을 자랑하는 미아가 넘치는 기합으로 스텝을 밟았다.

　──내년에도 부디 풍성한 수확을 맞기를. 맛있는 버섯을 듬뿍 길러내 주세요. 그리고 밀. 케이크에 필요하니까요. 아아, 과일도 물론이죠. 달콤한 과일을 한가득 수확하게 해주세요.

　이런 생각을 했더니 자연스럽게 춤에도 기합이 들어가게 되었다.

　가볍게 손을 들었다. 그 낭창한 움직임을 쫓아가듯이 소매가 부드럽게 허공을 날았다. 그것을 몸에 휘감듯이 몸을 반 바퀴 회전. 급정지한 뒤 반대 방향으로 회전.

　물이 흐르는 듯한 동(動)에서 완벽한 정(靜)으로. 그 자세는 손끝마저 아름다웠다. 다시 동(動). 완만하게 움직이기 시작하여 격정적인 불꽃 같은 움직임으로. 높이 들어 올린 다리를 내리찍고, 그 자리에서 작게 점프. 착지와 동시에 몸을 돌려 두 손에 든 나무를 따닥 울린다!

격정적이면서도 신성함마저 느껴지는 완벽한 춤에 사람들의 마음은 순식간에 매료되었다.

마레비토의 춤을 추는 것은 과거에도 몇 번 있었다. 하지만…… 하지만, 이토록 진심을 담아 열심히 춘 사람이 있었을까?

다들 적당히 간단하게, 외교상 무례하지 않을 정도에서 끝내려 하는 것을 이 미아 황녀는 자신들의 왕녀와 동등하게, 아니, 종종 그 이상으로 열심히 추고 있다.

자신들의 수확을 축하하기 위해 신성한 연무를 추고 있다.

──버섯. 버섯. 맛있는 버섯. 케이크와 과일, 타코스. 내년에도 가능하면 다른 사람들과 함께 먹고 싶어요.

……수확제에 어울리는 신성(?)한 소원을 가슴에 품고 춤추는 미아였다.

그런 미아에게 라냐가 다가갔다.

미아의 춤에 호응하듯 라냐의 움직임 또한 격렬했다. 미아에게 다가갔다가, 떨어졌다가, 마치 즐겁게 노니는 새처럼 두 사람은 경쾌하게 춤췄다.

웃는 얼굴로 즐겁게 춤추는 두 사람을 보며 사람들은 그날을 떠올렸다.

그날……. 두 사람이 손을 잡고 황금의 언덕을 올라왔던 날을.

제국의 황녀가 보여준 최대한의 경의 그리고 라냐와 함께 나란히 걷는 그 모습을…….

그리하여 사람들은 열광한다.

훌륭한 춤과 수확의 기쁨, 여기에 그날의 환희가 더해지자 그 열광은 예년과는 비교할 수 없을 정도였다.

이윽고 춤이 끝나도 사람들의 환호성은 그칠 줄 몰랐다.

그때……. 마침내 유하르 왕이 걸어 나왔다.

"올해의 수확을 신께 감사드립니다!"

"신께 감사드립니다!"

제단을 등지고 드높게 외치는 왕. 그 선창을 받아서 외치는 백성들.

"그리고 성심성의껏 우리와 마주 본 미아 황녀 전하에게도 감사드리고 싶구나."

유하르는 성취감에 젖은 얼굴로 안도의 숨을 내쉬고 있던 미아에게 걸어갔다.

"훌륭한 춤에 감사를 표하오. 미아 황녀 전하."

"아……. 아뇨, 보시기에 불편하지 않았다면 다행입니다."

미아는 눈을 빛내는 벨을 보며 조금 만족스러운 얼굴로 고개를 끄덕였다.

"그런데 미아 황녀 전하……. 며칠 전 질문의 답을 지금, 이 자리에서 드리고 싶은데…… 괜찮겠소?"

그렇게 말한 뒤 유하르 왕은 다시 백성들 쪽을 향해 고개를 돌렸다.

"그대들에게 부탁하고 싶은 것이 있다. 오늘의 광경을 기억해 주길 바란다. 며칠 전 황금의 언덕에서 본 광경을, 열광을, 감동을. 그 마음과 영혼에 새겨다오."

유하르 왕의 고요한 목소리가 울려 퍼졌다.

"그대들은 보았을 터. 여기에 계시는 미아 황녀 선하는 우리가 아는 제국의 귀족과는 다르다. 우리를 진지하게 마주 보고…… 예속이 아닌 신뢰 관계를 원해주셨다."

사람들의 입에서 '오오오!' 하며 놀라는 외침이 나왔다.

제국의 귀족에게서 속국이라는 둥, 농노라는 둥 멸시를 받은 그들에게 대등한 신뢰 관계라는 말은 무겁다. 그것이 설령 말뿐인 것이었다고 한들 제국 황녀의 입에서 나왔다는 것에 커다란 의미가 있었다.

그리고 그들은 알고 있다.

눈앞의 황녀, 미아는…… 계속 그 말을 증명하듯이 행동했다는 것을. 그렇기에 그 말은 결코 말뿐만인 약속이 아니라는 것을.

"따라서 나는…… 미아 황녀 전하와 신뢰로 인연을 맺길 원한다. 설령 제국의 귀족이 무슨 말을 한다고 해도 우리는 미아 황녀 전하를 신뢰한다. 황녀 전하는 결코 우리의 신뢰를 저버리지 않을 분. 따라서 우리 또한 황녀 전하의 신뢰를 저버리지 않는다. 여기에 모인 나의 백성들이여, 나의 동포들이여. 맹세를 청한다. 앞으로 얼마나 괴로운 순간이 온다고 해도 우리와 미아 황녀 전하의 신뢰는 절대 흔들리지 않으리라고……."

오오…… 와아아아……! 사람들의 입에서 터지는 환호성. 그것은 마치 파도처럼 퍼지며 이윽고 왕도, 오로 알데아를 뒤흔들었다.

페르쟝의 새벽이라 불리는 이날은 훗날 역사서에 적히는 중대한 날이 되었다.

이날이 페르쟝 농업국의 분기점이 되었기 때문이다.

페르쟝 농업국.

티어문 제국의 남쪽에 위치한 이 나라는 오랫동안 제국의 속국으로 간주되었다.

제대로 된 군대를 보유하지 않고, 군사적인 기능을 지닌 성이 없는 이 나라는 타국이 침공하면 단독으로 항전하는 것이 어려웠고……, 그렇기에 제국에 의존했다.

하지만 후대를 살아가는 사람들에게 페르쟝 농업국은 결코 농노의 나라가 아니었다.

사람들은 그 나라를 이야기할 때 경의를 담는다.

페르쟝 농업국……. 그곳은 기근에 대처하는 '국경을 초월한 상호 원조 시스템', 통칭 미아넷의 본부가 있는 장소이기 때문이다.

미아넷의 시작을 언제로 잡을지는 전문가 사이에서도 의견이 갈리고 있다.

정식 설립을 생각한다면 페르쟝의 새벽보다 3년 후에 여름이 다시 더위를 되찾았을 때이고, 그 원형이 되는 상호 원조 조약은 그보다 전이다.

그리고 전문가 중에는 이때, 이 수확 감사제야말로 미아넷의 시작이라는 설을 주장하는 자가 있다.

왜냐하면 미아넷의 중핵을 담당하는 인물들이, 그 본부가 세워지는 땅인 페르쟝 농업국에 모여서 만난 것이 바로 이때이기 때문이다.

미아넷의 대표로서 수완을 발휘한 클로에 포크로드.

신속한 식량 운송을 위해 상인들의 협력을 얻어내어 탄탄한 수송망을 확립한 마르코 포크로드와 샬로크 콘로그.

농업 지식 보급에 힘쓰고 대륙에 안정적인 생산체제를 확립한 라냐 타하리프 페르쟝.

그리고…… 대륙의 빈곤국을 중심으로 의료체계의 향상을 꾀한 성스러운 백의의 여신, 타티아나.

제국의 예지 미아 루나 티어문의 빵·케이크 선언 아래 모인 미아의 친구들은 기근과 역병을 근절하기 위해 노력했다.

그리고 페르쟝의 사람들은 여기에 전면적으로 협력했다.

케이크 성은 평화의 사자들이 오랫동안 본거지로써 사용하게 되지만…….

그것은, 조금 더 미래의 일이다.

성 미아 황녀전 「페르쟝의 새벽」 챕터에서 발췌

제5화 그것이 벨이 살아가는 길

——후우, 어젯밤에는 조금 과하게 먹었던 걸까요……?

덜컹거리는 마차의 진동을 느끼며 미아는 작게 한숨을 쉬었다.

수확 감사제로부터 이틀 뒤, 미아는 귀로에 올랐다.

세인트 노엘까지 돌아가면 바로 여름방학에 들어가기 때문에, 직접 제도 루나티어로 돌아갈 예정이다.

참고로 샬로크 콘로그와 마르코 포크로드 부녀는 페르쟝에서 해야 하는 거래가 있다며 조금 더 머무른다고 한다. 또 타티아나도 샬로크 곁에서 건강을 돌보겠다고 했다.

——세인트 노엘에는 클로에와 함께 돌아가겠다고 했으니 문제없겠죠.

페르쟝에 남은 멤버들 사이에서 무척이나 거대한 역사의 흐름이 만들어지고 있다는 것을 알 리가 없는 미아였다.

아무튼, 현재 마차에는 루드비히, 안느, 벨만 탔다.

라냐와 클로에, 타티아나가 없어지자 완전히 조용해지고 말았다.

"어쩐지 조금 쓸쓸한 기분이네요."

축제가 끝난 뒤의 뭐라 말할 수 없는 공허함을 느끼는 미아였다.

"타티아나 씨와 함께 한 여행은 무척 떠들썩했으니까요."

안느도 절절한 어조로 말했다.

"그렇죠. 무척 즐거웠어요."

과일따기, 왕도 오로 알데아의 케이크 성에서 보낸 나날, 연무

연습……. 하나하나가 여름의 추억이 되어 반짝반짝 빛나는 듯한 느낌이었다.

"네. 대단히 유익한 시간이었습니다……."

루드비히가 가볍게 안경을 밀어 올리며 말했다.

"가능하다면 소금 더 페르장에 남고 싶을 정도였습니다만……."

드물게도 그런 말까지 했다.

──어머나. 루드비히가 별일이네요. 여름의 추억 같은 것에는 관심이 없는 편인 줄 알았는데요…….

고개를 갸웃거리면서도 미아는 벨에게 시선을 던졌다.

"그러고 보면 벨도 잘됐네요. 올해 여름은 제도에서 보낼 수 있으니, 리나 양과 같이 놀 수 있잖아요."

작년에는 추가시험 때문에 울상이 되었던 벨이지만 이번에는 시험을 치러 돌아가지 않아도 된다. 물론 여름방학이 끝나면 지옥과도 같은 시험이 기다리고 있을 테지만, 찰나주의적인 태도로 사는 벨은 그런 건 신경 쓰지 않을 거라고 생각하며 말을 걸었더니…….

"저기…… 미아 언니. 저, 깨달았습니다."

벨이 오묘한 얼굴로 말했다.

"깨달았다고요? 흐음? 뭘 말하는 거죠?"

"돈으로 보답하는 것의 위험성이요."

그렇게 말하며 벨은 미아를 향해 똑바로 시선을 보냈다.

"…………흐음."

미아는 순간 무슨 소릴 하는 건지 의아해했으나, 당연히 그걸 입 밖에 내지 않았다. 팔짱을 끼고 우선 벨의 이야기를 듣겠다는 자세에 들어갔다.

"샬로크 씨. 그분은…… 돈의 마력에 사로잡혀서, 돈이 무엇보다 소중하다고 생각하고 길을 잘못 들어서고 말았죠. 일하는 것의 목적이 돈 자체가 되어버렸어요."

"네. 노동과 임금의 불균형은 사람들에게서 일하는 의욕을 빼앗습니다. 지나친 거금을 손에 넣은 자는 자칫 편하게, 많은 돈을 벌려고 생각하게 되죠. 적은 노동으로 많은 임금을 원하게 됩니다."

루드비히가 보충설명을 했다. 그 말을 받고 벨은 조용히 고개를 끄덕였다.

"그래서 안이하게 거금을 주면 안 되는 거죠. 그게 결과적으로 상대방을 불행하게 만들지도 모른다는 걸 잘 알았습니다."

그러더니 벨은 다시금 미아 쪽을 보았다.

"미아 언니는 계속 중요한 것은 돈이 아니라고 말씀하셨죠. 돈보다 더 중요한 것이 있다고 하시면서, 그대로 행동하셨어요."

그 말에 미아는 자신의 행동을 돌아봤다…….

──그렇군요. 확실히 돈이 전부가 아니라고 했었어요……. 샬로크 씨에게 복수하기 위해서였지만요.

손녀에게는 다소 알려주기 어려운 동기였다. 뭐, 그걸 솔직하게 말해버리는 미아도 아니지만…….

"혹시 직접 행동함으로써 제게 가르쳐주려고 하신 건가요? 제국 황녀로서의 자세를."

──네……? 제국 황녀로서의 자세……?

내심 고개를 갸우뚱갸우뚱 어리둥절한 미아였다. 심지어 몸도 거기에 영향을 받아서 살짝 고개가 기울었지만…… 미아는 그걸 얼버무리듯이 목을 움직였다.

그것은…… 마치 고개를 절절히 끄덕이는 듯한 움직임이었다!

"역시…… 그렇구나."

"벨 님. 외람되오나 미아 님께서는 자주 그렇게 행동하십니다. 하지만 때때로 그 속에는 이중, 삼중의 심오한 깊이를 갖고 있기도 하죠. 만약을 위해 틀렸는지 맞았는지 여쭤보시는 게 좋지 않을까 생각합니다만……."

루드비히가 안경을 쓱 밀어 올리며 말했다. 제국의 예지와 아주 오랫동안 함께했다는, 선배의 자부심이 넘치는…… 그런 어조였다.

"네, 알겠습니다. 루드비히 선생님."

벨은 깜빡 실수로 선생님이라고 불러버린 뒤 미아에게 말했다.

"미아 언니는, 제국의 황녀는 은혜를 입은 자에 걸맞게 살아가라고, 그렇게 가르쳐주신 거죠?"

벨이 가슴에 손을 모으고 살며시 눈을 감았다.

"그 연무. 그리고 제국과 페르쟝 사이에 맺어진 조약의 개정……. 새로운 관계 구축……. 그건 전부 페르쟝의 백성에게 은혜를 입은 자에 걸맞은 행동이었다고 생각해요. 잘 대해준 것을 잊지 않고, 그에 걸맞게 살아간다……. 미아 언니는 그걸 실천하셨어요."

맑고 깨끗한 눈동자로 바라보는 벨.

"…………? 아, 으? 아, 네, 무, 물론이죠. 오호호."

미아는 눈을 여기저기로 마구 굴리면서 대답했다.

"……하지만, 그래요. 결국은 그것밖에 없다고 생각해요. 벨, 당신은 당신이 받은 은혜를 갚기 위해 최선을 다해 살아가는 것. 그에 걸맞게 살아가는 것. 그리고 행복해지는 것……. 그게 당신에게 친절하게 대해준 사람들이 바라는 일이 아닐까요?"

어려운 것은 모른다. 하지만 벨을 보면 분명 미래의 안느도 루드비히도 에리스도, 그 외에 벨에게 애정을 쏟아준 사람들도 그걸 바라고 있을 것이라는 생각이 들었다.

"물론, 당신이 갚지 못한 은혜는 제가 나라의 발전으로 갚아드릴게요. 당신은 조금 더 편한 마음으로 살아도 괜찮답니다."

부드럽게 웃는 미아.

"네, 미아 언니!"

그 얼굴에 벨은 힘이 빠진, 참으로 천진한 미소를 지으며 고개를 끄덕였다.

번외편 밀 비화 히스토리 ~환상의 대기근~

역사에 '만약'은 존재하지 않는다.

그래도 공상의 날개를 펼치는 것이 인간이라는 생물이다. 만약 그 위인이 아직 건재하다면, 만약 그 전쟁의 승자가 다른 나라였다면……. 그런 수많은 '만약' 중 하나로 학자들의 얼굴을 창백하게 질리게 만드는 것이 있다.

만약 그 타이밍에 추위에 강한 밀이 탄생하지 않았다면, 어떻게 되었을까……?

어쩌면 공전절후의 대기근이 대륙을 덮쳤지 않았을까……?

현재 대륙에서 널리 수확되는 밀 '미아 5호'. 아샤 타하리프 페르쟝과 세로 루돌폰이 그 기본이 되는 원형 밀을 발견한 것은 대륙에 한랭기가 닥친 초기였다.

제국의 북방, 길덴 변경백령에서 그 밀을 발견한 두 사람은 그것을 뿌리로 두고 품종개량에 착수했다. 그 결과 발견으로부터 2년 뒤에 '미아 2호'가 개발되어 시장에 유통되었는데…… 처음에는 혹평을 받았다.

"아아, 미치겠네. 참나, 왜 밀이 이렇게 비싼 거야?"

제국의 시장에서 한 남자가 한탄하고 있었다.

시장에 놓인 밀의 가격은 예년의 1.5배 정도였다. 사지 못할 정도는 아니라고 해도 불평 한두 마디쯤은 뱉고 싶어진다.

"아무래도 올해도 흉작이었다고 해. 각지에서 수확량이 부족하다 보니 가격이 올라가는 일은 있어도 당장은 내려갈 일이 없다던데."

"어휴, 속이 끓는구먼⋯⋯. 오, 뭐야. 이 밀은 싸잖아?"

불현듯 남자의 시선이 멈춘 밀 포대에 적힌 가격은 예년의 밀과 다르지 않았다.

"아, 그건 정부에서 공급하는 밀이야."

"정부에서⋯⋯?"

괴이쩍은 표정을 짓는 남자에게 상인이 쓴웃음을 지었다.

"상당한 양이 유통되고 있지만⋯⋯ 질이 좀."

"별로야?"

"빵을 만들면, 좀⋯⋯. 뭔가 끈적한 느낌이 과해서 구우면 딱딱하고, 맛도⋯⋯."

상인의 말에 남자는 어이없다는 표정이 되었다.

"하이고. 높으신 분들은 무슨 생각을 하는 거야? 이런 걸 시장에 내보내다니⋯⋯."

불평 많은 남자는 여느 때처럼 독설을 쏟으려고 했으나⋯⋯ 문득 그 밀 포대에 붙은 이름에 시선을 주었다.

"미아 2호 밀⋯⋯? 이게 뭐야?"

"아, 그 밀의 이름이래. 미아 황녀 전하의 학원도시에서 만든 밀이라던데."

"흐음, 미아 황녀 전하 말이지⋯⋯."

불평 많은 남자의 뇌리에 배포가 큰 황녀 전하의 모습이 떠올랐다.

그 겨울날, 그 탄신제에…… 귀족들이 제공해준 식사. 그걸 다 같이 배부르게 먹고, 황녀의 생일을 축하했던 즐거운 추억이 눈꺼풀 뒤로 떠오르자…….

"그래……. 황녀 전하가 만든 밀이구나……."

그의 얼굴에서 피식 힘이 빠졌다.

"음? 왜 그래?"

"아니, 아무것도 아니야……."

이런 말을 했다간 불경죄에 해당할 거라며 남자는 말을 삼켰다.

조금 품질이 떨어지는 이 밀이 어쩐지 그 황녀 전하의 모습과 겹쳐 보인다는 소리를 해버릴 수는 없으니까…….

배포가 크고, 하지만 조금 어리바리한…… 그런 식으로 보였던, 그 황녀님이 만든 밀. 그렇게 들으니 바로 수긍이 가버렸다는 걸 차마 입에 담을 수는 없다.

"하지만, 그래. 잘 생각해 보면 먹을 게 없어서 굶는 것보다는 훨씬 낫지."

남자는 웃으면서 미아 2호를 샀다.

사람들의 반응은 대강 비슷한 식이었다.

그 미아 황녀 진하의 이름이 붙은 밀이니까. 그렇게 친근감을 느끼며 그 밀을 받아들였다.

그런 상황을 일변시키는 사건이 일어난 것은 미아 2호가 유통되기 시작하고 얼마 지나지 않았을 때였다.

한 충성스러운 남자가 팔을 걷어붙였다.

"미아 황녀 전하의 이름을 딴 밀의 품질이 나쁘다니, 도저히 간과할 수 없는 일이지."

그렇게 외친 자는 제국 최고의 요리 실력을 자랑하는 남자, 궁정 주방장 무스타 와그만이었다.

맛있는 요리를 만들지 못하는 건 밀이 나쁘기 때문이 아니다. 요리법이 문제다. 그런 신념 아래 그는 조리법 확립에 임했다.

빵에 사용하기에 적합하지 않다면, 다른 것을…….

유연하게 기존의 요리법만이 아니라 다양한 조리 방법을 시험한 그는 마침내 완성했다.

미아 2호에 제일 잘 맞는 요리법을.

미아 2호는 굽는 게 아니다. 쪄야 한다…….

주방장은 그렇게 완성된, 하얗고 쫀득쫀득한 것을 의기양양하게 미아에게 가져갔다.

그것을 한 입 먹어본 미아가 뱉은 말에 주방장은 깜짝 놀랐다.

미아는 이렇게 말했다.

"……이건 그 달콤한 콩 페이스트와 잘 어울릴 것 같군요."

얼마 전 포크로드 상회에 의뢰해서 들여온 달콤한 콩……. 그것과 어울릴 것 같다는 발상은 주방장에게는 없었다.

서둘러 시도해본 주방장은 그 요리의 완성을 보았다!

이리하여 주방장 with 미아의 아이디어로 나온 요리는 만월 경단, 또 다른 이름은 미아 경단이라 불리며 사람들 사이에 널리 침투하게 되었다.

하얗고 쫀득쫀득한 식감의 경단에 달달한 검은콩 페이스트를 뿌린 그 절묘한 맛은 아이들부터 어른까지 큰 인기를 끌었다.

그 상황에 제국의 백성들은 다들 고개를 갸웃거렸다.

"이상하다……. 밀 흉작 때문에 굶을 줄 알았는데…… 왜 우리는 맛있는 새 요리를 먹고 있는 거지……?"

오래 지나지 않아 아샤와 세로가 만들어낸 품종개량 밀 '미아 3호', '미아 4호'가 시장에 유통되기 시작했다. 2호보다는 한층 종래의 밀과 가까운 성질을 지닌 미아 시리즈이지만, 그래도 미아 2호는 사람들 사이에서 굳건한 인기를 누리게 되었다.

"길덴 백작령에 협력을 요청한 것……. 세로 루돌폰과 아샤 왕녀를 보내 추위에 강한 밀을 발견하고 품종개량을 진행한 것……. 포크로드 상회에 의뢰해서 들여놓았던 단맛 나는 콩……."

5년 전에 일어난 사건을 하나하나 기록하며 루드비히는 깊은 한숨을 쉬었다.

평온을 누리는 사람들은 모른다. 이 제국이 얼마나 큰 위기에 빠졌던 것인지…….

미연에 방지하여 거품처럼 사라진 '환상의 대기근'.

하나 루드비히의 눈에는 그것이 똑똑히 보였다.

"만약…… 미아 님께서 행동하지 않으셨다면……."

비축이 없었다면, 먼 지역에서 들여오는 식량 수송을 확보하지 않았다면 많은 아사자가 나왔을 터.

혹은 식량을 둘러싸고 주변국과 전쟁에 돌입했을지도 모른다.

그건 쌍방의 국력을 갉아먹고, 백성을 한층 고통스럽게 만들었을 터…….

"미아 님께서 비축을 소모해서라도 궁지에 빠진 나라를 구해야 한다고 말씀하셨을 때는 간언해야 할지 무척 고민했었다만……."

결과적으로 미아 2호 밀의 출현으로 인해 식량 부족을 면할 수 있었다.

밀의 품종개량에 성공하여 추위에 강한 밀을 만들었다고 들었을 때, 그게 길덴 변경백령의 영지에서 발견되었다고 들었을 때, 루드비히는 놀라서 입이 떡 벌어질 정도였다. 그의 동료들도 마찬가지였다.

미아는 제국 내부만이 아니라 주변국도 대기근에서 구원했다.

"대륙을 비극으로 뒤덮는 대기근……. 만약 미아 님께서 계시지 않았다면 실제로 일어났을지도 모르겠군."

루드비히는 전율을 금할 수 없었다.

역사에 '만약'은 없다. 그래도 루드비히는 생각하게 된다.

만약 이 시대에 미아 루나 티어문이라는 영재가 나타나지 않았다면…… 대체 어떻게 되었을까?

역사에 '만약'은 없다.

그렇기에 제국에 새 디저트가 개발되는 것 외의 역사는 존재하지 않는다.

그래도 인간은 공상의 날개를 펼치기 마련이다.

만약 그랬다면, 어떻게 되었을까.

어쨌거나 환상의 대기근을 매장해버린 이 밀이 오랫동안 역사에 새겨지리라는 건 틀림없는 모양이었다. 미아 2호. 그것은 제국의 예지의 이름을 딴 밀이다.

제국의 예지, 즉 그녀는 제국 최초의…….

제6화 각자의 여름

제도로 향하는 도중 루드비히가 조용히 이야기하기 시작했다.

"새삼스럽지만 이번 페르쟝 평정 건은 훌륭하셨습니다, 미아 님."

"흠⋯⋯. 뭐, 그리 대단한 일은 아니었는걸요. 이 정도쯤이야 제가 나서면⋯⋯."

그러면서 가슴을 펴는 미아.

뭐⋯⋯ 실제로 미아가 한 일이라고는 과일따기를 하고, 맨발로 언덕을 오르고, 춤추고, 친구의 아버지와 친해진 것뿐이지만⋯⋯.

이러니저러니 해도 즐거운 여름방학을 만끽하고 있는 미아였다!

그건 그렇다 치고⋯⋯.

"여제를 목표로 한다면 역시 타국 요인의 지지는 불가결하죠. 그런 의미에서 페르쟝은 소국이라고는 하나 이웃 나라이자 우호국. 그 왕가의 지지를 얻어낸 것은 크다고 봅니다."

신성 베이르가 공국을 중심으로 한 문화권에서는 세인트 노엘 학원에서 볼 수 있는 대로 각국의 관계가 긴밀하게 연결되어 있다.

귀족 간의 관계는 국내에만 한정되지 않는다. 미아가 세인트 노엘에서 구축하고 싶었던 인맥도 바로 그것이다.

"여제로서 대관식을 맞으실 때까지 유력자들과도 계속해서 관계를 맺는 것이 바람직하다고 생각합니다."

"그렇죠. 어쨌거나 제국 최초의 여제가 되는 셈이니, 인맥은 아주 중요해요."

'가능하면 피하고 싶었지만요……'라는 말을 마음속으로 덧붙이는 미아였다.

"네. 하지만 라피나 님과 시온 왕자 전하를 아군으로 포섭하신 것은 역시 크다고 봅니다. 그 탄신제에서 귀족들에게 보여주신 것도 훌륭하셨습니다."

"우후후, 딱히 대단한 일은 하지 않았는걸요."

실제로 정말 대단한 정치공작을 했던 건 아니지만…… 그건 그렇다 치고.

──어라, 그렇게 생각하면 혹시 저는…… 이제 확실하게 여제가 될 수 있지 않을까요? 라피나 님만이 아니라 시온…… 미래 선크랜드 국왕의 지지를 얻을 수 있으니까요. 이만큼 상황이 갖춰진다면, 혹시…….

불현듯 그런 생각이 드는 미아였다.

──흐음, 그러고 보면 최근에는 황녀전을 읽지 않았죠. 돌아가면 확인해봐야겠어요…….

이리하여 미아 일행은 제도로 귀환하게 되었다.

한편, 세인트 노엘 학원.

라피나 오르카 베이르가는 자신의 방에서 손님을 기다리고 있었다.

책을 읽으며 잠시 기다리자…… 이윽고 한 남자가 찾아왔다.

경쾌한 노크 소리와 함께 방에 들어온 이는 날렵한 외모를 지닌 청년이었다. 뒤로 묶은 긴 검은 머리카락. 탄탄하게 근육이 붙은 체구는 무심코 넋을 놓고 쳐다보게 될 정도로 단련되어 있다.

라피나는 그 남자…… 린 마롱을 향해 청량한 미소를 지었다.

"잘 왔어. 오랜만이야, 마롱 씨."

"그래. 라피나 아가씨, 오랜만이야."

마롱은 여느 때와 다름없이 당당한 태도로 한쪽 손을 들어 올렸다.

"졸업했는데 말을 돌봐달라고 부탁해서 미안해."

"아니야. 나도 마음에 걸렸으니까……. 게다가 기마 왕국은 한곳에 정착하지 않으니까 베이르가 근처에 있을 때 오는 것 정도는 그리 고생도 아니지."

마롱은 라피나의 권유를 받아 그녀의 정면에 앉았다. 그곳에는 기마 왕국에서 즐겨 마시는 석홍차(夕紅茶)가 마련되어 있었다.

뜨거운 차를 주저 없이 단숨에 마신 뒤, 마롱은 라피나 쪽을 보았다.

"그래서…… 나에게 무슨 용건이지?"

"어머? 먼길을 와 주신 손님에게 차를 대접하고 싶었던 것뿐인데……."

"시치미 떼지 말고. 다망하신 라피나 아가씨는 나 같은 녀석과 차를 즐기는 취미는 없잖아?"

"기마왕국에서 가장 큰 세력을 자랑하는 린 일족의 차기 족장 후보, 린 마롱 님과의 회합이라면 정치적으로 봐도 의미가 있다고 보는데……."

라피나는 한 번 거기서 말을 끊었다.

"나는 그렇다 쳐도, 마롱 씨는 조금 바쁘다고 들었으니까 본론으로 들어가죠."

그러더니 조용히 마롱의 얼굴을 바라보았다.

"작년 겨울에 미아 양이 목숨을 노려진 사건은 알고 있어?"

"미아 아가씨가? 아니, 처음 듣는데."

마롱은 조금 놀란 얼굴로 말했다.

"얼마 전에 봤을 때는 잘 지내는 것 같았는데……."

"간신히 별일 없이 끝났지만……. 그때, 미아 양의 목숨을 노린자가 있었어……. 그 남자는 월토마인 황람보다도 빠른 말을 다루고, 교묘하게 검을 휘두르고, 또…… 두 마리의 늑대를 데리고있었지."

"황람에 필적할 정도의 말과 그 녀석을 완벽하게 다루는 늑대술사 전사…… 란 말이지."

마롱은 팔짱을 꼈다. 늘 초연한 표정을 지을 때가 많은 그이지만, 이때는 조금 심각한 표정이었다.

"그래. 어쩌면 짐작 가는 사람이 있지 않을까 해서……."

라피나는 자신의 홍차에 입을 가져가며 슬쩍 올려다보았다.

"분명 이전에 들은 적이 있었던 것 같거든……. 기마 왕국의 잃어버린 부족에 대해……."

마롱은 말없이 고개를 끄덕였다.

"작년 겨울이라……. 선크랜드 근교에서 날뛰는 도적과 무언가 관계가 있을지도 모르겠어……."

제7화 시온의 위기와 미아의 고찰

제도에 돌아간 미아는 바로 벨에게 빌린 황녀전을 펼쳤다.

……참으로 가벼운 마음으로 한 행위였다.

루드비히에게서 주변국의 왕족과 귀족의 지지가 중요하다는 말을 들은 미아는, 사실 완전히 방심하고 있었다. 여하간 자신은 라피나와 시온 두 사람과 비교적 양호한 관계를 구축했기 때문이다.

대륙의 권력자라고 하면 거의 최고라고 할 수 있는 두 사람과 친하다. 그 두 사람이 부르면 냉큼 찾아가는 자도 많을 것이다.

이러면 의외로 여제가 되는 게 쉽지 않을까? 어쩌면 이미 여제가 되고, 암살당하지 않는 미래가 적혀있지 않을까? 등등……. 그런 생각마저 하고 있는 형국이었다.

동시에 그렇게 말하면서도 어차피 바뀌지 않았을 것이라는 생각도 했다.

어차피 큰 변화는 없을 거라면서……. 자신이 암살당하는 기록을 보는 건 싫다, 무섭다고 생각하면서……. 그래도 애써 펼쳐봤다.

조심조심 실눈을 뜨고 페이지를 바라본…… 결과……!

"뭐, 뭐뭐, 뭐죠! 이건?!"

미아는 발견하고 말았다.

그 충격적인 기록……. 시온 솔 선크랜드가 젊은 나이에 사망한다는 서술을.

"설마…… 그럴 리가……. 시온은 선크랜드의 국왕이 되는 것 아니었어요? 천칭왕이니 뭐니 하면서 잔뜩 멋 부린 이름으로 불리게 되잖아요……?"

미아는 서둘러 그 기록을 읽어봤다. 그러자 시온은 아무래도 도적단과 싸우다가 숨을 거두게 된다는 모양이다.

"정말이지, 무슨 일을 하는 건가요! 시온은! 그런 건 병사에게 맡기면 되는데…… 앗! 심지어 이거, 앞으로 30일 정도밖에 안 남았어요!"

그렇게 투덜거리면서도 참으로 시온다운 행동이라는 생각이 들었다.

아무튼 그는 정의감 덩어리 같은 소년이다. 악행을 저지르는 도적단이 있다는 이야기를 들으면 대뜸 나서서 싸우는, 그런 위태로움이 있었다.

게다가 선크랜드 자체에 그러한 분위기가 있다는 걸 미아도 들었다.

왕족은 백성의 모범이 되어야 한다. 전장에서는 늘 선두에 서서 이끌어야 한다…….

그러한 '상식'이 퍼진 나라이기 때문에 왕족이라고 해도 성에 틀어박혀 있을 수는 없다.

백성이 노석으로 인해 고통스러워한다면 왕족이나 귀족이 직접 군대를 이끌고 대응하러 나가야만 한다. 그렇지 않으면 '고귀한 신분에 걸맞은 정의'를 의심받게 된다.

그 점에서는 렘노 왕국에도 비슷한 상식이 있었다.

왕은 늘 용맹해야 한다. 군대를 이끌지 않는 왕족은 왕의 자격이 없다. 그러한 상식에 따라 이전에는 아벨도 반란을 진압하기 위해 군대를 이끌었다.

"혹은…… 그 상식을 이용해서 시온의 발목을 잡으려고 생각하는 자가 있었을지도 모르죠."

시온을 부추겨서 도적을 토벌하게 보낸 자가 있는 건지도 모른다.

미아는 팔짱을 끼며 생각에 잠겼다.

"뭐, 뭐어. 딱히? 시온이 죽는다고 해도 저는 신경 안 쓰니까요……? 그 녀석은 제 목을 친 장본인이자 쌀쌀맞은 녀석이고…… 게다가."

그렇게 중얼거리면서도 길게 이어지진 않았다.

"……역시 그 녀석이 죽어버리면 뒷맛이 나쁠 것 같아요……."

갑작스러운 사건이라면 모를까, 이미 미아는 미래를 알고 있다. 막을 수 있을지도 모르는데 아무런 행동도 하지 않는 건 아무래도 양심에 찔렸다.

"이러니저러니 해도 저를 도와주러 온 은혜도 있고요……. 게다가, 그래요. 시온 다음 왕위계승자가 저를 지지할지 불투명하잖아요. 게다가 벨도 시온의 팬이라고 하고……."

고민하기를 잠시, 미아는 결단을 내렸다.

"역시 어떻게든 할 필요가 있겠어요."

이것이 단순한 사고라면 문제는 없다. 시온이든 키스우드든 연락해서 파견되는 병사를 늘리면 그만이고, 시온 주변의 경호를 더 단단하게 하면 된다.

"시온이 토벌에 파견되지 않도록 하는 건 역시 무리겠죠……?"

선크랜드 왕국 내의 문제에 간섭할 수는 없고, 시온의 성격을 생각하면 경고한다고 해도 순순히 들어줄 것 같지 않다.

"게다가…… 이게 뱀의 음모일 가능성도 있어요……."

그 시온이 단순한 도적과의 전투로 목숨을 잃는다는 건 조금 생각하기 어려웠다.

"시온의 검 실력은 대단하니까요. 키스우드 씨도 있는데 단순한 도적에게 죽을 것 같지는 않아요."

만약 그것이 뱀의 음모라고 한다면 쉽게 막지 못할 것이다.

"사실이라면 디온 씨를 파견할 수 있다면 좋겠지만……. 선크랜드에도 자존심이 있을 테니까요……."

제국 최강인 디온 알라이아를 파견할 수 있다면 어떠한 함정이 있다고 해도 가볍게 부숴줄 테지만…… 약소국을 상대할 때라면 모를까, 선크랜드는 제국과 동등한 대국이다.

제국에서 호위를 파견한다는 말을 해봤자 들어줄 리 없다.

"선크랜드에도 실력이 좋은 병사는 있을 테지만, 그 사람을 시온의 호위로 붙일 수도 없고요……."

제국 내부의 일이라면 어느 정도 미아가 자유롭게 처리할 수 있지만, 장소가 선크랜드가 되면 그렇지 못한다.

"미래를 안다고 말할 수 없다는 게 답답하네요. 어떻게든 할 수 없을까요……?"

지금 이대로는 기껏해야 조심하라고 충고하는 게 전부다. 음모를 꾸미고 있을 가능성이 있다고 한다면, 어쩌면 어떻게든 될지도 모르지만…… 그것만으로는 조금 불안하다.

반대로 시온이라면 그걸 이용해서 음모의 주모자를 잡아버리 겠다고 생각할 법하다.

"으으윽……. 성가시네요……."

"실례합니다. 미아 님, 에메랄다 님께서 오셨는데요……."

불현듯 들린 안느의 부름에 미아는 생각의 늪에서 올라왔다.

"어머……? 에메랄다 양이요……? 흐음."

미아는 가볍게 배를 문질러보았다.

"음……. 역시 생각할 일이 있을 때는 달콤한 것이 필요하죠!"

에메랄다가 가져왔을 방문 선물용 먹을 것에 크게 기대하고 있 는 미아였다.

제8화 엠프리스 미아 호(대형선박)에 탄 기분으로……

"미아 님! 들어주세요!"

방에 들어오자마자 에메랄다가 소리쳤다.

"어머, 무슨 일이죠? 에메랄다 양. 그렇게 당황하다니……."

그렇게 말을 하면서도 미아는 힐끔 에메랄다의 손을 보았다. ……가져온 게 없었다!

순식간에 시무룩해지는 미아였으나…….

"미아 님, 에메랄다 님께서 선물로 가져오신 과자를 받았으니 바로 준비하겠습니다."

"어머나! 그랬군요. 늘 죄송해요."

안느의 말에 풀파워로 부활했다. 미아의 활력은 달콤한 과자의 유무에 달려있다.

"오호호, 제대로 가져왔죠. 물론 상인이 선물이라면서 가져온 것이지만요……."

조금 면목 없어 하는 얼굴이 되는 에메랄다였지만…… 미아는 반대로 감탄했다.

요컨대 에메랄다는 낭비하지 말라는 미아의 말을 지킨 것이다. 그렇기에 고급 과자를 따로 사 오지 않았다.

"역시 에메랄다 양이에요……. 낭비는 삼가라고 말씀드렸었죠."

미아에게 단것에 귀천은 없다. 어떠한 경위로 입수한 것인지는 논할 필요가 없다.

절약해서 손에 넣은 것이라면 오히려 좋은 평가를 주게 되기도 한다.

아무튼, 미아와 에메랄다가 의자에 앉고 눈앞의 테이블에 과자가 놓였다.

"들어주세요! 미아 님, 아버지가 정말 너무하세요!"

곧바로 에메랄다가 다시 억울함을 호소했다.

"어머, 무슨 일이죠? 분명 에메랄다 양은 아버님과 사이가 좋았던 것으로 아는데요……."

적당히 흘려들으면서도 미아의 의식은 이미 과자에 향하고 있었다. 달콤한 설탕의 향기에 코가 절로 벌름거리던 때였다.

"용서할 수 없어요. 아버지께서 저에게 결혼하라고 말씀하셨다고요!"

에메랄다의 그런 목소리가 귀에 들어왔다.

"네……? 그렇군요. 그건 경사스러운 일 아닌가요?"

귀족 여성에게 혼담은 중요하다.

에메랄다는 아직 세인트 노엘의 학생이긴 하나, 나이를 생각하면 혼담 한두 개 정도는 와도 이상하지 않다.

"전혀 경사스럽지 않아요! 상대는 선크랜드 왕국의 귀족이라고 하는걸요?"

"어머…… 선크랜드 왕국……."

미아가 작게 중얼거렸다.

"아, 물론 제가 시집가게 된다고 해도 미아 님과 한 약속은……."

당황하는 에메랄다였지만 미아는 고개를 숙인 채 절절히 말했다.

"그래요……. 제국이 아닌 거군요. 쓸쓸해지겠어요."

고개를 숙인 채…… 라기보다는 다소 시선을 아래로 내리고…… 과자에 눈을 고정하면서 말했다.

미아는 에메랄다가 가져오는 과자와 다과회를 늘 기대했기 때문이다. 그에 더해 이러니저러니 해도 에메랄다는 편하게 대화할 수 있는 귀족 영애이자 친척 언니이다.

선크랜드로 시집간다면 지금처럼 자주 다과회를 갖지 못할 테니…… 자꾸 마음이 적적해지는 미아였다.

"미아 님……."

문득 시선을 들자 에메랄다는 어째서인지 눈동자에 눈물을 그렁그렁 매달고 있었다.

어라……? 의문을 느끼고 고개를 갸웃거리는 미아에게 에메랄다는 힘차게 말했다!

"네. 그래요. 당연히 이런 혼담은 거절해버릴 생각이었습니다! 친우인 미아 님을 두고 외국으로 시집간다니, 도저히 그럴 수 없어요!"

주먹을 불끈 쥐고 결의가 담긴 어조로 말했다!

"네? 아니, 그렇게 무리하지 않아도 괜찮은데요……."

"아뇨, 정했습니다. 당장에라도 거절하겠다고 연락을 넣겠어요. 선크랜드 성에서 열리는 파티에도 초대를 받았지만, 그것도 단호하게 거절을……."

"음? 지금 뭐라고 말씀하셨죠……?"

흘려들을 수 없는 단어가 귀에 들어온 미아는 에메랄다에게 시선을 향했다.

"아, 실은 상대방에게 초대받았습니다. 시집오면 왕가와도 가까워진다면서요……. 그 증거로서 선크랜드 왕가의 파티에 초대빋있습니다. 하지만 혼담을 거질한다면 딱히……."

"어머? 그건 아까운걸요. 모처럼 선크랜드에서 열리는 파티니까 다녀오세요."

미아의 뇌리에 지금, 한 가지 생각이 자리를 잡으려 하고 있었다.

"아니면 제가 같이 가 드릴게요."

시온을 구하기 위한 가장 좋은 방법은 무엇인가?

그건 그를 호위하는 것. 디온 알라이아를 시온 곁에 두는 것이다.

하지만 설령 한 번의 습격에서 시온을 지킨다고 해서 과연 운명이 바뀔까?

──아마 그렇게 되진 않을 거예요…….

미아의 직감이 고하고 있었다.

겨울 이후로 완전히 얌전해진 '뱀'이지만, 그리 쉽게 활동을 멈추리라고 생각하지 않는 미아였다.

만약 시온의 암살이 뱀이 꾸민 짓이라면…….

──한 번 막아낸 정도로는 음모를 멈추지 않겠죠. 분명 황녀전에 다른 형태로 이뤄진 시온의 죽음이 다시 묘사될 거예요.

그리고 그걸 제국에서 확인한다고 해도 미아는 손을 쓸 수 없다.

그렇다면 어떻게 할 것인가. 대답은 정해져 있다.

──제가 선크랜드에 가는 게 확실하죠. 디온 씨를 호위로 데

리고요. 그리고…… 그래요. 독의 전문가인 슈트리나 양도 데려가는 게 좋지 않을까요? 암살하면 독이잖아요. 그리고 저쪽에서 생활할 때 근처에서 지켜주는 분이 있으면 좋을 거예요. 티오나 양과 리오라 양도 부르고…….

보통 제국의 황녀인 미아가 갑자기 선크랜드에 가는 건 어렵다. 호위 문제도 있고, 저쪽에서도 여러모로 준비가 필요하기 때문이다.

지난번 페르쟝의 경우는 예정을 조금 빨리 당겼을 뿐 원래 방문하기로 일정이 잡혀있었으니 어떻게든 된 거였고, 렘노 왕국을 찾아갔을 때는 애초에 무모하게 밀어붙인 일이었다.

하지만 이번에는 비밀리에 갔다가 돌아올 수도 없다. 시온을 찾아가기 위해서는 신분을 드러낼 필요가 있다.

그렇다면.

──제국의 황녀가 아니라 사대공작가의 영애 일행으로 간다면 실현할 수 있지 않을까요?

어쨌거나 에메랄다는 티어문 제국의 영애 중에서는 미아 다음가는 VIP, 별을 지닌 공작 영애다.

그런 에메랄다가 본래 갈 예정이었다면 어느 정도 준비를 갖추고 있었을 것이다. 그걸 아주 조금 강화해달라고 하면 된다.

그렇게 생각하면 실현하기 그리 어렵지 않을 수도 있다…… 는 게 미아의 생각이었다.

실제로는 상당한 억지가 필요하지만……. 문관들의 비명 같은 건 미아의 귀에는 들리지 않았다.

그리하여 미아의 생각은 점점 망상으로 변해갔다.

──흐음······. 시온을 구해줘서 선크랜드 왕가에 은혜를 입혀 둘 수 있을지도 모르죠. 그러면 여제가 될 때 도움이 될 거예요!

팔짱을 끼고 고개를 주억거리는 미아.

"그렇게 되었으니 에메랄다 양, 부디 저도 동행을······ 어?"

미아는 그제야 눈치챘다.

에메랄다의 눈에 다시 눈물이 그렁그렁 맺혔다는 것을······.

"으흑, 니나······. 미, 미아 님께서 나를 위해, 직접, 거절하러 가 주신다고······."

"네. 잘 되셨군요, 에메랄다 아가씨."

메이드인 니나가 여느 때처럼 감정이 담기지 않은 목소리로 말하고는 에메랄다에게 살며시 손수건을 건넸다. 에메랄다는 그걸로 눈가를 꾹 눌렀다.

"감사합니다, 미아 님. 저를 위해, 일부러······."

그리고는 참으로 감동적인 소릴 했다. 그 기뻐하는 모습에 약간 죄책감이 자극된 미아는······.

"네? 아, 네. 물론이죠. 에메랄다 양은 제 친우인걸요. 승선감 좋은 배에 탔다는 기분으로 아늑함을 만끽하셔도 된답니다!"

이렇게 호언장담했다.

이리하여 에메랄다와 시온의 미래를 실은 엠프리스 미아 호(승선감 좋음)가 출항했다.

흐름에 편승하는 누워뜨기의 달인 미아 선장이 거친 폭풍우를

제대로 헤쳐나갈 수 있을 것인가……. 지금 시점에서 아는 이는
한 명도 없었다.

제9화 루드비히, 알아차리다

선크랜드에 가기로 결심한 미아는 쇠뿔도 단김에 빼라는 양 행동을 개시했다.

먼저 루드비히를 불러 호위 및 기타 등등을 수배했다.

"······알겠습니다. 황녀전속 근위대에서 실력자를 편성하겠습니다."

미아의 갑작스러운 지시에는 익숙한 루드비히는 포기하기 위해 한숨을 쉬며 그렇게 말했다.

"잘 부탁드려요. 아, 그리고 디온 씨도 호위로 데려가고 싶은데, 괜찮을까요?"

"디온 씨, 말입니까······?"

루드비히는 안경을 밀어 올리며 미아 쪽을 보았다.

"무언가 그러한 위험이 있다는······?"

"만약을 위해서입니다. 물론 위험이 없는 게 가장 좋은 일이지만, 선크랜드에 대군을 이끌고 갈 수도 없잖아요? 그렇다면 소수 정예로 강력한 호위를 부탁하고 싶은 것뿐이에요."

차마 시온이 죽는 걸 막으러 간다고 솔직하게 말할 수도 없었다. 이미 겨울에 상당히 무리를 저질렀다. 루드비히도 크게 걱정했었던 모양이고, 아무리 시온을 구하기 위해서라고는 하나 반드시 막을 게 틀림없다.

그런고로 미아는 적당히 얼버무리려고 했으나······.

"……그렇군요."

루드비히는 빤히…… 아주아주 빤히…… 미아를 바라보다가, 안경을 고쳐 쓰며 말했다.

"그럼 이번에는 저도 동행하겠습니다."

"……네?"

"갑작스럽게 정해진 일정이니 예측하지 못한 사태도 일어날 테죠. 게다가 선크랜드의 행정관과도 대화해보고 싶었습니다."

"네? 아, 저기, 루드비히……."

"그럼 저는 하던 일이 남아있으니 일단 실례하겠습니다."

말을 마치자마자 미아 앞에서 빠르게 물러나는 루드비히였다.

"흐음. 뭐, 루드비히가 있다면 이래저래 도움이 되니까요……, 상관없으려나요……?"

애초에 미아가 가봤자 음모를 간파할 수 있을 리가 없다. 기껏해야 미아는 디온이라는 최강의 말을 선크랜드에 보내기 위한 핑계에 불과하다.

그렇다면 당연히 똑똑해서 머리를 굴릴 줄 아는 인간이 동행할 필요가 있는데…….

걱정거리라고 한다면, 앞으로 제국 내에서도 이런저런 말썽이 있을 텐네 그 자리에 루드비히가 없어도 괜찮은 것이냐는 점이다.

"그건 루드비히가 적절히 수배해놓을 테니까요…… 흐음."

그렇게 침음하며 미아는 우선 준비를 진행했다.

다음에 한 것은 루돌폰 변경백령에 돌아갔을 티오나에게 서간을 보내는 일이었다. 겨울에도 실감했지만, 티오나와 리오라는 전투 방면에서 비교적 든든한 상대들이었다.

"여자만 들어갈 수 있는 장소도 있고, 무력 면에서 안느에게 의지할 수도 없죠."

그리고 또 한 명, 여차할 때를 대비해 데려가고 싶은 인재…….
그 사람은…….

"흐음……. 역시 그녀도 따라와 달라고 하는 게 좋겠네요. 안느, 잠시 나가고 싶으니 준비 부탁해요."

"네. 알겠습니다. ……하지만 어디에 가시는 거죠?"

조금 걱정하는 표정인 안느에게 미아는 미소 지었다.

"괜찮습니다. 제도 안에 있는 귀족가(貴族街)에 가는 것뿐이니까요."

슈트리나 에트와 옐로문은 현재 제도 루나티어에 있는 저택에 머무르고 있었다.

참고로 왜 미아가 그걸 알고 있는가 하면, 오늘 아침 벨과 놀기 위해 슈트리나가 찾아왔기 때문이다.

페르쟝에서 벨이 돌아왔다는 소식을 들은 듯한 슈트리나는 의기양양하게 백월 궁전에 나타나 벨을 저택에 초대했다

"……일단 공부를 하기 위해서라는 명목을 대긴 했지만요…….
그건 틀림없이 놀기 위해서예요."

애초에 엄격한 감시가 없다면 벨이 공부할 것이라고 생각하지 않는 미아였다.

"린샤 씨가 고국에 돌아간 지금, 제가 굳게 마음을 먹어야겠군요."

그런 생각을 하며 미아는 옐로문 공작가의 저택을 방문했다.

다른 귀족의 저택보다 한층 큰 저택. 벽을 덮은 덩굴과 정원을 장식하는 식물들에 미아는 무심코 시선을 빼앗겼다.

──이거, 설마 전부 독이라거나……?

그런 생각과 함께 호위를 데리고 저택 안으로. 안내받은 곳은 넓은 안뜰이었다.

잘 손질된 꽃이 수줍게 물들이고 있는 정원 한구석에 설치된 테이블 석에 슈트리나가 앉아 있었다. 그리고 그런 그녀의 앞에서 벨이………… 춤추고 있다!

"그래서 여기를, 이렇게, 악기를 치는데."

나무 타악기 대신 손바닥을 짝짝 때렸다. 아무래도 지난번 페르쟝에서 춘 춤을 슈트리나에게 보여주는 모양이었다. ……모양…… 이지만…….

"그렇게 해서, 이렇게!"

빙글빙글 돈 다음에 한 번 더 짝짝, 짝 손뼉을 치며 우쭐우쭐 가슴을 펴는 벨.

"다 틀렸어요, 벨."

즉시 미아의 지적이 날아갔다.

벨의 춤은 그…… 뭐라고 해야 할까. 그……, ……뭐지?

──어디라고 말하기는 어렵지만, 전체적으로 이상해졌잖아요. 아니, 변함없이 대단하군요……. 틀린 춤을 저렇게 당당하게……. 심지어 무슨 위업이라도 달성한 듯한 저 표정…… 저 태도는 본받고 싶을 정도예요…….

미아는 감탄하면서 벨을 향해 걸어갔다.

"앗, 미아 언니도 오셨군요."

미아를 발견한 벨은 생글생글 웃었다.

"안녕하세요, 미아 황녀 전하. 옐로문 저택에 잘 오셨습니다."

슈트리나도 살포시 일어나 스커트를 잡고 인사했다.

그리고는 들판에 핀 작은 꽃처럼 가련한 미소를 지었다.

──변함없이 인형처럼 사랑스럽군요, 리나 양······.

내심 감탄하면서도 미아는 미소 지었다.

"평안하셨나요, 리나 양. 옐로문 공작은 건강하신가요?"

"네. 마음 써 주셔서 감사합니다. 미아 황녀 전하 덕분입니다······."

"그래요? 아, 하지만 쿠키를 너무 많이 먹는 건 자제하라고 말씀 전해주세요. 알고 계셨나요? 단것을 너무 많이 먹으면 수명이 줄어든답니다."

곧바로 타티아나에게서 얻은 지식을 무슨 위업이라도 달성한 듯한 우쭐대는 표정으로 늘어놓는 미아였다.

제10화 미아 황녀, 정말로 해야 할 일을 시작하다!

"그나저나 벨, 너무 그런 식으로 하면 안 됩니다."

"그런 식……?"

갸우뚱 고개를 기울이는 벨을 향해 미아는 쓴소리를 했다.

"페르쟝에서 춘 춤을 보여주고 있었던 것 아닌가요?"

"아, 네. 맞아요. 리나가 꼭 보고 싶다고 해서……."

그렇게 말한 뒤 벨은 슈트리나 쪽으로 고개를 돌렸다.

"리나가 보여달라고 부탁했습니다. 벨의 춤을 보고 싶었다고요."

"그건 괜찮지만, 벨. 중간중간 틀렸던데요. 할 거면 제대로 춰야죠."

그런 소릴 하며…… 슈트리나의 반응을 관찰한 미아는 '흐음' 하며 머리를 굴렸다.

──리나 양, 벨과 함께 페르쟝에 가지 못한 게 아쉬워 보이네요. 적장을 쓰러트리려면 말부터 노려야 한다고도 하니……. 즉, 리나 양을 데려가고 싶다면 벨을 먼저 데려가야 하는 거죠!

미아는 한발 먼저 상대방의 약짐을 간파! 그리고는 벨에게 시선을 돌렸다.

"벨, 사실은 갑작스러운 이야기지만 에메랄다 양과 함께 선크랜드 왕국에 가려고 합니다."

"네? 선크랜드 왕국이요?!"

벨이 눈을 반짝반짝 빛내는 것을 보고 미아는 싱긋 웃었다.

미아에게 벨을 조종하는 것은 그리 어려운 일이 아니다. 아무튼 벨은…… 시온의 팬이니까!

──시온의 고향인 선크랜드에 방문할 기회를 벨이 놓칠 리가 없죠.

그런 미아의 예상대로 벨은 즉시 동행을 받아들였다.

한편 상황을 지켜보던 슈트리나는 시무룩하게 어깨를 떨궜다.

"모처럼 벨과 놀 수 있다고 생각했는데……."

……역시 공부가 아니라 놀 생각으로 가득했던 모양이다. 뭐, 지금은 그건 됐다고 치고…….

"그래서 말인데요, 모처럼이니 리나 양도 부디 동행해줬으면 하는데요."

"네……? 리나도요……?"

멍하니 눈을 깜빡이는 슈트리나. 미아는 부드러운 미소를 지은 채 고개를 끄덕였다.

"네. 물론 달리 예정이 있……."

"반드시 가겠습니다! 권해주셔서 감사합니다, 미아 님!"

슈트리나는 그렇게 말하고는 깊이 머리를 숙였다.

"리나의 진심 어린 충성을 바치겠습니다."

"……이런 걸로 진심 어린 충성을 바치겠다니 곤란한데요……. 하지만, 괜찮은 건가요? 아버님에게 여쭤보지 않아도……."

"후후, 괜찮습니다. 아버지는 리나를 아주 좋아하시니까요. 이 정도의 어리광이라면 용서해주세요."

싱긋 미소 짓는 슈트리나. 그 꽃 같은 미소는…… 꽃은 꽃이어도 마성의 꽃, 어딘가 요염한 분위기를 풍겼다.

"아…… 네, 리나 양이 그래도 상관없다면, 다행이고요……. 그리고……."

미아는 슬그머니 슈트리나에게 귓속말했다.

"가능하다면 암살에 자주 사용되는 독의 해독제들을 마련해주실 수 있을까요?"

"……해독제……? 독이 아니라요?"

눈썹을 찡그리는 슈트리나를 향해 미아는 조용히 고개를 저었다.

"기억해주세요. 저에게 암살이란 하책. 따라서 제가 독을 이용해 타인을 해치는 일은 결코 없을 것이고, 그것을 허락할 마음도 없습니다."

아무튼 암살한 인간이 과거로 돌아가서 역사 개변을 시작했다간 큰일이 나기 때문이다.

──저는 온화하고 관대하니까 시온이나 티오나 양을 해치려는 등의 흉악한 짓은 생각하지 않았지만, 다른 사람이 그렇다는 보장은 없으니까요…….

그러니 살인처럼 재시작의 기회를 주는 위험도 저지르지 않고, 만약 누군가가 과서로 돌아가 역사 개변을 해버릴 때를 위해 최대한 원한도 사지 않도록 대처하는 게 미아의 기본 노선이다.

"게다가 벨의 친구의 손을 더럽히게 만드는 짓은 절대로 하지 않을 거예요."

그렇게 단언한 뒤 미아는 말을 이었다.

"다만 리나 양……, 이번에는 조금 위험한 여행이 됩니다."

"위험…… 이라고요?"

"네……. 시기적으로도 슬슬 그 뱀들이 움직일지도 모르니까요……. 일단 만약을 위해 대비해두고 싶어요. 옐로문 공작가가 지닌 지혜를 제게 빌려주실 수 있을까요?"

그런 미아의 말에 슈트리나는 등을 곧게 폈다.

"네, 알겠습니다. 미아 황녀 전하. 리나가 지닌 모든 지식과 저희 옐로문가가 지닌 모든 지혜로서 미아 님의 기대에 부응하겠습니다."

"네, 잘 부탁드려요."

슈트리나의 허락을 얻음으로써 미아는 필요한 진형을 대강 갖추게 되었다.

도적단을 비롯하여 무력적 사태에 대한 방비로서 디온과 황녀 전속 근위대를.

음모 등 지략과 관련된 사태에 대한 방비로서 루드비히를.

독을 이용한 암살에 대한 방비로서 슈트리나를.

그리고 의학적인 인재로 타티아나를 데려갈 수 있다면 최고일지도 모르지만, 지금은 멀리 페르쟝에 있는 그녀를 불러들일 수도 없다.

"흐음, 이 정도로 만족해야겠네요. 그 외에 제가 해야 할 일은……."

이렇게 미아는 그제야 자신이 정말로 해야만 하는 일을 시작했다.

그것은…….

"선크랜드의 명물 요리……. 특산 버섯은……."

이리하여 미아는 미식 여행…… 아니, 시온 왕자 구출을 위한 선크랜드 여행의 준비를 갖춰나갔다.

이렇게 다양한 사전 준비를 마친 미아였으나…… 가장 중요한 밑작업을 잊어버렸다는 걸 떠올리게 된다.

그것은…… 황제, 마티아스 루나 티어문의 허락이다.

"선크랜드에 간다고?!"

미아에게서 이야기를 들은 황제는 격노했다.

"모처럼…… 미아와 함께 여름을 보낼 수 있다고 생각했는데……. 이렇게 된 이상 미아와 함께 선크랜드 여행을……."

"자중하소서, 아바마마. 규모가 너무 커집니다!"

이리하여 미아는 출발하는 날까지 아버지를 설득하기 위해 머리를 부여잡고 고민하게 되었다.

제11화 아마도…… 분명……

──선크랜드 행이 정해진 뒤로 미아 님의 모습이 이상하다.

티어문 제국의 대도서관, 끙끙 앓고 있는 미아를 발견한 루드비히는 눈썹을 찌푸렸다.

──역시 이번 선크랜드 행에는 무언가 중요한 이유가 있다는 건가……?

이번 이야기를 들었을 때, 루드비히가 예상했던 두 가지의 이유가 있었다.

하나는 당연히 사전 작업이다.

선크랜드는 티어문에 필적할 정도로 강대국이다. 미아가 여제가 되고자 한다면 시온만이 아니라 폭넓은 사전 작업이 필요해질 것이다.

또 한 가지는 에메랄다의 혼담이다.

사대공작가 중 하나, 별을 지닌 공작 영애인 에메랄다는 미아에게는 최대의 아군이다. 다른 공작가의 영식, 영애들과도 착실히 관계를 쌓은 미아이지만 아마도 가장 신뢰할 수 있는 사람이 에메랄다일 터이다.

제국 내의 중앙귀족을 다스리기 위해서는 사대공작가의 협력이 필수인 이상 그녀의 존재는 미아에게 무척 중요하다고 할 수 있다.

그런 에메랄다를 외국에 보내려는 자가 있다.

──미아 님께서 황위에 오르는 걸 저지하려는 세력이 움직이고 있다는 건가……? 누군가가 미아 님 파벌의 힘을 축소하려 한다고 봐야겠지…….

　그래. 거기까지는 루드비히도 이해했다.

　그걸 저지하기 위해 미아가 선크랜드에 찾아가는 것도 충분히 이해할 수 있는 행동이다. 국내에 대한 견제와 반여제파와 결탁한 선크랜드 왕국 내 세력 간파, 더불어 에메랄다의 충성심 고무 등의 효과를 노린 것이리라.

　하지만…….

　──디온 씨를 데려가려고 한다는 게 마음에 걸리는군.

　여차할 때를 위한 대비가 필요하다는 건 루드비히도 이해할 수 있다. 하지만 그렇다면 황녀전속 근위대로 충분할 터이다. 그럼에도 디온 알라이아라는 압도적인 무력을 동행시킨다는 건 어째서인가…….

　"그 정도로 큰 위기가 기다리고 있다는 건가……. 이쪽도 그렇다고 생각하고 준비를 진행해둬야겠군."

　작게 중얼거린 뒤, 루드비히는 미아 곁으로 걸어갔다.

　"미아 황녀 전하……."

　"어머, 루드비히. 조사할 것이라도?"

　"네. 며칠 전에 통감했습니다. 벨 님께는 역시 기초적인 교육이 필요한 것 같습니다."

　이번 선크랜드 행에는 벨도 동행한다고 들은 루드비히는 출발하기 전에 꼼꼼히 교육시키려고 생각했다.

물론 사실은 미아의 모습이 걱정되어 온 것이지만, 그걸 솔직하게 말하진 않는다.

　"벨 님을 보아하니 일단 스승이 있는 것 같지만……. 조금 역부족이었던 모양입니다. 가르치는 방식이 물렀던 것 같습니다. 엄하게 조일 곳은 조이고, 풀어줄 때는 풀어주고. 교육에는 그런 리듬감이 필요합니다."

　그렇게 말하자 미아는 뭐라 말할 수 없는 복잡한 표정이 되었다.

　"……그런가요. 뭐, 적당히 부탁드릴게요. 아무쪼록, 그…… 마음이 꺾이지 않도록……."

　"물론입니다. 학생의 마음을 꺾어버리는 건 가르치는 자로서는 최악의 행동이니까요."

　"아뇨……. 당신의 마음 말인데요……."

　"네……?"

　고개를 갸웃거리는 루드비히를 본 미아는 또다시 뭐라 말할 수 없는 표정이 되었다.

　"뭐, 됐습니다. 잘 부탁드려요."

　"알겠습니다. 그런데 미아 님도 조사하실 게 있습니까?"

　"아, 네. 음, 그렇죠. 모처럼이니 선크랜드의 상황을 둘러보고 싶어서요. 여행 계획을 세우고 있습니다."

　미아 앞 책상에는 선크랜드 왕국의 지도가 펼쳐져 있었다.

　더불어 펼쳐놓은 책에는 각지의 산업과 마을 현황 등의 정보가 적혀있다.

　"그렇군요. 역시 미아 님이십니다."

무심코 감탄해버리는 루드비히였다.

이번 서크랜드 여행에는 중요한 목적이 있다. 하지만 그 목적에만 사로잡히지 않고 겸사겸사 서크랜드 내의 각지 시찰도 하려는 미아의 합리성에 루드비히는 감탄했다.

──음식은 산업의 기본적인 부분. 향후 제국의 발전에는 불가결한 요소, 제왕으로서 타국의 사정을 파악해두고 싶으신 거겠지. 이 탐욕, 이 합리성이 제국의 예지를 만들어준다는 건가……. 역시 미아 님이셔…….

──역시……? 으음……?

미아는 고개를 갸웃거리면서 눈앞의 책…… 서크랜드 미식 서적으로 시선을 내렸다.

각지의 유명한 특산품이나 각 마을의 명물 요리 등을 정리한 책이다.

솔직히 루드비히가 감탄할 만한 요소는 별로 없다고 생각하지만…….

──음, 하지만 확실히 저는 지금 칭찬받을만한 일을 하고 있으니까 기분은 나쁘지 않네요…….

그렇다. 미아는 현재 무척 열심히 머리를 쓰고 있다.

미아는 고민 끝에 자신이 에메랄다와 동행하는 것을 서크랜드에 숨겼다. 에메랄다의 친구로서 서크랜드에 들어갈 예정이다.

그것은 불확정 요소를 배제하기 위해서였다.

미래를 예지하는 책의 제1인자인 미아는 알고 있다.

미래란 자신의 행동이 예기치 못한 영향을 주면서 의외로 싱겁게 바뀌어버린다는 것을.

이번 일도 마찬가지다. 시온이 죽는 장소나 시간이 바뀔지도 모른다.

──예를 들어, 제가 간다는 걸 알리면 아마도 학우인 시온이 마중하러 나올 가능성이 크죠.

그로 인해 시온은 위험에서 멀어질지도 모른다. 하지만 그렇게 되지 않을지도 모른다. 마중하러 나온다는 건 절대적이지 않으니까 황녀전의 서술대로 죽을 가능성도 당연히 남는다.

반대로 미아를 마중하러 나오기 때문에 다른 위기에 말려들게 될 수도 있다.

단순한 도적과의 항쟁이라면 모를까, 이게 시온을 암살하기 위해 계획된 일이라면 시온은 다른 형태로 위기에 빠지게 될 것이다.

──그렇게 되면 아주 성가셔져요. 그보다는 이 책의 서술대로 진행되는 게 더 낫죠.

따라서 미아는 고심했다. 시온이 죽는 날에 자신이 옆에 있는 상황을 만들어내기 위해서. 자신이라기보다는, 디온이긴 하지만…….

──그러기 위해 어디를 들를 것인지…… 그게 문제예요!

그게 가장 큰 고민거리였다.

에메랄다가 상정한 루트대로 간다면 시온이 죽는 현장에는 갈 수 없다. 아무리 그래도 그렇게까지 편리하게 맞출 수는 없었다.

──맛있는 음식을 먹을 수 있고, 희귀한 버섯이라도 있다면 이상적이죠. 과일따기나 버섯채집을 할 수 있는 환경이라면 말할

것도 없지만요…….

여하간 미아가 들렀다 가도 이상하지 않은 장소를 고를 필요가 있었다. 그렇게 하지 않으면 부자연스럽기 때문이다.

아무것도 없는 시골 마을에서 며칠씩 머무르는 건 너무도 부자연스럽다. 더군다나 에메랄다가 동행하니 지루해진 에메랄다가 무슨 짓을 할지 알 수 없다.

──흐음, 선크랜드의 명물 요리는…… 오오, 민물고기가 맛있다고요……. 그렇군요. 그렇다면 이 강변에 있는 마을을 일정에 넣고, 그리고…….

어디까지나 자연스럽게 시온을 구하러 가기 위해서다.

딱히 선크랜드 여행을 실컷 즐기기 위해서가 아니다.

어디까지나…… 진지한 이유다. 아마도…….

"오오, 이 말린 버섯은 선크랜드의 특산품이로군요. 어디서 살 수 있는 거죠……?"

……분명.

제12화 어전회의

선크랜드 왕국의 왕성, 솔 에쿠스드 성의 한 곳.

네모난 테이블을 에워싸듯 일곱 명의 남자들이 앉아 있었다.

중심에 앉은 사람은 백은색 머리카락에 날카로운 눈동자를 지닌 남자. 탄탄한 장신을 호화로운 옷으로 감싼 그 남자야말로 이 나라의 왕, 에이브람 솔 선크랜드였다.

재상에게서 보고를 받은 에이브람은 무심코 눈썹을 찌푸렸다.

"말을 교묘하게 잘 다루는 도적단…… 이라."

"그렇습니다, 폐하. 우리나라의 정예병을 따돌릴 정도의 승마 기술은 평범한 도적으로 볼 수 없습니다. 어쩌면 그 기마 왕국의 수하일 가능성도……."

"흐음……. 시온, 너는 어떻게 생각하느냐?"

왕의 시선을 받은 시온 솔 선크랜드는 등을 곧게 폈다.

"네, 폐하……. 저는…… 경솔하게 판단해서는 안 된다고 생각합니다."

"……이유는?"

"국가 간의 분쟁이 발발하면 많은 백성이 괴로워하게 될 겁니다. 기마 왕국의 소행이라고 단정 짓는 것은 시기상조. 게다가 이유도 없이 기마 왕국이 우리나라를 침공할 리 없습니다."

"하하하, 시온 전하께서는 아직 젊으시군요."

참가자 중 한 명이 호쾌한 웃음소리를 냈다.

"모든 나라가 우리 영광스러운 선크랜드처럼 현명한 판단을 내릴 수 있다고 생각하지 마셔야 합니다."

선크랜드에 대한 자긍심, 자신이 섬기는 국왕에 대한 넘쳐나는 충성심. 그 남자, 란프론 백작은 그것을 숨기려고도 하지 않고 말했다.

"안이한 영토확장을 위해 대의도 없이 타국을 침략하는 어리석은 자도 세상에는 존재합니다."

"말이 지나치군, 란프론 백작. 백작의 말투는 평화에 분란을 일으키려는 것처럼 들리네만."

"어이쿠, 그런 의도로 들릴 줄이야……."

어전회의는 정치의 장소. 귀족 간의 힘겨루기 장소.

그곳은 시온이 좋아하는 장소가 아니었다.

세인트 노엘을 졸업할 때까지는 그리 적극적으로 정무에 참가하려 하지 않았던 그였으나, 많은 만남을 겪고 조금 생각을 바꾸었다.

특히 막대한 영향을 받은 것은 말할 것도 없이 자신과 같은 나이이면서 국가 개혁에 매진하는 제국 황녀의 모습이었다.

——지금쯤 미아는 무엇을 하고 있을까……?

눈꺼풀 뒤에 떠오르는, 보라색 드레스를 입은 미아의 다부진 모습.

하나 귓가에 울리는 건 다른 소녀의 말이었다.

——말할 수 있을 때 말하지 않으면 후회한다…….

티오나 루돌폰의 절실한 충고가 귓속 깊은 곳에서 메아리친다.

확실히 미아에게 하고 싶은 말이 있다.

──아마도 나는, 미아를⋯⋯. 하지만 지금의 나에게 그 말을 할 자격이 있을까?

렘노 왕국에서의 실패. 가슴에 각인된 쓸쓸한 후회와 자신의 미숙함이 시온에게 그 말을 입에 담는 것을 허락하지 않았다.

──오명을 반납하기 위한 기회는 스스로 만든다⋯⋯. 그렇게 생각했었는데⋯⋯.

그런 식으로 시온이 생각에 잠겨있는 사이에 사태가 움직였다. 한 사람의 발언으로 회의장이 소란스러워졌다.

"최근에는 기마 왕국의 부대가 국경 부근에서 무언가를 하고 있다는 정보도 있습니다. 역시 관련이 없다고 보기 어렵습니다. 백성의 괴로움을 덜어주기 위해서도 곧바로 국경에 군대를 파견하는 게 중요하지 않겠습니까."

언성을 높이며 흥분하는 그는 조금 전의 란프론 백작이었다.

그는 선크랜드의 전통적 보수층에 해당하는 '영토확장파' 귀족이었다.

무능한 왕이 통치하는 것보다는 영광스러운 선크랜드 국왕이 통치하는 게 사람들을 행복하게 해줄 수 있다는 것이 그들의 주장이다.

그건 그 백아의 그레이엄이 지닌 사고방식이기도 하다.

그리고 그 사고방식으로 인해 필연적으로 그들은 타국의 주권을 경시하는 경향이 있었다.

시온은 조용히 한숨을 쉰 뒤 낭랑한 목소리로 발언했다.

"폐하, 현 단계에서는 군대를 움직일 정도는 아닙니다. 제가 직접 부대를 이끌고 대응하러 가 무슨 일이 일어나고 있는지 확인하고 싶습니다."

온갖 책략이 뒤엉키는 회의. 그리고 선도 악도 모두 받아들여야 하는 것이 정치다. 그 한복판에 있다 보면 망설이거나 고민하는 일도 많이 있다. 하지만 시온은 흔들리지 않았다.

그것은 그의 내면에 있는 정의라는 신념에 의한 것…… 이 아니었다.

그날 맛보았던 씁쓸함의 그의 정의의 천칭의 기울기를 조절한다.

──미아라면 어떻게 할까?

제국의 예지라는 본보기(크나큰 착각), 그녀가 정정해준 가치관에 비추어 보면 자연스레 대답이 나온다.

"왕족에게 주어진, 부정을 바로잡는 검은 극히 날카롭습니다. 따라서 사용할 때를 오판한다면 많은 백성을 괴롭히게 됩니다."

그렇게 말하나 뒤 시온은 자신의 아버지를 바라보았다.

"시온 전하께서 직접 출진하시는 건 다소 위험하지 않겠습니까?"

신중론이 나왔지만 시온은 굳건히 고개를 저었다.

"백성의 괴로움을 내버려 두는 것은 선크랜드 왕가를 뒷받침하는 근거를 흔드는 행위와도 이어집니다. 하지만 또 다른 백성의 괴로움을 만들어내는 성급한 판단을 내려서도 안 되죠. 진실을 간파하기 위해서도 폐하, 부디 명령을 내려주십시오."

시온은 자리에서 일어난 뒤 아버지 앞에 한쪽 무릎을 꿇고 머리를 조아렸다.

국왕은 그런 시온을 만족스러운 얼굴로 바라본 뒤 깊이 고개를 끄덕였다.

"그래……. 그렇다면 특별히 네게 명령하마. 시온, 병사를 이끌고 도적을 토벌하거라."

"네. 반드시 폐하의 기대에 부응하겠습니다."

이리하여 시온이 도적단 토벌부대를 이끄는 것이 정해졌다.

"변함없이 너무 무모하십니다. 시온 전하."

토벌대를 지휘하게 되었다고 들었을 때, 키스우드는 기가 막힌다는 듯 고개를 내저었다.

"전하께 무슨 일이 생기면 선크랜드가 어찌 될지, 그런 생각을 못 하시는 것도 아닐 텐데……."

"그렇게 말하지 마, 키스우드. 이 또한 좋은 왕이 되기 위한 수행이니."

산뜻한 미소를 짓는 시온이었으나…… 키스우드는 일말의 불안을 불식하지 못하고 있었다.

──최근 시온 전하는 어딘가 조급해하는 것처럼 보인단 말이지.

최근…… 이라기보다는, 명확하게 겨울 이후부터였다.

티어문 제국의 제도에서 미아 황녀의 탄신제에 참가한 뒤로…….

──그날 무슨 일이 있었나? 하지만 딱히 마음에 걸리는 건 없는데…….

그때였다.

"형님!"

POST CARD

출진 준비를 하던 시온을 향해 달려오는 자가 있었다.

나이는 10대 초반, 시온과 많이 닮은 백은발을 가지런하게 자른 소년이었다. 그 몸은 탄탄하게 단련된 체구를 지닌 시온과는 다르게 가냘프고 덧없는 인상마저 주었다.

소년의 이름은 에샤르 솔 선크랜드. 올해 10살을 맞이하게 되는, 선크랜드의 제2왕자다.

"형님, 들었습니다. 직접 도적을 토벌하러 나가시는 겁니까?"

걱정인 듯 눈을 깜빡이는 에샤르를 향해 시온은 안심시켜주듯 미소 지었다.

"그래, 맞아. 뭐, 방심하는 건 아니지만 같이 가는 자들은 다들 숙련자다. 키스우드도 있으니 걱정할 필요는 없어."

"하지만 형님……. 만약 형님께 무슨 일이 생기면……."

"하하하, 걱정하실 필요 없습니다. 에샤르 전하. 시온 전하께서는 에샤르 전하의 나이이실 때도 이미 어른 못지않은 검술 실력을 지니셨으니까요."

계속 걱정하는 에샤르를 보며 나이가 지긋한 기사가 호쾌하게 웃었다.

그 말에 이어지듯 주위에 있는 기사들은 입을 모아 시온을 칭찬했다.

"시온 전하께서는 검의 천재. 도적단 따위에게 패배하실 일은 없습니다."

"에샤르 전하께서도 시온 전하께 검술을 배워보시면 이해하실 겁니다. 어떻습니까?"

그 말을 듣고 에샤르는 조금 뻣뻣하게 웃은 미소를 지었다.

——저런 건 그리 좋지 않은데…….

옆에서 보고 있던 키스우드는 쓸쓸함을 느꼈다.

에샤르가 형을 대상으로 떨쳐내기 어려운 질투심과 압박감에 시달리고 있다는 걸 눈치채고 있기 때문이다.

그리고 두 왕자의 불화는 파벌항쟁을 좋아하는 귀족들에게는 먹음직스러운 빈틈이 된다.

——그렇다고 내가 뭐라고 할 수도 없지만…….

형제 사이에 발생한 미약한 균열……. 그게 커지지 않기를 기도하는 키스우드였다.

제13화 걸즈 토크……. 걸즈 토크?

순례가도. 그것은 신성 베이르가 공국에서 대륙 각국으로 뻗어 있는 간선도(幹線道)이다.

예로부터 모든 길은 베이르가로 통한다는 말이 있는데, 이 순례가도는 바로 그 말을 체현하고 있다.

중앙정교회에서 유지하는 그 길은 깔끔하게 포장되어있으며 많은 유동인구에 비례하여 폭도 넓다. 두 대의 마차가 나란히 달릴 수 있을 정도로 여유가 있었다.

그런 길을 미아 일행의 마차가 나아갔다. 베이르가를 경유하여 선크랜드로. 그 도중에 티오나 일행과도 합류한 그들은 일곱 대의 마차와 그 주위를 호위 기병이 에워싸서 상당한 대식구를 이루고 있었다.

그래도 일국의 황녀 일행이라고 생각한다면 지나치게 큰 규모라고 할 수 없는 수준이지만.

"아바마마께서는 제법 힘든 상대였어요."

마차에 탄 미아는 깊이 한숨을 쉬었다.

자신도 같이 가겠다면서 한 치의 양보도 보이지 않았던 아버지. 미아가 '아빠 사랑해요!(국어책 읽기)'를 시전해서 가까스로 타일렀지만…….

"설득에 무척 고생했다니까요. 정말, 너무 완고한 분이세요."

정신적인 피로로 인해 얼굴이 핼쑥해진 미아를 향해 에메랄다는 작게 고개를 저었다.

"후후, 그렇지도 않습니다. 폐하께서는 미아 님을 무척 소중히 여기시는 거예요."

에메랄다는 자상한 미소를 짓더니, 이어서 미아에게 뒤지지 않을 만큼 깊은 한숨을 쉬었다.

"게다가 그렇게 따지면 제 아버지가 더 완고하시죠. 제가 혼담은 내키지 않는다고 해도 들어주실 생각조차 없으신걸요. 미아님의 말씀대로 이렇게 직접 거절하러 가는 게 정답이었어요."

"하지만 그만큼 좋은 상대일지도 모르니까요……. 동격인 공작가라면 나쁜 상대라고도 할 수 없죠. 그린문 공작도 에메랄다 양을 위해서 하는 행동일지도 모릅니다."

그렇게 에메랄다를 다독이며 미아는 생각했다.

──어쩌면 그린문 공작은 에메랄다 양을 집에서 떼어놓고 싶은 게 아닐까요……?

사실 에메랄다에게는 다섯 살 어린 남동생이 있다. 하지만 한참 연상인 누나 앞에서 절절매는 걸 넘어서 상당한 시스터 콤플렉스로 자랐다고 한다.

정확하게는 에메랄다를 두목으로 모시는 부하 같은 관계가 되었다나…….

──뭐, 에메랄다 양은 제멋대로이긴 해도 의외로 사람을 잘 돌봐주는 편이니까, 제멋대로이긴 해도 인망이 있는 거겠죠……. 제멋대로지만요…….

여하간, 이대로는 그린문가를 이어받을 후계자가 누나 앞에서 설설 기는 연약한 심성으로 자랄지도 모른다.

참고로 그 에메랄다에게 설설 기는 남동생은 한 번 미아와의 혼인이 검토된 적이 있었다.

하지만 그게 실현되지는 않았다.

「피가 짙어지면 탁해지고, 불행을 부른다.」

그것은 고대에서부터 전해 내려오는 말이었다. 그렇기에 티어문 제국에서는 가까운 혈족 사이의 혼인을 피하는 경향이 있다. 일단 에메랄다의 동생과 미아면 아슬아슬하게 허용범위인 관계이긴 했지만⋯⋯.

"동생과 미아 님이라니, 걸맞지 않습니다!"

에메랄다가 완강하게 인정하지 않았기 때문이다.

"미아 님께서는 제국의 황녀이시니까 그에 걸맞은 상대를 찾아드려야만 합니다. 제 동생으로는 조금⋯⋯ 아니, 터무니없이 역부족이에요!"

미남 소믈리에이기도 한 에메랄다는 가족에게도 무척이나 엄격했다.

뭐, 그런고로⋯⋯. 그린문 공작은 에메랄다가 본가에 남아있게 된다면 골치 아파진다고 생각한 게 아닐까⋯⋯ 하고 예상하는 미아였다.

"참고로 에메랄다 양, 만약 상대방이 무척 번듯하고 잘생긴 신사라면 어떻게 하실 거죠?"

"으음, 글쎄요. 제 친위대의 일원으로 넣어드리는 것 정도는 하겠지만⋯⋯. 애초에 별을 지닌 공작 영애인 저에게 걸맞은 사람은 그리 없을 겁니다."

에메랄다는 그렇게 말하며 웃은 뒤 짝 손뼉을 쳤다.

"아, 그래요. 아예 저와 혼례를 올리고 싶다면 왕자라도 데려오라고 말해버리는 건 어떨까요?"

"으음, 시온은 관두는 게 좋을 거예요. 도저히 에메랄다 양이 상대할 수 있을 법한 사람이 아니니까요⋯⋯."

상상하려고 해도 그 시온과 에메랄다가 결혼한다는 광경이 눈곱만큼도 떠오르지 않는 미아였다.

"성격만 놓고 보자면 시온과 걸맞을 것 같은 사람은⋯⋯ 라피나 님이나, 아니면⋯⋯."

문득 미아는 후방을 따라오는 마차에 탄 한 명의 소녀를 떠올렸다.

과거 미아를 단두대에 보내버린, 원조 제국의 성녀 티오나 루돌폰의 얼굴을⋯⋯.

──흐음. 그러고 보면 티오나 양과 시온은 제가 처형당한 뒤에 맺어졌을까요⋯⋯?

지금까지 의식한 적이 없었으나⋯⋯. 이전 시간축에서 미아가 봐도 잘 어울리던 두 사람⋯⋯. 그런 두 사람이 어떤 운명을 걸었는지, 왠지 궁금해지는 미아였다.

그런 미아의 시선을 따라간 에메랄다가 조금 불만 어린 표정을 지었다.

"그나저나 티오나 양까지 동행시키시다니, 무언가 생각이 있으신 건가요?"

"……일단 말씀드리지만, 티오나 양은 제 친구랍니다. 변경 귀족이라는 둥 쓸데없는 이야기는……."

미리 당부해두려는 미아에게 에메랄다는 다 안다는 얼굴로 고개를 끄덕였다.

"네, 물론 알고 있습니다. 미아 님의 친구는 제 친구인걸요. 티오나 양이 괴롭힘을 받으면 제가 구해드릴게요."

거기서 에메랄다는 한번 말을 끊더니…….

"뭐니 뭐니 해도 저는 미아 님의 가장 친한 친구인걸요. 미아 님께서 슬퍼할 만한 일은 하지 않습니다! 뭐니 뭐니 해도 저는 가장 친한 친구니까요!"

"그, 그래요……. 그렇다면, 다행이고요……."

당당하게 가슴을 펴는 에메랄다를 보며 일말의 불안을 느끼는 미아였다.

제14화 열광적인 팬의 집회

"이런, 곤란하군……."

루드비히는 마차 안에서 바깥 풍경을 바라보았다.

한적한 시골길, 하늘에서 내리쬐는 햇빛은 부드러운 아침 햇살에서 강렬한 한낮의 빛으로 바뀌려하고 있었다.

본래대로라면 이미 출발했어야만 하는 시각이지만, 그가 탄 마차가 움직일 기색은 없었다.

불현듯 마차의 문이 열리더니 디온 알라이아가 들어왔다. 허리에 찬 검을 풀고 의자에 털썩 앉았다.

"아직 수리에 시간이 걸린다고 해. 하아, 이런 장소에서 발이 묶일 줄은……."

미아 일행의 마차에 문제가 발생한 것은 오늘 아침, 숙박했던 마을에서 출발한 직후였다. 한 마차의 바퀴가 망가지고 말았다.

그 마차를 뒤에 남겨두고 나머지만 움직이자는 이야기도 없지는 않았으나, 망가진 것이 그린문가의 고급 마차였던 것도 있었기에 수리를 마친 뒤에 출발하기로 했다.

다행히 주위에 차폐물이 없어서 접근하는 자가 있다면 감지하기 쉽다. 대기 장소로서는 나쁘지 않았다.

"그래서, 이상은?"

루드비히의 질문에 디온은 작게 어깨를 으쓱했다.

"이상 무. 뭐, 황녀전속 근위대도 있고 그린문가의 호위도 숫자는 많으니까. 게다가 선크랜드 쪽도 사대공작가의 영애를 맞게 되었으니 나름대로 준비는 한 모양이야. 단순한 도적으로는 상대도 안 되는 수준을 넘어서 손을 대려는 생각도 못 할걸."

그러더니 디온은 바깥 풍경을 보며 스윽 눈을 좁혔다.

"아마 황녀님도 그건 알고 있지 않겠어? 경계해야 하는 건 도적이 아니야. 병사가 몇 명이 있다고 해도 대처할 수 없는 적이라는 걸……."

루드비히는 말없이 고개를 끄덕였다.

"확실히 예의 늑대술사가 도망친 게 이쪽 방면이었지."

혼돈의 뱀의 자객, 늑대술사. 미아를 공격한 남자가 루드비히가 수배한 추적자를 뿌리치고 모습을 감춘 것이 선크랜드의 근교였다.

그리고 그 후로 문제의 암살자는 모습을 보이지 않고 있다.

"그 녀석이 나오면 어중간한 호위로는 감당이 안 되지. 수십 명이 포위해서 간신히 대처할 수 있었을 정도고, 그 늑대도 골치야. 황녀님이 우려하는 건 잘 알겠어."

"그런가. 여하간 호위 쪽은 잘 부탁한다. 이번에 미아 님께 무슨 일이 생기면 다른 이들을 볼 면목이 없어."

"예의 여제파라고 하는 동료들 말이야?"

"그래. 맞아. 그러고 보면 질 외의 다른 멤버는 소개하지 않았지. 언젠가 소개해주고는 싶지만……."

그렇게 말하며 루드비히는 회상했다.

제도를 출발하기 전, 그는 자신이 처리하던 일을 인수인계하기 위해 몇 명의 여제파와 만났었다.

　그날 루드비히는 서둘러 회합 장소로 향했다. 그곳은 제국의 한 곳. 지금은 사용되지 않는 저택의 한 방이었다.

　"오, 루드비히. 페르쟝 여행은 제법 짭짤했던 모양이던데."

　방에 들어가자 가장 먼저 발타자르가 말을 걸었다. 그 말고도 질베르를 비롯하여 열 명 전후의 인원이 모여 있었다.

　"아아, 발타자르인가. 왜 그러는 거지?"

　루드비히는 고개를 갸웃거렸다. 기본적으로 발타자르는 냉정한 남자가. 어지간한 일로는 이렇게 조급해하는 목소리를 내지 않을 텐데…….

　"어떻게 침착할 수 있겠어! 미아 황녀 전하가 페르쟝과 맺은 조약의 개정을 귀띔하셨다면서."

　"그래. 맞아. 페르쟝과 했던 불평등조약을 바꿀 것을 암시하셨지. 그럼으로써 페르쟝과 새로운 관계를 구축하고 싶다고…… 페르쟝의 신뢰를 얻고 싶다고, 그렇게 말씀하셨다……. 무모하다고 생각하나?"

　슬쩍 올려다보는 루드비히를 향해 발타자르는 뭐라 말할 수 없는 얼굴로 어깨를 으쓱했다.

　"그런 말은 안 하지만……. 황녀 전하의 진심 어린 열의에는 좀 압도당하는 게 있지."

　"압도당하는 정도가 아니라고요. 자세한 이야기를……."

　"우선 기다리거라. 그렇게 서두를 건 아니다."

입을 모아 루드비히에게 질문을 던지려고 하는 자들을 조용한 목소리가 제지했다.

방 안쪽, 온화한 미소를 지은 노인……. 현자 갈브의 모습을 보고 루드비히는 머리를 깊이 숙였다.

"오랜만에 뵙습니다. 스승님."

"건강해 보여서 다행이구나, 제자 루드비히여."

"스승님께서도 건강해 보이셔서 다행입니다."

그렇게 말한 뒤 루드비히는 스승의 복장을 흥미롭게 바라보았다.

이전에 숲에서 봤을 때와는 다르게, 지금의 그는 고급 관리가 입을 법한 멋들어진 옷을 입고 있었다.

"음? 아아, 이거 말이냐. 후후, 아무리 그래도 그 복장으로 학원장 일을 할 수는 없지."

그렇게 말하며 갈브는 온화한 미소를 지었다.

그에 루드비히는 안도의 한숨을 내쉬었다.

갈브는 방랑 현자. 한곳에 머무르는 걸 좋아하지 않는 성격이기 때문에 다소 걱정되었지만 아무래도 기우였던 모양이다.

"아아, 그러고 보면 페르쟝에서는 아샤 왕녀 전하께도 도움을 받았습니다. 그분도 스승님의 가르침을 받으셨습니까?"

루드비히는 갈브와 마찬가지로 미아 학원에서 교편을 잡은 아샤의 이야기를 꺼내 보았다.

"하하, 그 왕녀님은 제법 총명한 분이시더군. 나 같은 늙은이에게 가르침을 청하지 않고도 스스로 생각하여 진실에 도달할 수 있을 거다."

"그렇군요……."

"그럼…… 이제 들어보기로 할까. 미아 황녀 전하, 제국의 예지께서 페르쟝에서 어떻게 행동하셨는지……."

방 안쪽으로 안내받은 루드비히는 의자에 앉아 와인으로 목을 적신 뒤 잠깐 숨을 돌렸다. 그리고는 천천히 입을 열었다.

"미아 님께서 처음 하신 행동은 과일 수확을 돕는 것이었습니다."

처음은 미아가 신나게 즐겼던 루비와 수확 에피소드부터다.

"그래. 함께 땀을 흘리며 백성의 신뢰를 얻는 것인가……. 페르쟝의 왕녀는 농민의 선두에 서서 농업에 힘을 쏟는다고 들었는데, 그 나라의 방식을 모방한 모양이군."

"그것만이 아니라 그 자리에서 수확한 루비와를 드셨습니다."

그 이야기에 한 남자가 놀란 목소리로 말했다.

"루비와는 확실히 맛 좋은 과일이지만…… 그건 과즙 때문에 손이 더러워져. 고귀한 신분의 영애는 좋아하지 않는 과일인데……."

미아를 아직 이해하지 못한 동료의 반응에 루드비히는 선배로서 부드럽게 대답했다.

"미아 님께서는 그런 건 신경 쓰지 않는 분이시다."

그렇다. 미아는 확실히 달콤한 과일을 먹기 위해서라면 손이 더러워지는 것쯤은 꺼리지 않는 인간이다. 루드비히는 딱히 틀린 말을 하지 않았다. 틀린 말은 아니지만…….

"노동에 대한 감사의 마음으로서…… 함께 땀을 흘린 친애의 증표로서 농민들이 주는 것을 순순히 받아들이는 자세……. 페르쟝을 속국이라며 무시하던 중앙 귀족들에게는 도저히 불가능한

일이지······."

어째서일까······. 무언가가 어긋나고 있다······.

"그리고 황금의 언덕 건이 있었지. 다들 들어본 적이 있나? 페르쟝이 제국의 귀족을 접대할 때의 의전······. 스승님은 알고 계실 것 같습니다만······."

"그래······. 왕도로 이어지는 언덕길에 수확한 밀을 깔아두고 그 위를 마차로 지나가게 하는 어리석은 풍습 말이구나. 아마도 멍청한 제국 귀족의 요구로 시작된 일이겠지. 상대방의 자부심을 짓밟고 굴복시키는, 오직 그 의미밖에 없는 행위다."

토해내듯이 말한 뒤, 갈브는 루드비히 쪽을 보았다.

"그렇지만 그 성의를 거부할 수도 없지. 황녀 전하는 어떻게 대응하셨지?"

흥미로워하는 시선을 보내는 갈브. 루드비히는 약간 득의양양해져서 대답하려다가······.

"앗, 저 알겠어요. 마차에서 내려서 언덕을 올라가신 거 아니에요?"

그 전에 질베르가 끼어들었다. 그 대답에 주위에 있던 자들도 수긍하며 고개를 끄덕였다.

"그렇군. 묘안이야. 확실히 마차가 지나가면 모처럼 수확한 밀이 망가지지만 발로 밟는 것뿐이라면 그렇지 않지. 상대방의 성의를 무시하지도 않으면서 자부심에 주는 상처를 줄이는, 타협안으로서는 최선책이야!"

왕성한 지식욕도 행동력도 갖춘 유능한 관리들이 내놓은 대답.

하지만 루드비히는 고개를 저었다.

"아쉽게도 그건 반만 맞았어. 미아 황녀 전하께서는…… 신발을 벗고, 맨발로 언덕을 오르셨다."

"뭣?! 맨발로?"

"말도 안 돼! 황녀 전하께서 그런 행동을?!"

미아의 열광적인 팬들은 흥분했고…… 루드비히의 자랑은 계속 이어졌다.

제15화 제국의 예지의 심연

"그리고 수확 감사제에서 가경을 맞이하는데…… 미아 님께서 는 그곳에서 춤을 보여주셨다."

루드비히는 조용히 눈을 감고 그때의 광경을 떠올렸다.

"그것은 참으로 근사했지. 마치 페르쟝과 티어문의 새로운 관 계를 보여주는 것 같은……. 미아 님의 댄스 실력이 뛰어나다는 건 들었지만, 설마 그 정도까지일 줄이야……."

살짝 심취한 어조로 말하는 루드비히. 아무래도 조금 전에 마 신 와인으로 취기가 오른 모양이었다.

그런, 살짝 제정신이 아닌 루드비히의 발언에 갈브가 고개를 깊이 끄덕이며…….

"춤에는 마음이 드러난다고도 하지. 사람들의 안녕을 기원하는 미아 전하의 마음이 춤을 맑고 아름답게 만든 게야."

그럴싸한 소리를 했다!

위엄있는 스승의 말에 제자들은 '그렇구나……' 하며 고개를 주 억거렸다.

"네. 정말 그런 느낌의 춤이었습니다."

그리고 루드비히는 그 흐름에 편승했다. 누워뜨기의 달인인 미 아의 오른팔답게 훌륭한 편승이었다!

"그리고 춤이 끝난 뒤 페르쟝의 국왕, 유하르 폐하께서 선언하 셨다. 페르쟝은 미아 황녀 전하와 신뢰 관계를 맺겠노라고……."

"하지만 그렇게 되면 페르쟝의 국왕이 주목을 가져가 버리게 된 것 같은데…….'

"아니, 미아 님께서는 따로 공을 과시할 필요를 못 느끼신 거겠지. 그보다도 페르쟝과의 신뢰를 중시하신 거다."

그때의 고요한 흥분을 떠올린 루드비히는 몸이 부르르 떨리는 것만 같았다. 모여든 백성들의 눈에 깃든 희망의 빛……, 환호성……. 그걸 보고 만족스러운 표정을 짓는 미아.

그것은 평생 잊을 수 없는 광경이었다고 새삼 느꼈다.

"하지만 미아 황녀 전하의 노림수는 그것만이 아니었어."

"뭐라고? 그건 무슨 의미지?"

"이건 어디까지나 내 추리지만…….'

상황증거를 조합하면서 나온 예상.

여러 나라에 걸친 식량 상호 원조라는 장대한 구상.

끝도 없이 부풀어가는 망상.

루드비히가 보여준 대단한…… 추리에 현자 갈브의 제자들은, 똑똑하고 유능한 관리들은…… 천진한 어린아이처럼 환호했다!

"놀랍군……. 포크로드 상회만이 아니라 그 대상인 샬로크 콘로그를 끌어들이다니…….'

이전에 샬로크와 만난 적이 있던 자는 그 돈의 망령의 변모에 경악했다.

도저히 그러한 자선활동에 힘을 쏟으려고 하는 인간으로는 보이지 않았는데…… 하며 연신 고개를 갸웃거렸다.

"온갖 이들이 미아 님의 빵·케이크 선언 하에 한데 뭉치고 있다는…… 그런 인상이었다."

루드비히는 상당히 심취한 어조로 말했다. 조금 전까지 가득 따라져 있던 와인은 이미 사라진 상태였다!

그런, 상당히 제정신이 아닌 루드비히의 발언에 갈브가 고개를 깊이 끄덕이며…….

"흠. 많은 인간의 마음을 움직이는 말은 분명히 존재하지. 미아 황녀 전하의 말씀에는 힘이 있다는 거야."

또다시 그럴싸한 소리를 했다!

스승의 함축적인 발언에 제자들은 고개를 주억거렸다. 심지어 그중 한 명이 나섰다!

"루드비히……. 그 일, 꼭 나도 관여하고 싶다."

능력은 있지만 그렇기에 사용할 곳을 찾지 못하고 있던 자들. 그런 그들에게 제국의 예지가 보여주는 '아직 본 적이 없는 조직의 예상도'는 무척이나 매력적으로 보였다.

"그래, 가 주겠어? 경위가 경위인 만큼 제국에서도 인재를 차출하지 않을 수는 없다고 생각하던 참이다."

그 외에도 몇 명 관심을 보인 자가 있었기 때문에 루드비히는 자료를 제공하겠다고 약속했다.

"밀 품종개량에도 인재를 할애해야 할 텐데……. 그 방면에 지세한 자는 다들 제국에 절망해서 외국으로 가 버렸지. 부르기는 했다만…… 가장 의지할 수 있을 법한 녀석은 지금 바다 건너편에 있어서 말이다……."

씁쓸한 표정이 된 갈브를 향해 루드비히는 고개를 저었다.

"할 수 있는 일을 최대한 할 수밖에 없죠. 미아 님의 발상을 따라잡는 건 저희로도 어렵습니다."

그 발언에는 많은 이들이 고개를 끄덕이며 동의했다.

"그나저나 무시무시한 분이야. 미아 황녀 전하는……. 이런 사태를 인간의 몸으로 예상할 수 있는 건가?"

"모든 게 계산대로라는 건가요. 진짜 무서울 정도예요."

그런 질베르의 중얼거림에 다른 사람이 웃었다.

"아니. 비관할 정도는 아니야. 오히려 모든 게 아무런 계산도 없이 우연이었다는 게 더 공포지."

"음, 듣고 보니 그렇네요."

그렇게 분위기가 일변하여 화기애애한 미소가 실내에 넘쳐흘렀다.

……그들이 진실을 알고 그 미소가 얼어붙는 날이 오지 않기를 기도할 뿐이다.

"그런 식으로 우리는 준비를 진행하고 있다만……."

"착착 세력을 굳히고 있다는 건가."

"그래. 하지만 시간은 적에게도 평등하게 흘러가지."

"그렇군……. 완벽한 체재를 갖춰가고 있는 와중에 적이 그걸 무너트리러 나섰다는 거지? 가장 무너트리기 쉬운 부분을."

"당연한 방식이지. 귀족이란 보수적인 생물. 그 겨울날 미아 님께서 보라색 드레스를 걸치신 뒤로 제법 시간이 지났어. 반감을 품은 자들이 움직이기 시작했어도 이상하지 않다."

그렇게 말한 뒤 루드비히는 안경을 밀어 올렸다.

"그렇다면 영애 쪽은 그렇다 쳐도, 그린문 공작 본인은 황녀님이 황제에 즉위하는 걸 반대한다?"

"미아 님께서 황위를 이어받지 않으면 자신의 아들이 황제가 될 가능성이 생기는 셈이니까. 반대할 이유는 있어도 지지할 이유는 없다만…… 글쎄."

그때 루드비히가 팔짱을 꼈다.

"의외로 딸에게 좋은 배우자를 붙여주고 싶었던 것뿐일지도 모르지. 인간의 마음은 알 수 없는 법. 무슨 생각을 하는지 알 수 없어서 고민해봤자, 의외로 시시한 생각을 하고 있을 가능성도 있다."

제국의 예지의 심연에 도달할락 말락 한 발언을 하며 루드비히는 웃었다.

"여하간 우리가 해야 할 일은 온갖 적대자로부터 미아 님을 지키는 것이지. 뱀이든 반여제파든 날아오는 불똥은 전부 뿌리쳐야만…… 음? 왜 그러지?"

별안간 일어난 디온을 보고 루드비히는 눈썹을 찌푸렸다.

"아니……. 누군가가 가까이 오는 소리가 들렸거든."

그러더니 디온은 허리에 찬 검에 가볍게 손을 올리고는…….

"그래도 발소리로 봤을 때 대단한 상대는 아닌 깃 같아. 어휴."

어깨를 으쓱한 뒤 마차 밖으로 나갔다.

제16화 마차 가이드 미아

"흐으음……."

마차 안에 미아의 신음이 울렸다.

황녀전의 기록을 떠올린 미아는 우울한 기분에 잠겨있었다.

"어머? 왜 그러시는 거죠? 미아 님."

문득 시선을 들자 그곳에는 걱정된다는 양 이쪽을 살펴보는 에메랄다의 얼굴이 있었다.

그 뒤에서는 티오나와 슈트리나와 벨도 걱정하는 표정으로 바라보고 있다.

"아아, 아뇨. 아무것도 아닙니다. 어젯밤은 그리 잠을 자지 못했기에 조금 졸린 것뿐이에요. 하아암……."

말하던 도중에 하품이 흘러나왔다.

그렇다. 어젯밤은 정말로 잠을 잘 수 없었다.

그린문 가의 마차 두 대를 연결한 뒤 그곳에 미아, 에메랄다, 티오나, 벨, 슈트리나라는 영애들에 안느, 리오라, 니나라는 종자들도 합세해서 밤새 무척이나 화기애애한 대화가 오갔기 때문이다.

리오라가 말한 숲에 얽힌 괴담, 티오나가 말한 결코 들어가면 안 되는 폐촌, 슈트리나가 말한 기억에조차 남기지 못했을 정도로 무서운 이야기…… 등등.

과자를 와작와작 씹으면서 흥미진진하게 듣던 벨과는 다르게 미아는 진심으로 오들오들 떨었다. 이럴 때 의지할 수 있는 안느는 안타깝게도 니나와 종자 토크에 열을 올리고 있었다.

그런고로 미아가 잠이 부족한 건 사실이었다.

하지만 미아가 우울해진 진짜 이유는 그 탓이 아니었다.

——분명 조금 더 북상한 곳에 잇는 마을 근처에서 상단을 공격하는 도적단과 전투하게 되었다고 적혀있었어요. 그러다가 적에게 당했다고.

여행은 여기까지 순조롭게, 계획대로 가고 있었는데…….

——마차 고장은 예상하지 못했어요. 이대로는 예정한 코스대로 가면 늦어버릴 거예요. 큭, 어쩔 수 없죠. 근처 마을에서 여행 선물을 사는 건 포기하고…….

완전히 마차 가이드의 마음가짐이 된 미아였다.

여하간 다른 곳에 들렀다가 가면 늦을 테니까 눈물을 머금고 쇼핑 일정을 수정하려고 생각한 바로 그때였다.

똑, 똑…….

마차 문을 노크하는 소리가 들렸다.

"실례합니다. 미아 황녀 전하, 잠시 괜찮으십니까?"

노크한 사람은 선크랜드에서 보낸 호위대의 대장이었다. 그는 에메랄다를 초대한 귀족인 란프론 백작이 파견한 병사였다.

선크랜드 왕국의 상비군은 크게 구분하면 두 개로 나뉜다.

하나는 군 전체의 절반을 짊어진 국왕군, 또 하나는 각지의 귀족이 기르는 사병단이다.

이번에 에메랄다를 위해 파견된 것은 란프론 백작의 사병이라고 한다.

깊이 머리를 숙이는 대장을 보고 미아는 생글생글 웃었다.

"어머나, 대장님. 경비하느라 고생이 많군요. 무언가 용건이라도?"

부드러운 목소리로 하는 말을 들은 대장은 조금 놀란 듯 눈을 깜빡였다.

의아해서 고개를 갸웃거리는 미아는 억지로 에메랄다를 따라온 철부지 황녀라는 설정을 완전히 잊어버리고 있었다.

『저는 에메랄다 양의 친구인 미아 루나 티어문이랍니다!』

이렇게 자기소개했을 때의, 당장에라도 눈물을 흘릴 것 같던 대장의 얼굴은 한동안 잊을 수 없을 거라고 생각했으나⋯⋯. 필요하지 않은 일은 홀랑 잊어버리는 미아였다.

"사실 상단이 근처를 지나가는 모양입니다만⋯⋯."

"흐음, 상단⋯⋯ 이라고요?"

"네. 왕도를 향하는 도중이라고 합니다. 어떻습니까? 도중에 쇼핑하실 예정이셨는데 대신 이곳에서 상인에게 직접 물건을 사들이시는 건⋯⋯. 출발 준비까지는 아직 시간이 걸릴 테니까요⋯⋯."

"그렇군요⋯⋯. 나쁘지 않은 생각이에요. 마침 지루하던 참이었고⋯⋯."

미아로서는 마을에서 살 예정이었던, 선크랜드 특산 과자와 먹거리를 살 수 있다면 불만이 없었다.

게다가 선크랜드라고 하면 은세공품도 유명하다. 마차 안에서 지루해하던 영애들도 즐길 수 있지 않을까.

――상인으로 분장한 도적일 가능성도 없지는 않을 테지만요…….

그 점에 관해서는 걱정하지 않았다.

여하간 호위를 담당하고 있는 자는 디온 알라이아다. 그 디온 알라이아다. 웃는 얼굴로 금속을 동강 낼 수 있는 그 무서운 남자이다!

그의 눈길이 닿는 곳에서 흉수를 휘두르는 것은 차마 불가능할 것이다.

아마도 알리러 온 사람이 선크랜드 측의 대장이라는 걸 고려하면, 디온은 상인들을 감시하고 있는 게 아닐까.

――게다가 루드비히도 동행했으니까요……. 만에 하나라도 위험하지 않다고 판단할 수 있어요.

그렇게 생각하면서도 일단은 이번의 메인 게스트인 에메랄다에게 물어보았다.

"어떤가요? 에메랄다 양."

"좋아요! 선크랜드의 상품을 보고 싶어요!"

에메랄다도 긍정적인 모양이었다.

"흐음, 타이밍 상 마침 잘 된 건지도 모르겠군요."

그렇게 태평하게 중얼거리는 미아는…… 눈치채지 못했다.

시온 솔 선크랜드가 사망했을 때의 기록.

그의 목숨을 빼앗은 도적단…… 그들이 당시에 누구를 공격하고 있었는지…….

제17화 미아 황녀, 버섯 감정을 시작하다!

"만나 뵙게 되어 영광입니다. 미아 황녀 전하."

움츠러드는 상인을 앞에 두고 미아는 스커트 자락을 살짝 들어 올렸다.

"정중한 인사에 감사드립니다. 순례 상인님."

그리고는 싱긋 웃었다.

순례 상인──그것은 순례가도를 이동하며 장사하는 자들의 총칭이다.

그들은 순례가도를 통해 다양한 나라를 돌면서 상품을 사들이고 다른 곳으로 팔러 가는 교역상이다. 순례자에게 여행 물자를 판매하기도 하므로 각국에서 중시하고 있다.

"지금은 어디로 향하고 있었나요?"

"네. 저희는 왕도로 가고 있습니다."

"어머나? 당신들도 왕도에? 대단한 우연이군요. 저희도 그렇답니다."

미아의 말에 남자는 쓴웃음을 지었다.

"연이 닿은 것이 미아 황녀 전하 일행인 점에 저희 일동은 크게 안도하였습니다."

"어머? 어째서죠?"

"사실 이 근방에 도적단이 나타난다는 정보를 얻었습니다. 그렇다고 진로를 바꾸는 것도 상당히 어려운 일이기에……. 도적단과 마주치면 어떻게 될지 고민하던 참이었습니다."

상단은 마차 세 대 정도로, 그렇게 큰 규모는 아니었다.

아무래도 마차를 보유한 세 명의 행상인이 행선지가 같다는 이유로 함께 행동하고 있을 뿐인 모양이다.

당연히 든든한 호위를 고용할 만한 돈도 없다.

"선크랜드는 치안이 안정된 나라이긴 하나, 도적이 전혀 나오지 않는 땅은 어디에도 존재하지 않죠……."

"흐음, 그렇군요……."

미아의 뇌리에 시온의 목숨을 빼앗는 도적단의 모습이 떠올랐다.

──그 소문 속 도적단이 시온을 죽이게 되는 걸까요…….

"저기, 왜 그러십니까?"

"네? 아, 아뇨, 아무것도 아닙니다. 그보다도 이것도 어떠한 인연이라 부를 수 있겠죠. 괜찮다면 당신들의 상품을 잠시 볼 수 있을까요?"

"물론입니다. 좋은 품질의 상품을 갖추고 있습니다요."

상인은 사근사근한 미소를 지으며 손바닥을 문지르기 시작했다.

"보세요, 미아 님! 이 옷감, 제법 질이 좋은데요?"

"어머나, 그렇군요. 감촉이 아주 좋아요."

에메랄다의 환호성에 미아는 황녀처럼 우아한 미소를 지었다.

미아도 하려고 마음을 먹으면 황녀처럼 행동할 수 있다. 아무튼 미아는 제국의 황녀. 의심이 끼어들 여지도 없이 정말로, 진짜로 황녀님이다!

황녀'처럼 행동한다'고 뭐고, 애초에 황녀님. 자연스러운 행동에서 그 품격이 자연스럽게 묻어날 터…… 이다만……. 참으로 신기한 일이다.

──흐음, 다들 즐거워하는 것 같으니 다행이네요.

티오나와 슈트리나와 벨도 저마다 상품을 보며 즐기고 있다.

귀족 영애하면 떠오르는 이미지답게 화려한 광경을 뒤로 미아는 어떤 장소에서 멈춰 섰다.

"어머, 이건 위자(偉紫) 버섯을 말려놓은 것이네요. 여기서 상당히 떨어진 장소가 생산지라 포기하고 있었는데, 설마 이렇게 만나게 될 줄은 몰랐어요!"

그것은 선크랜드의 동쪽에서 채집할 수 있는 버섯이었다. 말리면 맛에 깊이가 더해진다는 그 버섯은 고귀한 위인이 즐겨 먹었던 것으로 알려져 있다.

"게다가 이건 가루 버섯이에요. 끓여서 차로 우리면 독특한 단맛이 난다던……."

녹색의 버섯을 보고 환호하는 미아.

"오오, 잘 아시는군요. 미아 황녀 전하."

"우후후, 그야 뭐. 이 정도는 당연하죠."

미아는 예습의 성과를 마음껏 피로했다. 우쭐거리는 얼굴로 다른 버섯에 시선을 주고는…….

"이건 송이싹 버섯이군요. 무척 맛있어 보여요."

아벨에게 먹여주고 싶다는 생각을 하고 있었더니…… 상인이 재미있다는 듯 소리 내어 웃었다.

"하하하, 아쉽습니다. 그건 붉은 송이싹 버섯이라는 이름의 독버섯입니다."

미아, 훌륭하게 독버섯에 당첨되다! 자칫 먹을 뻔하게 되었던 아벨은 지금쯤 등을 타고 오르는 오한을 느꼈을지도 모른다.

"도, 독버섯이요?! 왜 그런 것을 파는 거죠?!"

비명을 지르는 미아. 그때 뒤에서 살며시 다가온 슈트리나가 설명해주었다.

"이 독버섯은 오래 푹 끓이면 독이 빠집니다. 일부 지역에서는 별미로 먹는다고 들었습니다. 게다가 이 버섯의 양독(陽毒)은 음독(陰毒)과 만나면 이독제독이 되므로 해독제에도 사용되죠. 물론 상당히 강한 독이기 때문에 이걸 사용해서 대항해야만 할 정도의 독은 잘 없지만요……."

"오오, 그쪽 아가씨도 잘 아시는군요. 확실히 이걸 해독제에 쓰는 건 이제는 거의 없는 일입니다. 옛날에는 사냥할 때 화살에 독을 발랐었거든요. 자칫 손가락이라도 찌르거나 입에 들어가 버렸을 때는 이걸 사용해서 치료했다고 합니다."

슈트리나의 설명을 상인이 보충했다.

"와아. 리나, 대단해!"

"후후, 그 정도까지는 아니지만……."

그렇게 말하면서도 벨의 순수한 칭찬에 기뻐하며 웃는 슈트리나였다.

한편 미아는…….

"흐음, 그렇군요."

우쭐대던 차에 찬물을 뿌려서 기분이 상하…… 는 기색도 없이, 오히려 감탄한 얼굴로 고개를 끄덕였다.

그렇다. 버섯 여제 미아에게 버섯 지식을 주고 자신을 성장시켜주는 사람은 귀중한 스승. 존경심으로 대해야 할 인물이다.

──역시 리나 양……, 훌륭한 지식이에요.

팔짱을 끼고 신음하며…….

"그렇다면……, 사도 괜찮으려나요……."

터무니없는 발언을 했다!

──별미라는 말을 들었다면 먹어보지 않을 수가 없죠. 전문가인 리나 양이 있다면 처리도 문제없을 테고…….

버섯 향학심 덩어리인 미아였다.

미아는 슈트리나 쪽을 보았다.

"리나 양, 처치 부탁할 수 있을까요?"

그리고는 맛있게 만들어달라는 마음을 담아 슈트리나를 바라보았다.

한편 슈트리나는 진지하기 그지없는 얼굴로 고개를 끄덕였다.

"……알겠습니다. 미아 님."

그 후 상인에게 버섯을 산 뒤 바로 그 자리를 떠났다.

새로운 별미를 손에 넣은 미아는 흡족한 얼굴로 다른 상품도 둘러보았다.

그렇게 상인들과 완전히 친해져 버린 미아는 마침 목적지가 같았던 상단과 동행하기로 했다.

제18화 지혜로운 책략가() 미아

──우후후. 아아, 무척 잘 되었어요.

이번 여행에서 미아는 드물게도 착실하게 일정을 짰다. 어떻게 문제의 날, 문제의 장소에 디온을 보낼 것인지 제대로, 꼼꼼하게 계획을 세웠다.

그렇게 계획은 뜻밖에 순조롭게 실현되고 있었다. 마차가 망가진 것 말고는 거의 예정대로라고 할 수 있었다.

그 마차 고장으로 인한 시간 손실도 중간에 마을에 들르는 예정을 취소하고 상단과 동행함으로써 수정했다.

계획의 실현까지 앞으로 아주 조금만 남았다.

──어디……. 마지막 문제는 어떻게 디온 씨를 시온이 있는 곳에 보내는가…… 인데요. 정찰하러 보낸다는 명목으로 앞서 보내는 게 좋을까요……?

미아의 목적은 디온 알라이아를 써서 시온을 지키는 것이지, 자신이 구하러 가는 게 아니다. 결단코 아니다!

당연하다. 아무리 시온을 구하기 위해서라고 해도 미아 본인이 위험한 장소에 뛰어들 수는 없다. 아니, 가 봤자 도움이 되지도 않는다.

그렇다. 미아는 어디까지나 배후에서 움직이는 존재.

──그래요. 저는 책략가인걸요. 직접 손을 쓰는 게 아니라, 이 똑똑한 머리로 사태를 조종하는 거예요……. 우후후…….

그렇게…… 지금 막, 아주아주 커다란 흐름의 정점에 있는 미아는 완전히 잊고 있었다.

인생이란 만만치 않다는 사실을. 흐름에 정점에 섰다면 이제는 내리막길이 기다리고 있다는 것을.

미아는 잊고 있었다. 그런 미아의 방심이 초래한 건지…… 별안간 마차가 덜컹 흔들렸다.

……직후!

"도적이다! 고, 공격한다!"

전방에서 목소리가 들렸다.

"…………흐어?"

사태는 책략가 미아의 지배에서 싱겁게 벗어난다.

"도적이라…….."

전방에서 우회하듯 접근하는 자들을 향해 디온은 조용히 시선을 보냈다.

"그런 것치고는 잘 훈련되었는데……."

일사불란하게 대열을 짜고 말을 달리는 그들은 제국 정규군의 기병과도 뒤지지 않는 훈련 상태를 자랑하는 것처럼 보였다.

"대단한 포위망이야……."

"디온 대장님!"

"이제 대장 아니라니까."

옆으로 달려온 옛 부하의 발언에 디온은 쓴웃음을 지었다.

"그보다 호위의 움직임은?"

"상인들이 고용한 호위의 수준은 아실 테죠. 거기에 그린문가의 호위도 의지하기 힘들어 보입니다. 아, 다만 란프론 백작의 병사는 저희와 필적할 정도로 훈련을 받은 듯합니다."

"흐음. 그렇단 말이지. 뭐, 평범한 도적이라면 그걸로 충분하겠지만……."

'저 도적은 좀 평범하지 않아 보인단 말이지……'라고 중얼거리는 사이에도 도적들이 탄 말은 이쪽의 탈출로를 틀어막듯이 움직였다.

"어떻게 할까요? 저희끼리 돌진합니까?"

"음, 바노스가 있다면 그래도 괜찮겠지만. 피해가 좀 심해질 것 같은데……. 흐음."

"어라? 별일이네요. 디온 대장님이 고민하시다니……. 영락없이 단독으로라도 돌진하는 게 대장님이신 줄 알았는데요……."

괴이쩍어하는 옛 부하의 반응에 디온은 쓴웃음을 지었다.

"아니……. 황녀님이 왜 나를 불렀나, 해서……."

일반적으로 생각한다면 바로 저 도적 같은 자들을 대비하기 위해서일 테고, 예의 늑대술사가 공격해올 때의 대처일 것이다.

하지만…….

──우리 황녀님은 사람이 죽는 걸 싫어하니까. 그러기 위한 대비로 나를 부른 거라면…….

뇌리에 떠오르는 것은 이전 렘노 왕국 혁명소동을 사망자 없이 해결로 이끈 미아의 수완이었다.

"이번에도 같은 걸 기대하시는 거라면……. 그리고 예의 그 남자가 저 도적들과 연관 관계가 있다면⋯⋯?"

디온은 고개를 절레절레 내저었다.

"그래서 어떻게 하실 겁니까? 저희는 언제든지 갈 수 있습니다."

"아, 그래. 뭐, 검을 나누지 않고 이기는 게 아무래도 최선인 거니까. 우선은 시험해봐야지⋯⋯ 합!"

디온이 말을 몰아 전방으로 나왔다. 그 뒤를 따라오려는 근위들에게 지시를 내렸다.

"너희들은 황녀님의 호위를 부탁한다. 만약 늑대를 거느린 남자가 있다면 당장 나를 불러. 목숨을 걸라고는 안 하마. 죽음으로 시간을 벌어."

"휘익, 역시 대장님!"

"변함없는 악독함!"

부하들의 환호성을 뒤로 디온은 도적들을 향해 일직선으로 달려갔다.

검을 빼 들고 말 위에서 자세를 잡았다.

"쓸데없는 저항은 하지 마라! 짐만 넘긴다면 목숨은 보장하마."

선두에 있던 도적이 그렇게 외치며 활을 쏘았다.

바람을 가르는 소리를 내며 날아오는 화살.

그걸 똑바로 응시한 디온은 전투의 기척을 느끼며 대담한 미소를 지었다.

"그래, 목숨을 거는 건 오랜만이군."

디온의 검이 횡을 그었다.

스걱! 날카로운 소리를 내며 두 동강이 난 화살이 땅바닥으로 추락했다.

"용감한 도적 제군이여! 목숨이 아깝다면 좀 더 활을 쏘는 게 좋을 거다. 이 내가 너희들의 목을 베러 가기 전에 말이야."

드높이 울려 퍼지는 도발. 그에 응한 것은 수십 발이 넘어가는 화살이었다.

제19화 제국의 예지의 검으로서

"음, 제법 좋은 실력이군."

자신을 향해 날아오는 화살을 쳐다보며 중얼거렸다.

포물선을 그리며 날아오는 화살이 전부 표적인 자신을 놓치지 않고 있다는 점에 디온은 만족스러운 미소를 지었다.

노리기 쉽도록 일부러 일정 속도로 말을 달리고 있긴 했으나, 그걸 제쳐 놓고서라도 적의 실력은 상당했다.

땅바닥은커녕 말을 향해 날아오는 화살조차 없었고…… 그렇기에…….

"막기 쉽게 쏴 줘서 고맙다."

디온은 일부러 피하지 않고 정면에서 맞섰다.

신속한 검격이 복잡한 궤도를 그려냈다. 번개처럼 빠른 빛이 마치 처음부터 예정되어있었다는 것처럼 화살의 궤도를 정확하게 따라갔고……. 그 모든 화살을 튕겨냈다.

그것은 마치 결계.

흡사 디온의 전방에 바람으로 된 벽이라도 있는 것처럼, 화살은 족족 궤도를 바꾸며 엉뚱한 방향으로 날아갔다.

"하지만 말을 타고 이토록 정확하게 활을 쏠 줄이야……. 우리 제국의 기병이라고 해도 불가능할 텐데."

말 위에서 활을 다루는 건 무척 난이도가 높은 기예다.

제국의 궁병은 제대로 안정적인 장소에서 노리는 저격 사수나,

혹은 대인원으로 에워싸서 조이는 궁병 둘 중 하나다.

"말 위에서 저격 사수급 정밀도로 화살을 날리다니. 역시 평범한 도적이 아닌 것 같은데……, 어이쿠."

직후, 디온은 왼손을 들었다. 직후, 목 근처로 올라온 손에는 화살 하나가 잡혀있었다.

"시차를 둔 저격인가. 음……?"

화살촉에 미끈미끈한 수액 같은 것이 발려 있는 걸 본 디온은 눈을 가늘게 떴다.

"심지어 독화살이라. 스치기만 해도 치명상이란 거지. 그래, 어중간한 병사라면 죽었을 테지만……. 덕분에 쉬워졌나?"

쾌활하게 웃은 뒤, 디온은 도적들 쪽으로 시선을 주었다. 그리고는 화살을 머리 위로 높이 던졌다.

"내 이름은 디온 알라이아. 영예로운 제국의 예지, 미아 황녀 전하의 검이다! 목숨 한 번 걸지 않고 안전한 곳에서 쏴 죽일 수 있을 것이라 생각하지 말라고."

다음 순간, 떨어지는 화살을 향해 검을 휘둘렀다. 스걱. 스걱. 스걱.

네 개로 토막 난 화살을 일부러 보여주었다.

"목숨이 필요 없는 자부터 덤비도록. 아, 세 명 이상이 동시에 공격하는 걸 권장하지. 필요 없는 목숨이라고 하나 낭비하는 걸 눈 뜨고 지켜보기는 양심이 아프니 말이야."

그렇게 말한 뒤, 디온은 즉각 도적들을 응시하며 위협했다.

그의 이름을 들은 도적들 사이에 희미하게 퍼져나가는 동요의 물결. 디온은 그걸 놓치지 않았다.

——그렇군. 내 이름을 알고 있단 말이지……. 역시 늑대술사와 연관이 있나……. 아니면 내 악명이 마침내 선크랜드까지 퍼졌을지도?

디온이 이름을 밝힌 목적은 두 가지.

하나는 도적단이 늑대술사와 연관이 있는지 확인하는 것.

또 하나는 그 이름을 과시함으로서 얻어지는 공갈이다.

——만약 내가 늑대술사였다면 디온 알라이아에게는 무슨 일이 있어도 손을 대지 말라고 했을 거야. 물론 디온 알라이아에 필적하는 검술을 지니고 있다면 또 다르지만…….

어쨌거나 자신의 이름은 상대방을 철수시키는 무기가 될지도 모른다.

"전면전이 된다고 해도 지진 않을 테지만."

일개 병사로서는 그래도 괜찮다. 상대방을 꺾고 전멸시키거나, 혹은 후퇴로 몰아넣는다면 어쨌든 승리라고 할 수 있다.

하지만 병사를 이끄는 입장에서 본다면 그건 최선책이 아니다.

왜냐하면 병사는 싸우면 타격을 입기 때문이다. 체력이라면 회복할 수 있다. 아니면, 나을 수 있는 상처라면 괜찮을지도 모른다. 하지만 죽으면……. 혹은 중상을 입고 다시는 싸울 수 없게 된다면 군대는 소모된다.

직접 보살피면서 단련시킨 병사들이 소모된다……. 그건 간과할 수 없는 손해이다. 따라서 군대에서는 전투가 시작된 시점에서 최선이 아니다.

──싸우지 않고 승리한다, 는 거지. 하, 참나⋯⋯. 이 내가 장군 같은 생각을 해야만 하다니⋯⋯.

　일개 병사였다면⋯⋯ 그저 자신의 실력으로 적을 꺾으면 그만이다.

　하지만 제국의 예지, 미아 루나 티어문의 검으로서는 그걸로는 부족하다.

　"뭐, 내가 할 수 있는 건 여기까지일까⋯⋯. 그래도 덤벼들 정도로 목숨 아까운 줄 모르는 녀석이라면 별수 없지. 내 검의 먹이가 될 수밖에."

　아직 물러나지 않고, 그렇다고 단숨에 공격하지도 않은 채 완만하게 포위망을 형성한 도적들. 디온은 그들의 심정을 대충 이해했다.

　"마차를 지키면서 싸우는 상대라면, 혹은 한 명을 상대하는 거라면 이길 수 있을지도 모른다. 여기서 디온 알라이아를 죽일 수 있다면 사태를 유리하게 끌고 갈 수 있을지도⋯⋯. 그런 생각인 걸까. 아니면 뒤에 있는 마차에 탄 인물에 관심이 생겼다거나⋯⋯."

　어느 쪽이든 그건 죽음에 이르는 선택이다.

　"늑대술사가 있다면 망설임 없이 철수라는 판단을 내렸겠지만⋯⋯. 아, 하지만 그 녀석이 있다면 이번에는 내 쪽에서 공격했겠지. 그게 더 재밌으니까."

　자, 그럼 어떻게 될까. 흘러가는 양상을 조금 더 지켜보려고 한 디온이었으나⋯⋯ 직후, 사태가 급변했다.

　"왕국군이다!"

비명과도 같은 목소리와 동시에 멀리서 보이는 흙먼지.

군마의 말발굽이 대지를 짓치는 소리와 함께 기마군단이 보였다.

도적들은 제국 최강의 기사, 디온 알라이아와 왕국군 쌍방을 상대한다는 무모한 선택을 고르지 않았다.

직후, 디온은 도적단이 내뿜던 살기등등한 분위기가 사그라드는 것을 느꼈다. 동시에 도적단의 말머리가 일제히 방향을 틀었다. 습격했을 때와 마찬가지로 일사불란하게 그 자리에서 도망치는 도적단을 보며 디온은 감탄했다.

"역시 훌륭한데. 저래서는 추적도 못 하겠어……. 어라?"

"디온 경!"

시선을 굴린 디온은 왕국군의 선두에서 낯익은 소년의 모습을 발견했다.

"시온 전하가 직접 기병을 이끌고 왔나. 아벨 왕자도 그렇고, 제법 용맹한데……. 이것도 미아 황녀 전하의 계획에 포함된 건가……."

작은 목소리로 혼잣말한 디온이 검을 거두었다.

제20화 미아 황녀, 무척 관대한 기분이 되다……

"도적이다! 도적이 공격한다!"

밖에서 들린 목소리. 그걸 듣고 미아는 자신의 실수를 깨달았다.

──아아, 실수했어요. 당사자가 되고 말았잖아요.

그래도 침착할 수 있었던 건 아군에 디온 알라이아가 있기 때문이며, 적군에 디온 알라이아가 없기 때문이다.

제국 최강, 아니, 대륙에서 제일 무서운 남자 디온 알라이아가 아군에 있다! 과거에 그 남자에게 쫓겨본 수라장 마이스터 미아로서는,

──도적 정도의 위기라면, 뭐…….

이 정도의 위기감이었다. 놀랍게도 드물게 여유가 있었다!

──어차피 시온이라면 겨우 도적이라고 방심했다가 죽었겠죠. 후후후, 하지만 저는 방심하지 않으니까요! 의도치 않게 저 자신이 위기 한복판으로 돌진한 셈이 되고 말았지만 무서워할 정도는 아니에요!

그렇다. 미아에게는 자신이 있었다.

이번 여행은 완벽하게 준비해놨다. 중요한 타이밍에서 조금 실수하긴 했지만, 그것 말고는 잘 풀렸다. 예정에 없던 쇼핑에서 좀처럼 손에 넣을 수 없는 별미도 입수했다.

이 정도의 도적을 어떻게 하지 못할 리가 없다.

"미아 님……."

불현듯 자신을 부르는 목소리. 힘없는 목소리에 시선을 돌리자 에메랄다가 불안해하는 얼굴을 하고 있었다. 옆에 있는 니나에게 반쯤 매달린 자세로. 참으로 칠칠치 못한 모습이었다.

——어휴…… 참. 아무리 무섭다고 해도 메이드에게 매달리다니……. 어린아이 같네요.

그 후 미아는 안느 쪽을 보았다.

안느도 불안해하는 표정이었지만, 그렇게까지 흐트러지진 않았다.

——흠, 저였다면 아무리 무서워도 저런 식으로 안느에게 매달리지 않죠. 안느가 무서워할 때는 어쩔 수 없이 안아주기도 하지만…… 제가 무섭다고 해도 저런 품위 없는 모습을 보여주진 않아요. 정말, 에메랄다 양은 겁이 많다니까요.

"괜찮습니다. 에메랄다 양. 이 정도의 도적은 제 근위들이 충분히 처치할 수 있으니까요."

미아는 내심 절레절레 고개를 저으면서도 안심시켜주듯 웃었다.

——그나저나, 이건 제가 없었을 때는 어떻게 되었을까요?

순례가도를 지나가던 상인들은 아마도 에메랄다 일행을 지나쳐 앞서가던 도중에 도적단에게 공격을 받았을 것이다. 거기서 전투가 일어나고 시온은 목숨을 잃는다.

——아니, 애초에 에메랄다 양의 여행 일정은 제가 조절해서 이렇게 되었지만, 실제로는 며칠 차이가 있었을 테죠…….

따라서 이렇게 타이밍 좋게 도적단과 마주치진 않았을 것이다.

하지만 루트만 놓고 본다면 묘하게 겹치긴 했으니…….

──마음에 걸리네요. 에메랄다 양은 어쨌거나 제국의 사대공작가의 영애인걸요. 이래저래 이용 가치가 있을 테고…….

그렇다면, 미아는 다시 생각할 수밖에 없었다.

──시온은 도적 토벌대에 억지로 참가하게 된 걸까요? 아니면 시온이 개입하지 않았을 때는 무언가 다른 사태가 일어났을까요? 이 도적단 소동은 시온을 암살하기 위한 음모라고 생각했는데, 어쩌면 에메랄다 양을 끌어들이기 위한 무언가였을 가능성도 있겠네요…….

황녀전에 적혀있는 건 시온이 사망했다는 서술뿐. 그 배후에 숨겨진 것을 조사하는 건 어려웠다.

──어쨌거나 만만치 않다는 느낌……, 헛?

별안간 에메랄다가 미아를 끌어안았다.

"잠깐, 에메랄다 양? 왜 그러시나요?"

그쪽을 보자, 에메랄다는 눈에 눈물이 맺힌 채로도 열심히 허세를 부리고 있었다.

"미, 미아 님. 무서우시면 무리하지 않으셔도 괜찮습니다! 여, 여차하면 이 별을 지닌 공작 영애인 제가 목숨을 걸고서라도 지켜드릴게요. 제 병사들도, 분명 저를 위해 목숨을 걸어줄 테니……. 그, 그러니까 안심하세요."

아무래도 에메랄다는…… 고개를 숙이고 중얼거리는 미아를 보고 겁을 먹었다고 오해한 모양이다.

"아뇨, 에메랄다 양. 그러니까 이 정도는 그리 대단치 않은……."

"네, 네! 압니다. 미아 님. 하지만 무섭다면 무섭다고 말씀해주셔도 괘, 괜찮으니까요! 제가 곁에 있습…… 히익!"

겁을 집어먹고서도 언니로서의 사명에 불타오르는 에메랄다.

——만약 혁명 때 에메랄다 양과 함께 도망쳤다면 이런 느낌이었을까요?

미아는 그녀를 보며 그런 상상을 하고 말았다.

그때는 그린문가가 해외로 도망쳤기 때문에 에메랄다와 함께 도망치는 일은 없었지만. 그 불안함밖에 없던 도피행도 이런 식으로 허둥거리는 에메랄다와 함께였다면 의외로 마음이 편했을지도 모른다는 생각이 들어서…….

——흐음. 뭐 어쩔 수 없죠. 조금 숨쉬기 답답하긴 하지만 에메랄다 양도 무서울 테니, 이 정도는 용서해드릴게요.

무척이나 관대한 기분이 된 미아였다. 몹시 드문 일이다.

참고로 이 무렵 티오나와 리오라가 탄 무투파 영애들의 마차에서는 두 사람이 활과 화살의 상태를 점검하고 있었다.

"리오라, 마차 안에서 노릴 수 있겠어?"

"문제없어요. 가능해요."

자신만만하게 고개를 끄덕인 리오라는 미소 지었다.

"그래. 좋아, 나도 어떻게든 맞추는 것만이라면 가능할 것 같으니까, 여차하면……."

"몸통 중앙을 노리면 좋아요. 몸은 갑옷이 막을지도 모르지만, 멀리서도 맞추기 쉽고, 잘하면 목을 꿰뚫어요."

흥흥한 대화가 펼쳐지는 한편, 그보다 앞에 있는 마차에서는······.

"와아! 혹시 디온 장군님의 전투를 볼 수 있는 건가요?"

"어라? 벨, 저 디온이라는 사람에 대해 알아?"

어리둥절한 얼굴로 고개를 갸우뚱 기울이는 슈트리나. 반면 벨은 기뻐하며 고개를 끄덕였다.

"네. 제가 큰 빚을 진 은인이에요."

"그래? 하지만······, 아니. 그래, 그렇구나."

무언가 석연치 않은 표정을 지었던 슈트리나였으나, 바로 웃으며 고개를 저었다.

사전에 조사했던 정보의 진위 같은 건 지금 그녀에게는 아무런 가치도 없다.

소중한 친구가 기뻐하는 얼굴로 자신의 과거에 대해 이야기해 준다! 슈트리나는 바로 그것에 가치를 두고 있다. 음모보다도 친구와의 대화가 중요하다!

그렇다. 지금의 그녀는 어엿한 '귀족 자제'다. 게다가······!

"저기, 벨은 저렇게 강해 보이는 남자가 좋아?"

"네? 저요? 으음······. 저는 굳이 따지라면 강하고 멋있는 사람이 좋은데······."

"흠흠. 구체적으로 어떤 사람? 강하고 멋있다면 아벨 왕자님?"

"에헤헤, 다른 사람들에게는 비밀이에요. 저는 천치····· 아니지. 시온 왕자님 같은 사람이 좋은데······."

······아벨 할아버지는 울어도 된다.

제21화 미아의 신뢰는 흔들리지 않는다!

도적단의 습격을 알리는 목소리가 들린 뒤 잠시 후…….

마차가 갑자기 멈췄다.

숨을 삼키고 긴장하는 에메랄다. 반면 미아는 드디어 끝났다며 한숨을 쉬었다.

──조금 전 디온 씨가 혼자 나섰으니 문제없을 줄은 알았지만요……. 아아, 그래도 밖의 풍경은 그리 보고 싶지 않네요. 분명 피바다가 펼쳐져 있을 거예요!

활을 튕기기 위한 방어용 판자를 내려놓았기 때문에 그 뒤로 밖에서 무슨 일이 일어났는지 보지 못했다.

일반적인 도적단의 수준이라면 디온 알라이아에게 대항하지 못한다. 전투조차 되지 못한 채, 분명 일방적으로 처참한 살육이 펼쳐져 있으리라는 걸 미아는 눈곱만큼도 의심하지 않았다.

미아가 디온에게 보내는 신뢰는 흔들리지 않는다!

이윽고 마차 문을 노크하는 소리가 들렸다.

"실례합니다. 미아 황녀 전하."

이어서 들린 것은 다름 아닌 디온의 목소리였다.

속으로는 보고 싶지 않다고 푸념하면서도 미아는 문 옆에 있던 니나 쪽으로 시선을 던졌다. 에메랄다와 마찬가지로 안색이 조금 나쁜 니나에게 안심하라는 듯 웃어주었다.

"괜찮습니다. 디온 씨예요. 열어드리세요."

니나는 순간 주저한 뒤 마차의 문을 열었다. 그러자 정말 그곳에는 제국 최강의 기사, 디온 알라이아가 서 있었다.

또다시 보기 싫다고 푸념하면서도 미아는 디온에게 시선을 주었다. 그 갑옷은 적이 흘린 피로 새빨갛게 물들어 있…… 지 않았다.

──역시 디온 씨예요. 피를 모조리 회피하면서 도륙하다니……. 변함없이 무시무시한 실력이로군요!

미아가 디온에게 보내는 신뢰는 결코 흔들리지 않는다!!!

"디온 씨, 무사히 끝났군요. 바깥의 참…… 아니, 피해는 어떤 느낌이죠?"

분명 말과 함께 통째로 베인 시체나, 갑옷과 함께 두 토막이 난 시체 등 무서운 게 잔뜩 구르고 있을 거라고 생각하던 미아는 깜박 '바깥의 참상'이라고 말할 뻔했다가 급히 수습했다.

반면 디온은 담백한 얼굴로 대답했다.

"적과 아군 쌍방에 사상자 제로입니다. 선크랜드 군이 타이밍 좋게 개입해준 덕분에 전투를 피할 수 있었습니다."

"선크랜드의 군대가 개입했다고요……? 서, 설마 도적 토벌은 선크랜드에 맡기고 물러났다는 건 아니겠죠?"

그래서는 아무런 의미도 없기에 크게 당황하는 미아였으나…….

"아니. 아쉽게도 우리의 눈앞에서 도망치고 말았어."

그 목소리에 퍼뜩 시선을 굴렸다. 그러자 디온의 뒤에 한 명의 소년이 서 있는 게 보였다. 그 소년은…….

"아……, 시온……."

여느 때와 다름없이 상큼한 미소를 짓고 있는 시온이었다.

"다행이에요. 무사하셨군요?"

확인하기 위해 서둘러 마차에서 내린 미아가 시온 앞으로 걸어갔다.

"하하하, 괜찮아. 이 정도의 도적을 상대하는 건 자주 있는 일이니까."

그런데 막상 시온은 가벼운 어조로 지껄였다! 아주 상큼하고 산뜻한 느낌으로 지껄였다!

미아는 부루퉁해져서 뺨을 부풀렸다.

"그렇다고 해도 안 되죠, 시온. 왕자인 당신이 최전선에 서서 싸우다니……. 만약의 사태가 일어난다면 어떻게 할 생각이신데요?"

그 말을 듣고 시온의 뒤에 있던 키스우드가 절절히 고개를 끄덕였다.

정말 그 말씀대로입니다! 라는 글자가 얼굴에 적혀있는 것만 같았다.

한편 시온은 뜻밖이라는 듯 쓴웃음을 지었다.

"네게 그런 말을 들으니 조금 복잡한 기분인데."

네가 할 소리냐고 지적하지 않는 만큼 참으로 신사인 시온이었다.

"하지만 무척 오랜만이야, 미아. 게다가 에메랄다 양도."

시온의 화사한 미소에 에메랄다가 가늘게 한숨을 쉬는 것을 느꼈다.

"어머나! 시온 왕자님, 이러한 장소에서 만나 뵙게 될 줄이야!"

사랑해 마지않는 미남의 등장에 긴장에서 순식간에 빠져나온 에메랄다의 기분은 하늘 높은 줄 모르고 쭉쭉 올라갔다.

──정말이지 단순하다니까요. 조금 전에는 그렇게 겁먹었으면서……

미아는 절레절레 고개를 내저었다.

──참 곤란해요. 고귀한 핏줄을 지닌 영애가 저렇게 품위 없이……

그렇게 기가 막혀 있을 때…….

"시온 왕자님! 오랜만입니다! 잘 지내셨어요?!"

옆의 마차에서 벨이 튀어나왔다. 발갛게 상기된 얼굴로 방긋방긋 웃는 손녀를 보고 미아는…… 저도 모르게 머리를 부여잡았다.

──벨……. 대체 누굴 닮은 건가요?

그런 생각을 하고 있었더니 벨에 이어 슈트리나와 티오나와 리오라도 내려왔다.

"티오나마저……. 대체 선크랜드에 뭘 하러 온 거지?"

쟁쟁한 영애들의 출현에 조금 놀란 얼굴로 시온이 말했다.

"네, 실은 여기 에메랄다 양의 친구로서 왔습니다. 그게 선크랜드의 어떤 공작가의 장남과 혼담이 오가고 있다고 해서……."

"공작가의 장남……?"

시온은 작게 고개를 갸웃거렸다.

"묘한 이야기로군……. 공작가의 장남이라면…… 내가 아는 한 나이가 적당한 자는 다들 결혼했는데……."

"어머, 그런가요?"

에메랄다는 깜짝 놀란 얼굴로 고개를 기울였다.

"하지만 아버지께선 분명 장래에 공작 이상의 지위를 갖게 되는 유망주라고 말씀하셨는데요…….”

“장래에, 공작 이상의 지위……?”

시온은 괴이쩍은 얼굴로 눈썹을 찡그렸다.

“참고로 그 혼담은 누가 주선하신 거지?”

“아버지께는 란프론 백작이라고 들었는데요…….”

묘하게 대답이 흐지부지한 에메랄다. 아마도 그리 자세한 이야기는 듣지 못한 모양이다.

딱히 이상하진 않다. 귀족의 결혼이란 국가 간, 가문 간의 인연을 맺는다는 요소가 크다. 경우에 따라서는 혼례를 올리는 당일에 상대방과 처음 만나는 케이스도 있다.

하지만…….

——아무리 그래도 상대방이 어느 가문 사람인지 같은 건 들었을 텐데요…….

떨떠름한 미아의 시선을 받으며 에메랄다는 변명하듯 말했다.

“어, 어쩔 수 없잖아요. 거절할 생각이었으니까, 상대방에 대해 몰라도 문제는 없는걸요. 게다가 그, 무척 좋은 상대라면 거절하는 게 아쉬워질지도 모르고요!”

아무래도 이 혼담을 거절할 생각으로 넘쳐나던 에메랄다는 아버지에서 제대로 이야기를 듣지도 않은 모양이다.

“참고로 혹시 그 란프론 백작이라는 사람은 성의 없…… 아니, 그리 신뢰할 수 없는 분인가요?”

“아니, 그렇지는 않아. 선크랜드에서는 오래된 명문가다. 백작 본인도 다소 독선적인 사람이지만, 명예를 걸고 성의 없는 행동은 하지 않을 텐데······.”

시온이 팔짱을 끼며 신음했다.

“뭐, 좋아. 우선 호위할 필요는 없어 보이니 나는 이대로 도적
단을 추적······.”

“아, 안 됩니다! 시온, 당신은 저희를 호위해서 왕도까지 가 주
셔야겠어요!”

미아는 당황했다. 만약 여기서 헤어진 뒤 시온이 도적과 싸우
다가 죽어버리면 큰일이다. 이렇게 선크랜드까지 오게 된 것이
완전한 헛수고가 된다.

조금 억지를 부려서라도 여기서 시온을 따라오게 해야만 한다.

“어? 아니, 하지만······.”

“여기는 당신의 나라잖아요? 제국에서 온 손님인 제가 위험에
빠져도 상관없다는 건가요?”

그 말에 시온은 놀란 듯 눈을 깜빡였다.

“그런가······. 음, 그래. 알았어. 그럼 왕도에 있는 란프론 백작
저까지 에스코트할게.”

그러다 곧 시원스러운 미소를 짓는 시온의 발언에 지금까지 호
위를 담당하던 대장은······ 새파랗게 질렸다!

“시, 시온 왕자님마저······.”

그런 대장을 향해 조금 떨어진 곳에서 동정 어린 시선을 보내
는 사람이 한 명.

시온의 충실한 종자, 키스우드는 그 불쌍한 호위대장에게 깊이
공감했다.

제22화 사랑의 꽃이 시들고

첫사랑은 이뤄지지 않는다.

특히 귀족 간, 왕족 간의 사랑이 이뤄지는 일은 극히 드물다.

그렇기에 이것은 그런 흔해 빠진, 수백 개는 될 사랑 이야기 중 하나.

역사의 파도에 휩쓸려 시들어버린 사랑의 이야기다.

티오나 루돌폰이 처음 시온 솔 선크랜드와 만난 것은 그녀가 세인트 노엘에 온 날이었다.

종자인 리오라와 함께 귀족 영애들의 시비에 걸려 곤경에 빠진 그녀를 시온이 나타나 구해주었다. 손을 내미는 그의 에스코트를 받아 세인트 노엘 섬을 돌아본 그녀는…… 구원받았다고 느꼈다.

신입생 환영 무도회에서, 그 후의 학원 생활에서 몇 번이나 도움을 받는 사이에 티오나가 시온에게 호감을 느끼게 되는 건 자연스러운 일이었다.

손을 잡으면 가슴이 두근거렸다.

그 곧은 눈동자가 바라보기만 해도 뺨이 뜨거워졌다.

그건 아마도…… 티오나의 첫사랑이었다.

멋진 미소를 짓는 소년이었다.

다정하고, 고상하고, 순수한 사람이었다.

무엇보다 왕족으로서…… 힘이 있는 자로서 올바르게 살아가야 한다고 다짐하고 그렇게 될 수 있다고 믿는…… 그런 모습에 티오나는 동경했다. 동시에 자국의 귀족들을 혐오했다.

라피나 오르카 베이르가와의 교류도 그 생각에 영향을 주었다.

올바르게 살고 싶다. 강해지고 싶다. 백성들 위에 서는 귀족으로서……

어리면서도 순수한 그런 소망이 티오나의 가슴에 싹트기 시작했을 때, 마치 그 의지를 시험하듯 대기근이 대륙을 덮쳤다.

전염병의 유행, 재정 파탄, 민중봉기…… 혁명.

아버지가 암살당한 티오나는 자신이 원하든, 원하지 않든 그 물결 속에 내던져졌다.

하지만 무섭지 않았다. 그녀에게는 지지해주는 사람들이 있었으니까…….

시온 솔 선크랜드는 티오나의 분노를 공유하며 제국을 위해 '올바른 일'을 해주었다.

썩은 황실을 무너트리고, 대귀족들을 일소했다.

백성을 위해, 새로운 제국을 위해 협력해주었다.

하지만…… 언제부터였을까?

그를 멀게 느끼게 된 것은…….

옆에서 보았던 티오나는 알고 있다.

시온의 마음에 상처가 있다는 것……. 정의를 위해서라고는 하나 한때 같은 학원에 다녔던 미아 황녀를 처형했다. 그것이 상처로 남지 않을 리가 없다.

시온은 강하니까, 강자이려고 하니까 신하 앞에서는 그런 모습을 보이지 않는다. 어쩌면 시온 본인도 그 상처를 눈치채지 못한 건지도 모른다. 인정하고 싶지 않은 건지도 모른다.

하지만 티오나는 명확하게, 시온이 상처받은 것을 알아보았다.

아마도…… 그건 티오나가 시온을 좋아하기 때문에.

계속 바라보고 동경했던 상대였으니까…… 알아볼 수 있었다.

"시온 왕자님의 버팀목이 되고 싶어……."

티오나의 마음속에는 그런 바람이 있었다.

……하지만 티오나는 한 걸음을 내디딜 수 없었다.

시온은 대국의 왕자. 자신은 그에게 걸맞은 신분이 아니다. 그건 엄연한 사실이었다. 혁명의 주도자로서 티어문의 정권에 관여하게 되었다고는 하나 자신과는 입장이 다르다.

하지만…… 무엇보다 티오나의 발목을 붙잡은 것……. 그것은 시온이 미아를 죽인 게 티오나를 위해서였다는 사실이다.

황제 일파에 의해 아버지가 암살된 티오나. 그 악행을 정정하기 위해 시온은 검을 들고 목숨을 걸어가며 싸워주었다.

그로 인해 상처받은 그에게…… 대체 무슨 말을 해야 할까?

자신 때문에 상처받은 그를 당사자인 자신이 치유한다?

그건 상처받은 시온의 마음의 생긴 빈틈을 비집고 들어가는 비겁한 행위가 아닌가?

자신의 얼굴을 볼 때마다 시온은 계속해서 미아를 떠올리고 괴로워하지 않을까?

갈등에 사로잡힌 티오나는 한 걸음도 움직이지 못하게 되었다.

그저 사랑이 시키는 대로 시온 곁으로 달려갈 수 있을 만큼 어린아이도 아니었다.

혁명 후의 분주함도 더해져 티오나는 완전히 생각을 그만두었다.

그렇게 선크랜드로 귀국한 시온과는 그 뒤로 소원해지고 말았다.

연락은 주고받았지만, 거기에는 과거와 같은 친밀함은 사라져 버렸다.

얼마 후 시온이 국내의 귀족 영애와 국혼을 올렸다는 걸 들었다. 티오나는 그때조차 슬픔을 느끼지 않았다.

다만…… 가슴을 완만하게 옥죄는 쓸쓸함과 함께, 시온과 맺어진 여성이 그의 상처를 치유해줄 수 있는 사람이기를 진심으로 기도했다.

그것은 미아의 죽음이 일그러트린 어린 사랑이 도달한 한 갈래의 결말이었다.

"…………아."

그렇게…… 티오나는 눈을 떴다.

자다 깬 직후의 몽롱한 머리로 조금 전까지 꾼 꿈을 생각했다.

잊으면 안 되는 꿈이었던 것 같은 느낌이 들어서…… 기억에서 무너지기 전에 열심히 손을 뻗어 붙잡으려고 했지만……. 그것은 순식간에 사라져버리고, 뒤에 남은 건 뭐라 말할 수 없는 답답함 뿐이었다.

"……이상한 꿈……."

침대 위에서 상반신을 일으키고 중얼거렸다.

자세한 부분은 기억나지 않지만, 그래도 그것만은 알 수 있다.

무척이나 기묘한 꿈이고, 무척이나 거창한 꿈……. 하지만…….

티오나는 살며시 가슴을 눌렀다. 그곳에서 미약한 초조함과 지워지지 않는 애달픔을 찾아내고 당황했다.

모처럼 편안한 낮잠 시간이었는데…… 마음은 조금도 쉬지 못했다.

"낯선 장소에서 잤기 때문…… 일까."

미아 일행이 란프론 백작저에 도착한 지 사흘이 지났다.

드레스로 갈아입고 손님용 방에서 나왔을 때, 마침 마찬가지로 방에서 나온 미아와 마주쳤다.

"앗, 미아 님……."

꿈속에서 악역으로 처형당한 황녀, 미아 루나 티어문은…… 어째서일까. 입을 뻐끔거리면서 방에서 나왔다.

제23화 명탐정 미아, 범인을 커닝하다

란프론 백작저에 도착한 미아는 간신히 혼자만의 시간을 가질 수 있었다. 덕분에 만반의 환경을 갖추고 황녀전을 펼쳐봤다.

"에메랄다 양과 같이 있으면 도무지 차분하게 읽을 수 없었으니까요……."

문제의 시온 사망 기록을 눈으로 좇아갔다. 그러자 미아의 예상대로 서술이 바뀌어 있었다.

"흐음……. 뭐 그렇겠죠. 그건 그렇지만…… 문제는 어떻게 바뀌었냐예요."

도적단과의 전투에 시온이 휘말리는 건 회피했다.

그것으로 문제가 해결된 건지……, 아니면 다른 죽음이 시온을 덮치는지…….

뒷내용을 확인한 미아는 크게 한숨을 쉬었다.

황녀전에는 새롭게 시온이 독에 당해 암살된다는 기록이 적혀 있었기 때문이다.

"그렇다는 건, 역시 첫 도적단도 시온의 암살을 꾸민 것이라 봐야겠군요……. 아니, 아직 우연의 일치라는 가능성도 버릴 수 없을지도요……?"

작게 중얼거리면서 계속 읽어나가자…… 놀랍게도 이번에는 범인의 이름마저 적혀있었다!

"후후후, 좋아요! 이것으로 단숨에 해결이군요!"

쾌재를 부른 것도 잠시……. 미아는 다시 생각에 잠겼다. 왜냐하면 거기에 적힌 범인의 이름은…… 에샤르 솔 선크랜드. 즉…….

"선크랜드의 제2왕자, 에샤르 왕자……. 시온의 동생이잖아요. 그런 인물이 어째서……?"

뜻밖의 인물이 등장하자 미아는 머리를 부여잡았다.

기본적으로 티어문에 중요한 왕후·귀족의 이름은 외워두고 있는 미아였지만 에샤르에 대해서는 이름밖에 몰랐다.

당연히 그가 무슨 생각으로 암살을 저질렀는지도 알 수 없다.

"그나저나 난감하네요……. 상대방이 적당한 귀족이라면 어떻게든 할 수 있겠지만…… 설마 제2왕자 전하가 범인이라니……."

이래서는 최악이자 최후의 수단으로 디온을 보내서…… 같은 폭력적인 방법을 선택할 수도 없다.

"뭐, 할 생각도 없었지만요……. 다행히 암살 당일은 에메랄다 양이 초대받은 왕궁 무도회날이로군요. 미연에 방지하는 것도 불가능하지 않겠죠……. 다만, 그 경우에도 범인을 어떻게든 해야만 하는데요……. 흐으으음……."

팔짱을 끼고 생각에 잠긴 미아의 머리에서 별안간 뭉게뭉게 연기가 나기 시작했다.

뇌세포의 과다 사용으로 인한 발열이다.

미아는 팔짱을 낀 채로 침대 위에 풀썩 쓰러졌다.

"트, 틀렸어요! 아무것도 떠오르지 않아요! 어떻게 해야 하죠……? 아아, 단것을 먹고 싶어요! 역시 생각할 일이 있을 때는 단것이 필요한 법!"

그렇게 방에서 나가려고 한 미아는 마침 복도를 걸어오는 자신의 꾀주머니를 발견했다!

"아, 그렇죠! 이럴 때를 위해 루드비히를 데려왔잖아요!"

미아의 특기, 남에게 떠넘기기다.

여하간 이번의 미아는 만전의 준비를 갖추고 왔다.

머리를 굴리는 건 루드비히. 무력 측면에서는 디온. 독 관련으로는 슈트리나.

이만큼 진영을 마련해 놨다. 이용하지 않고 자신만 생각하는 건 어리석은 선택이다.

그런고로…… 미아는 바로 루드비히를 방으로 잡아 왔다.

"에샤르 왕자님, 말씀입니까……?"

미아의 방에 들어온 루드비히는 들어오자마자 들은 질문에 고개를 갸웃거렸다.

"그래요, 에샤르 왕자님. 시온의 동생인데…… 무언가 소문을 들은 게 있나요?"

루드비히는 팔짱을 끼고 숙고했다.

"죄송합니다. 솔직히 말씀드리자면 특별히 신경 쓰이는 정보는 없습니다. 필요하시다면 잠시 조사해오겠습니다만……."

"그렇군요……. 그렇다면 부탁드릴까요……."

하지만 아쉽게도 그럴 시간은 주어지지 않았다. 왜냐하면 다음 순간.

"미아 님! 미아 님!"

안색이 바뀐 에메랄다가 문을 열고 들어왔기 때문이다.

"어머나! 무슨 일인가요? 에메랄다 양. 그렇게 창백해진 얼굴로……."

"드, 드, 들어주세요! 제, 제, 야, 약혼자가…… 상대가……."

입을 뻐끔거리며 횡설수설하는 에메랄다를 향해 미아는 깊은 한숨을 내쉬었다.

"상대가 누구인지 아신 거죠? 누구였나요?"

"에, 에, 에……."

"침착하세요. 이 세상에 숙녀가 그렇게 당황해야만 하는 일은 없으니까요……."

"제, 제 약혼 상대가, 에샤르 왕자님이라고 해요!"

"…………네?"

어리둥절해서 눈을 깜빡이는 미아. 입을 떡하니 벌리며 조금 얼간이 같은 표정을 보여주고 있지만, 지금의 루드비히에게는 그걸 알아차릴 여유가 없었다.

왜냐하면 그는 극심한 충격에 빠졌기 때문이다.

이때 그는 늦게나마 자신의 주인이 무슨 생각이었는지…… 간신히 알아차릴 수 있게 된 기분이었다.

제국 사대공작가의 한 축, 그린문가의 에메랄다와 선크랜드 왕국의 제2왕자 에샤르 솔 선크랜드의 혼인. 그리고 그걸 주선한 자나 선크랜드의 전통적인 보수관을 지닌 란프론 백작…….

만약 이게 성립되었을 때 만들어지는 권력 구도는…….

──미아 황녀 전하와 시온 전하의 인맥에 대항하는 축으로서

그린문 공작가와 에샤르 전하라는 세력이 탄생한다.

미아가 장악해둔 사대공작가에서 그린문가를 빼돌리고, 그것으로 반여제파를 규합. 그린문가에는 남자아이도 있다. 그는 미아가 황위를 이어받지 않는다면 황제 후보가 되기도 한다.

더욱이 선크랜드 왕국 내에서는 영토확장에 신중한 시온에 대항하여 에샤르 왕자 밑으로 보수층 귀족들이 규합한다는 구도이기도 하다.

──그래. 그래서 미아 님께서는 에샤르 전하에 대해 조사하라고 말씀하신 건가!

늦게나마 알아차린 루드비히는 이를 악물었다.

──조금만 생각해 보면 알 수 있는 일이었어. 선크랜드의 국내 정세와 세력도를 파악하고 있다면…… 이 시기에 별을 지닌 공작 영애와 선크랜드 귀족과의 혼담이 나왔을 때 그 속에 숨겨진 노림수를 추리하는 것쯤은 어렵지 않은 일이었는데.

실수했다는 생각과 함께 루드비히는 머리를 숙였다.

"죄송합니다. 미아 황녀 전하, 제 생각이 미치지 못하여 이러한 실수를……."

"네? 실수라니 무얼 가리켜서 하는 말인지 모르겠는데요……."

미아는 고개를 갸우뚱 기울였다. 마치 정말로 실수가 존재하지 않았다는 것처럼, 진심으로 신기해하는 얼굴로.

루드비히는 그 배려에 감격했다.

──내 무능을 비난하는 대신, 내가 자책하지 않도록 시치미를 떼시는 건가…….

"당신의 능력에 한층 더 기대하겠습니다, 루드비히."

부드럽게 미소 지으며 말하는 미아를 향해 루드비히는 그저 머리를 조아렸다.

제24화 아슬아슬 미아 황녀, 뜻밖의 화살을 맞다

"제, 제 약혼 상대가, 에샤르 왕자님이라고 해요!"

"…………네?"

갑작스러운 정보에 미아는 간이 뚝 떨어질 뻔했다.

──뭐, 뭐뭐, 뭐가? 대체 뭐가 어떻게 된 거죠?!

혼란스러워서 입을 뻐끔거리고 있었더니…….

"죄송합니다. 미아 황녀 전하, 제 생각이 미치지 못하여 이러한 실수를……."

난데없이 루드비히가 머리를 숙였다.

또다시 얼간이처럼 '흐어?' 하는 소리가 나와버릴 뻔했으나 그 직전에 참아냈다. 아슬아슬한 타이밍에 멋지게 발휘된 순발력이었다! 아슬아슬한 상태로 매달리는 것에는 정평이 난, 하반신이 튼튼한 미아이다!

──아, 이거 위험한 순간이에요. 여기서 잘못 말했다간 루드비히가 시무룩해져서 못 써먹게 될지도 몰라요!

찰나의 두뇌 회전……. 하지만 아무리 머리를 굴려도 루드비히가 무슨 실수를 저질렀는지 알 수 없었다.

그래서…….

"네? 실수라니 무얼 가리켜 하는 말인지 모르겠는데요……."

솔직하게 물어보기로 했다.

방치는 위험하다. 그렇다면 상황 파악이 급선무이다. 루드비히를 앞에 두고 모르는 걸 아는 양 행동하는 건 위험하다.

하지만…… 루드비히는 질문에 대답하려 하지 않고, 어째서인지 감격한 듯 눈을 감고는 머리를 조아렸다.

──무, 무슨 실수를 했다는 건지 말해주지 않으면 모른다고요. 큭, 그렇지 않아도 에메랄다 양의 약혼자 건이며 암살 건으로 머리가 꽉 찼는데. 으으윽……!

그래도 미아는 가까스로 태세를 재정비했다.

"당신의 능력에 한층 더 기대하겠습니다, 루드비히."

무언가 실수를 저질렀다면 그건 어쩔 수 없다. 그로 인해 침울해지지 않도록, 제대로 머리를 써서 보좌해달라는 소망을 담아 그렇게 말했다.

그 후 미아는 다시 에메랄다 쪽으로 시선을 돌렸다.

"그럼 에메랄다 양, 자세한 이야기를 들려주실 수 있을까요?"

"아, 네. 알겠습니다."

에메랄다는 조용히 고개를 끄덕였다.

"사실 오늘 아침에 란프론 백작이 저를 불러냈습니다."

"아, 그러고 보면 그랬었죠."

아마도 란프론 백작은 계속 에메랄다와 대화하고 싶었을 것이다.

지금도 생각난다.

시온의 호위를 받으며 란프론 백작저에 도착했을 때, 미아의 신분을 들은 란프론 백작은 졸도할 듯 놀랐다.

그걸 보고 미아는 눈치챘다.

"아하……? 이거 저에게는 들려주고 싶지 않은 이야기가 있는 것으로군요. 에메랄다 양에게 제안하려는 못된 꿍꿍이가……."

갑자기 제국의 황녀가 방문한다면 대부분 그런 반응을 보이지 않을까……? 같은 생각이 안 드는 건 아니었지만, 미아에게 지적하는 사람은 없었다.

"예의 혼담에 대해 상담하고 싶다고 말씀하셨습니다. 그래서 확실하게 말씀드렸죠. 거절하겠다고. 저와의 혼담을 원하신다면 왕자 전하라도 데려오라고요. 그랬더니……."

에메랄다의 말을 들은 란프론은 흡족하다는 양 고개를 끄덕였다고 했다.

"물론입니다. 티어문의 사대공작가의 영애와의 혼례이니까요. 어중간한 귀족으로는 걸맞지 않을 테죠. 따라서 상대방으로는 에샤르 왕자 전하를 생각하고 있습니다. 이미 에샤르 왕자 전하께도, 국왕 폐하께도 말씀드렸습니다."

그리고는 의기양양한 얼굴로 그렇게 말했다.

"설마 정말로 왕자 전하를 데려올 줄은 상상도 못 했어요."

그렇게 말하며 에메랄다는 빨개진 얼굴로 몸을 꼼지락거렸다.

아무래도 '왕자님과 결혼'이라는 걸 그녀도 동경하고 있었던 모양이다. 막상 그게 현실이 되려고 하자 허둥지둥 당황해버린 것 같았다.

……참으로 순진한 반응이었다.

"그렇군요……. 시온이 왕위를 이어받으면 에샤르 왕자님은 대공이 될 테죠……. 장래에 공작 이상의 지위를 갖는 자, 라고 말할 수 있겠어요."

심지어 만약 시온에게 무슨 일이 일어난다면 국왕 자리에 오르게 될지도 모르는 인물이다.

──'황녀전'의 서술을 보는 한 자신의 힘으로 시온을 어떻게든 해서 왕위를 노렸다는 게 되려나요? 동기로는 그럴싸하지만……. 아니면 에샤르 왕자님이…… 에메랄다 양과 결혼하는 게 싫어서 그런 폭거를 저질렀다거나?

미아의 머릿속에 참으로 무례하기 짝이 없는 추리가 형성되었다. 하지만 바로 그것을 부정했다.

──아니, 아무리 그래도 말이 안 되죠. 어쨌거나 에메랄다 양은 저와 혈연인 만큼 가만히 있으면 미인인걸요. 제멋대로지만, 가만히 있으면 그런 건 들키지 않을 테고요……. 제멋대로지만요.

"저기……, 미아 님?"

"네?"

문득 시선을 들자 에메랄다가 조심스럽게 미아를 보고 있었다.

"저는 어떻게 해야 할까요……?"

자신보다 어린 미아에게 상담하는 에메랄다였다.

……참으로 소심한 반응이었다.

"흐음, 내키지 않는다면 거절하면 된다고 생각하는데요……."

"그건 상당히 어려운 일이 아닐까요……."

루드비히가 심각한 얼굴로 고개를 저었다.

"참고로 미아 님, 황제 폐하께서는 이 건에 대해 무언가 말씀하셨습니까?"

"…………네?"

뜻밖의 화살이 미아에게 날아왔다!

제25화 둥실둥실……? No! 두루뭉술!

고작 며칠 전, 미아는 이렇게 생각했다.

"상대방의 가문도 듣지 않았다니, 에메랄다 양은 참 덜렁대는군요. 정말, 어쩔 수 없는 사람이에요!"

아무리 처음부터 거절할 생각이었다고 해도 그건 그거고…….

아무리 그래도 상대방의 가문도 모른다는 건 고귀한 신분의 영애로서 말이 안 된다고, 생각을…… 했는데…….

붕붕 몸을 돌리면서 날린 부메랑이 어마어마한 속도로 미아에게 돌아왔다!

"아, 아바마마, 말씀인가요……."

그렇다. 이래 보여도 에메랄다는 사대공작가의 영애다.

당연히 혼인의 영향도 작지 않다. 지극히 당연한 일이지만, 황제에게 보고가 들어갔을 가능성이 무척 크다.

반대로 황제에게 보고하지 않았다면 그게 더 음모의 냄새를 풀풀 풍긴다고 할 수 있다.

즉, 혼담을 거절하러 간다면 당연히 황제에게 미리 알려야만 했다.

그럼에도 미아는 그렇게 하지 않았다. 아니, 더 정확하게 말하자면 자기도 따라가겠다고 떼를 쓰는 황제를 설득하느라 필사적이었다! 그럴 여유가 없었다.

하지만…….

──큭. 그, 그건 변명이 되지 않아요. 명백하게 제 실수예요.

미아는 뭐라고 대답해야 할지 고민했다.

루드비히에게 거짓말은 금물. 하지만 솔직하게 안 물어봤다고 대답할 수 있을 리도 없다.

잠시 숙고한 후, 미아는…….

"그, 그에 대해 듣지는 못했습니다……."

애매모호하게 돌려 말했다.

물어보지 않았기 때문에 듣지 못했다는 의미와 물어봤지만 듣지 못했다는 의미……. 어느 쪽으로도 받아들일 수 있는 말투였다.

적어도 거짓말은 하지 않았다! 그렇게 확신하며 루드비히 쪽을 슬쩍 살피자…….

"그렇다면 폐하께도 알리지 않았거나…… 혹은 폐하께서 미아 황녀 전하의 즉위를 원치 않으신다? 아니……. 하지만 폐하께서는 미아 황녀 전하를 극진히 아끼시지. 그건 말이 안 되나? 하지만…… 아버지의 마음으로 미아 님께서 여제라는 가시밭길을 걷는 걸 원치 않으신다는 선도……."

루드비히는 팔짱을 끼고 생각에 잠겼다.

어떻게든 얼버무렸다며 안도의 한숨을 내쉬는 미아…… 였으나.

"그런데 왜 거절하지 못한다고 말한 거죠? 으음, 루드비히 씨?"

에메랄다의 발언에 경악했다!

──세상에. 에메랄다 양이 루드비히의 이름을……. 어라? 설마 에메랄다 양이 보기에 루드비히도 미청년인 건가요?

미남을 좋아하는 에메랄다. 기본적으로 제멋대로인 영애로 유명한 그녀이지만, 미남 앞에서는 다소 태도가 좋아진다.

──뭐…… 확실히 겉모습은 괜찮긴 하지만요. 아무리 그래도 너무 구별이 없는 것 아닌가요?

다소 황당해하면서도 미아는 루드비히 쪽을 보았다. 루드비히는 심각한 얼굴로 입을 열었다.

"별을 지닌 공작 영애와 제2왕자 전하의 혼인이라면 이것은 국가 간의 혼담입니다. 티어문과 선크랜드의 외교적인 끈을 단단하게 만들고 싶다는 의미에서 이 혼담에는 큰 의미가 있죠."

에메랄다 개인의 감정이나 미아파의 뜻대로 선뜻 어떻게 할 수 없는 문제라고 루드비히는 말했다.

"미아 님께서도 알고 계신 것 아닙니까? 상대방이 이 시점에서 정보를 공개한 것만 봐도 알 수 있죠. 이번 혼담은 그리 쉽게 반려할 수 없습니다. 그렇기에 미아 님께서는 에샤르 왕자 전하의 정보를 원하신 것 아닙니까?"

전혀 그런 게 아니지만…… 미아는 그럴싸한 얼굴로 고개를 끄덕였다.

"……뭐, 그렇죠."

여기서는 편승해야겠다는 판단 하의 행동이었다. 물결을 민감하게 감지하여 몸을 싣는다. 지금의 미아는 바다를 둥실둥실 건너가는 용맹한 해파리였다.

루드비히는 의심하지 않고 둥실둥실 해파리 미아의 말을 받아들였다.

"물론 이 이야기를 순순히 받아들이는 건 저희 여제파에게도 중대한 위기입니다. 에메랄다 님께서 미아 님을 지지해주시는 것과 아닌 것으로는 상황이 크게 바뀝니다. 에메랄다 님이시라면 완벽하게 신뢰할 수 있지만……."

"당연하죠. 이 제가 미아 님을 배신하는 건 있을 수 없는 일이에요!"

가슴에 손을 올리고 자랑스럽게 말하는 에메랄다. 예전이었다면 의심스럽게 여겼을 그 말도, 지금은 조금 믿을 수 있게 된 느낌이 들어서…… 미아는 조금 당황했다.

"만약 결혼한다고 해도 저도 최대한 동생이나 아버지께 압박을 가할 테지만…… 그건 확실하다고 할 수 없죠."

"그렇다면 우선 혼담을 회피하는 방향으로 무언가 계획을 세울 필요가 있다고 봅니다. 그러기 위해 미아 님께서는 에샤르 전하의 정보가 필요하다고 말씀하셨다고…… 저는 그렇게 생각합니다만……. 혹시 이미 돌파구를 발견하신 건 아닙니까?"

"어머나! 그런가요?!"

두 사람의 기대로 가득한 시선을 받은 미아는……, 미아는……!

"네…… 음, 네, 그…… 두루뭉술하게는……."

……그만 두루뭉술하게 긍정하고 말았다.

해파리 미아는 두 사람이 만들어낸 기대감이라는 물결을 거스를 수 없었다…….

"그렇군요……. 그렇다면 저는 에샤르 전하의 정보를 최대한 모아오겠습니다. 미아 님께서는 미아 님의 뜻대로 행동해주십시오."

루드비히에게는 존경과 경외가 담긴 시선을, 그리고 에메랄다에게서는 신뢰가 담긴 시선을 받은 미아는…….

"……네, 잘 부탁드립니다."

그럴싸한 얼굴로 고개를 끄덕였다.

그 후 '잠시 산책 좀……'이라는 말을 남기고 방에서 나왔다.

──어, 어, 어쩌죠……? 두루뭉술은커녕 아무것도 떠오르는 게 없어요! 큭. 우, 우선 정보를 정리하기 위해 다, 단것을 먹고 싶어요…….

밀도 높은 대화에 완전히 열이 오른 미아가 비틀비틀 복도를 걷기 시작하려던 때였다.

"앗, 미아 님……."

그 목소리에 미아는 고개를 들었다. 거기에 서 있는 사람은.

"어라…… 티오나 양? 일어났군요."

낮잠에서 일어난 티오나였다.

기본적으로 루돌폰가는 아침 일찍 일어나서, 작업하는 농민들 사이를 돌고 때로는 함께 일한 뒤 낮잠을 자는 게 하루 스케줄이라고 한다.

그래서 세인트 노엘에 다니게 된 뒤에도 낮잠을 빼놓지 않는다고 한다.

티오나는 웃으며 대답했다.

"감사합니다. 푹 잠들었습니다."

"흐음……, 그렇군요. 아, 그래요. 지금부터 기분전환으로 거리에 나가보려고 하는데, 같이 가 주실래요?"

미아는 티오나와 리오라와 함께 거리를 산책하기로 했다.

부족해진 당분을 보충하기 위해!

제26화 모여드는 배우들……

태양에 사랑받는 나라 선크랜드 왕국의 수도, '솔 살리엔테'는 멀리서 보면 거대한 성 같은 외관을 지녔다.

도시 전체를 내려다보는 높은 위치에 있는 왕성인 솔 에쿠스드 성. 전투용으로 건축된 그 성을 정점으로 그 주위에 성 아래 마을이 펼쳐져 있다.

그 마을 또한 견고하면서도 장엄한 석조 건축물로 이루어져 있다.

더욱이 마을을 수호하듯 튼튼한 성벽이 우뚝 세워져 있어 외적의 침입을 가로막는다.

──이거…… 만약 티어문과 선크랜드 사이에 전쟁이라도 일어나면 공격하기 힘들겠어요. 렘노 왕국과 동맹을 맺었다고 해도 여기를 함락하는 어렵겠군요.

군사적인 부분에선 민간인인 미아가 봐도 솔 살리엔테는 지극히 견고한 도시로 보였다.

──흐음, 역시 시온은 오래 살아줘야겠네요. 우호 관계를 소중히 여겨야죠…….

그런 생각을 하던 미아는 문득 옆을 보았다.

그곳에는 신기하다는 듯 주위를 둘러보는 티오나의 모습이 있었다.

깔끔하게 깔린 돌바닥을 티오나와 같이 걷고 있자니 왠지 신비한 기분이 들었다.

──설마 티오나 양과 함께 선크랜드의 왕도를 걷는 날이 올 줄은 생각지도 못했어요. 심지어 그 시온의 목숨을 지키기 위해 굳이 찾아오다니…….

단두대에서 처형당한 날을 생각하면 마치 꿈이라도 꾸는 것 같았다.

안느와 화기애애 대화하는 리오라를 보며 그 감회는 더욱 짙어졌다.

자신의 목숨을 노리던 룰루 족, 미아는 그 소녀와도 우호적인 관계를 쌓고 있다.

──전혀 상상하지 못했죠. 왠지 무척 멀리 와 버린 것 같아요…….

그런 생각을 하며 미아는 쓴웃음과 함께 말을 걸었다.

"그나저나 요란한 여행이었네요. 설마 도적단의 공격을 받게 될 줄은 몰랐어요."

"네, 그러게요……."

"또 휘말리게 하고 말았네요. 면목이 없습니다."

"아, 아뇨, 그건……! 미아 님 탓이 아닙니다."

그렇게 말한 뒤, 티오나는 조용히 고개를 저었다.

"게다가 만약 미아 님께서 그 도적들을 예상하셨고…… 그래도 저를 데려갈 필요가 있다고 생각하신 거라면, 저는 기꺼이 함께하겠습니다."

그 올곧은 눈동자에 미아는…… 저도 모르게 죄책감이 자극되었다.

"그, 그렇군요……. 음, 그랬죠. 당신과는 친구가 되었으니까요. 그렇다면 저도 말씀드릴 수 있는 건 하고, 협력을 구했을 거예요. 오호호."

그렇게 말한 뒤 미아는 다른 생각을 시작했다.

그렇다. 애초에 미아는 머리를 굴리기 위해 밖으로 나왔다.

——그나저나 실제로 어렵게 되었네요. 에샤르 왕자님과 에메랄다 양의 결혼을 막는 건…….

티어문과 선크랜드. 양국의 관계는 현재 좋지도 나쁘지도 않다.

아니, 미아와 시온이 친한 사이이니 국가 간의 관계도 굳이 따지라면 '양호' 쪽으로 기울어있을 것이다.

하지만 그건 완벽하지 않다. 그렇기에 티어문의 사대공작가의 영애인 에메랄다와 에샤르 왕자와의 혼담에는 의의가 있었다.

루드비히가 말했던 대로 국가에 이득을 주는 혼담이다.

이걸 뒤엎는 건 상당히 어렵다.

——아, 그러고 보면 티어문과 선크랜드하니 말인데……. 이전 시간축에서 시온과 티오나 양이 맺어졌다면 티어문은 안녕했겠죠……. 서로 마음이 있고, 정략적으로도 유리한 혼담이라면 아무런 문제도 없었을 거예요…….

거기서 미아는 문득 떠올렸다.

"흐음……. 당사자들의 마음, 말이죠."

이번 문제의 본질에…….

——솔직히 에메랄다 양은 미남을 밝히니까, 시온의 동생이라면 마음에 들 가능성은 크죠…….

지금 에메랄다는 18살. 반면 에샤르 왕자는 10살이다. 8살 차이면 조금 크긴 하지만, 그래도 왕후 · 귀족의 결혼에서는 있을 수 있는 일이다.

——하물며 에메랄다 양은 미남을 밝히니까, 에샤르 왕자님의 장래성을 내다보고 받아들일 가능성이 커요. 아무래도 미남을 밝히니까요…….

그렇다면 미아로서는 파벌 싸움을 위해 에메랄다의 혼담을 없애는 것도 내키지 않았다. 따라서 남는 문제는 뭐니 뭐니 해도 시온 암살 건이다.

그것만 어떻게든 한다면 솔직히 그렇게까지 반대할 필요도 없지 않나? 라는 생각이 들었으나…….

——시온 암살을 꾸미는 거라면 혼돈의 뱀이 엮여있을지도 모르고, 그런 게 아니어도 누군가를 암살하려는 사람에게 에메랄다 양을 맡겨버리는 것도 좀…….

문제가 상당히 보이기 시작했다.

"그렇군요. 요컨대 저는 상대가 바른 사람이라면 이 혼담에 딱히 문제가 없다고 생각하는 거예요……."

"어라? 혹시 미아 님?"

퍼뜩 들린 목소리에 고개를 들었다. 그러자 그곳에는 뜻밖의 인물이 서 있었다.

"라, 라피나 님? 세상에, 어쩐 일이세요? 이런 곳에……. 게다가……."

이어서 미아는 라피나의 옆에 선 인물을 보고 다시 경악했다.

"아벨도……. 대체 두 분이 여기서 뭘 하고 계신 건가요?"

제27화 어노잉······ 큐티······?

그 고급 여관은 솔 살리엔테의 대로에 세워져 있었다. 1층은 식당이기 때문에 식사만 하는 손님도 받는다고 했다.

"여기는 내가 마음에 들어 하는 곳이야. 요리가 무척 맛있어서, 솔 살리엔테에 올 때는 늘 들르고 있지."

미소 짓는 라피나. 그 말을 듣고 기쁘다는 듯 웃는 장년의 남자를 보며 미아는······ '유능한 남자'의 냄새를 맡았다!

"호오············, 기대되는군요."

그렇게 중얼거리며 메뉴를 펼쳤다.

"참고로······ 버섯 요리는 어떤 것이 있나요?"

미아의 질문에 남자의 눈동자에 순간 날카로운 빛이 깃들었다.

"네. 오늘은 라피나 님께서 오셨기 때문에 베이르가 버섯 소테를 마련했습니다."

"흠흠. 그 베이르가 버섯이라고요? 선크랜드에서 먹을 수 있을 줄은 몰랐네요."

"가루 버섯 도자기 찜도 있습니다. 이것은 동방의 요리로, 가루 버섯의 향기와 단맛이 밴 육수가 대단히 맛있는 요리이지요."

"뭐라고요? 버섯의 맛을 응축한 수프라니! 그런 건 들어본 적도 없어요!"

"더욱이······."

그렇게 한바탕 버섯 요리 대담을 즐긴 후······.

"그럼⋯⋯."

미아는 다시금 테이블 맞은편에 앉은 라피나와 아벨에게 시선을 돌렸다.

"설마 여기서 만나게 될 줄은 생각지도 못했어요. 두 분 다 잘 지내신 것 같아 다행입니다."

"우후후, 미아 님도 잘 지낸 것 같네. 혹시 미아 님도 왕실 주최 무도회에 초대받았어?"

작게 갸웃거리는 라피나를 향해 미아는 고개를 저었다.

"아뇨. 저는 에메랄다 양의 약혼자 일로 논할 것이 있어서 왔습니다. 선크랜드 쪽 사람과의 혼담이 진행 중이라고 하여⋯⋯."

그렇게 말하면서 미아는 위화감을 느꼈다.

──라피나 님이 초대받은 건 에메랄다 양도 초대받았다는 무도회일 텐데⋯⋯. 으음?

정보를 정리하며 미아는 아벨 쪽으로 시선을 돌렸다.

"혹시 아벨도 그 무도회에 초대받은 건가요?"

미아의 시선을 받은 아벨은 어깨를 으쓱했다.

"그래, 맞아. 정확하게는 나는 형님의 대리로 온 거지만. 그래서 마침 라피나 님 일행과 합류하게 되어 왕도까지 동행했는데⋯⋯."

"그렇게 라피니 님과 오붓하게 기리를 산책하고 계셨다⋯⋯. 그런 거로군요."

미아는 아벨을 흘겨보았다.

"아니, 오, 오해야. 미아, 나는 딱히⋯⋯."

아벨은 허둥지둥 손을 내저으며 황급히 부정했다. 그걸 본 미아는 무심코 웃음을 터트려버렸다.

"우후후, 농담입니다. 만나서 기뻐요, 아벨."

⋯⋯연하의 남자를 놀려먹은 미아 누나였다.

즐겁게 웃는 미아를 보며 아벨은 부루퉁한 표정을 지었으나⋯⋯ 곧바로 고개를 홱 돌렸다.

"⋯⋯그래. 농담이었구나. 아쉽군."

"네? 뭐가 아쉽다는 건가요?"

"아니야. 영락없이 나와 라피나 님의 사이를 질투해준 줄 알고 기뻐했거든. 그러니까 멋대로 기뻐했다가 농담이었다는 말을 듣고 멋대로 실망한 것뿐이야. 신경 쓰지 마."

그렇게 말하며 시무룩하게 어깨를 떨구는 아벨.

그걸 본 미아는 크게 당황했다.

"아, 아벨. 어, 그, 노, 농담이라고 한 건 그게, 그런 의미가 아니라, 아니, 애초에 질투해서 기뻐했다니, 그, 그건⋯⋯."

다음 순간, 아벨이 얼굴을 들었다. 그 얼굴에는 뿌듯해하는 미소가 걸려 있었다.

"하하하, 물론 농담이야. 나도 만나서 기뻐, 미아."

"윽!"

미아, 말문이 막혀버렸다.

"당하기만 하는 것도 억울하니까. 반격 좀 했어."

⋯⋯⋯⋯연하의 남자에게 놀림당한 미아 누나였다.

"너, 너무해요. 너무해요! 아벨, 심술쟁이예요!"

팔을 붕붕 휘두르는 미아 누나. 약간 짜증⋯⋯, ⋯⋯이 아니고 짜증 나면서도 귀엽……, ……지는 않고, 짜증만 제곱으로 느껴지는 동작이었지만 그걸 지켜보는 주위의 눈빛은 따뜻했다.

흐뭇해하는 얼굴로 어린 여동생을 지켜보는 듯한 라피나와 안느. 콩깍지가 단단히 씐 아벨. 티오나와 리오라도 드물게 보는 미아의 어린아이 같은 행동에 미소 짓고 있다.

참으로 상냥한 세계가 형성되어 있었다.

……미아의 알맹이가 20살을 넘긴 성인이라는 걸 아는 사람은 다행히 한 명도 없었다.

그렇게 한바탕 아벨과 우후후 꺄르륵 한 뒤에 미아는 퍼뜩 떠올렸다.

──그나저나 라피나 님이나 아벨도 무도회에 초대받았다는 거죠……. 음? 이상하네요……. 왜 저는 초대받지 못한 거죠……?

조금 전에도 느낀 위화감, 불리한 진실에 접근하는 미아. 뭔가 다들 초대받았는데 왜 자신만 초대받지 못한 건가…… 하는 의문!

──이상하네요……. 으음, 어째서죠……? 모르겠어요.

자칫 이전 시간축에서 춤을 싫어한다는 오해를 받았던 트라우마가 되살아날락 말락 하는 미아였다.

제28화 무시무시한 사실…… (공포!)

"그런데 미아 님, 혼담이라니 무슨 소리야? 게다가 티오나 양도 함께 있다니, 무슨 일이 있었는데?"

아벨과의 핑크빛 분위기가 일단락된 시점에 라피나가 말을 던졌다.

"아, 그렇죠."

미아는 순간 주위를 둘러보았다. 과연 여기서 이야기해도 괜찮은 걸까?

그걸 알아차린 건지 라피나는 부드러운 미소를 지었다.

"괜찮아, 미아 님. 이 가게의 주인은 입이 아주 무겁고 믿을 수 있는 사람이거든."

그 말에 마침 요리를 가져온 주인이 쓴웃음을 지었다.

"그렇게 말씀해주시니 참으로 황송합니다. 오늘은 라피나 님께서 오셨기에 가게를 전부 비워두었습니다. 저도 요리를 나른 뒤에는 바로 안쪽으로 물러나도록 하겠습니다."

주인도 잘 안다는 양 자연스럽게 대응했다.

"사실 그는 베이르가의 간첩이거든."

"…………네?"

목소리를 죽인 라피나의 말에 미아는 무심코 눈을 부릅떴다.

첩보 기관이나 간첩 같은 건 공공연하게 드러낼 수 없는 것.

그야 자신들은 혼돈의 뱀과 싸우기 위한 동맹을 맺었다. 하지만 그것과는 다른 차원에서 국가 간의 외교라는 게 존재한다.

아무리 미아가 동료라고 해도 그렇게 간단하게 입에 담아도 되는 사항은 아닐 텐데⋯⋯? 하며 걱정이 되었지만, 직후에 라피나는 장난을 성공시킨 어린아이처럼 웃었다.

"우후후, 물론 간첩은 간첩이어도 국가의 정보를 빼돌리기 위한 간첩은 아니야. 그는 뱀과 싸우기 위한 간첩이거든."

"아아, 그런 거였군요⋯⋯."

그 대답에 미아는 수긍했다. 확실히 뱀은 신출귀몰. 각국에 뱀을 대비한 첩보원을 배치하는 건 합리적이라는 생각이 들었다.

"흐음, 그런 것이라면⋯⋯."

각오를 다진 미아는 말하기 시작했다.

⋯⋯한 번 입을 열자 그 혀는 몹시 매끄럽게 움직였다.

아무튼 머리 아픈 문제가 엮여있다고 해도 결국은 남자와 여자의 관계에 대한 이야기다. 미아도 일단은 이런 이야기에 관심이 없지는 않고⋯⋯. 괴담 같은 것보다는 훨씬 좋아하는 이야기이니⋯⋯.

에메랄다와 선크랜드의 제2왕자 에샤르 사이에서 맺어지려 하는 약혼, 란프론 백작의 주선과 제국의 반여제파의 동향 등을 아주 똑똑해 보이는 어조로 늘어놓았다.

뭐, 거의 다 루드비히가 한 말을 베낀 것이지만⋯⋯.

그리고 당연하게도 에샤르가 시온 암살을 꾸미고 있다는 위험 정보는 숨겨두었다.

"그렇구나, 제국 내에서 반 미아파와 선크랜드의 반 시온파가 결탁하려 한다는 거지."

미아의 설명은 사실 군데군데 빠진 부분이 많았으나, 라피나에게는 제대로 전해진 모양이었다.

"저기, 라피나 님⋯⋯. 만약 알고 계신다면 가르쳐주실 수 있을까요? 란프론 백작은 어떤 분이죠?"

"으음, 글쎄⋯⋯."

라피나는 고개를 살짝 옆으로 기울였다.

"전형적인, 구시대 선크랜드 귀족이라는 인상일까⋯⋯. 선크랜드의 왕실은 정의와 공정을 중시한다는 건 미아 님도 알고 있지?"

"네, 아주 잘 알죠⋯⋯."

그로 인해 목이 날아갔을 정도이다. 잘 알다 못해 신물이 날 정도다.

미아에게는 잊을 수 없는 기억이다.

"하지만 선크랜드의 그것은 딱히 선크랜드 고유의 생각이 아니야. 애초에 중앙정교회의 생각 자체가 그걸 주장하고 있으니까."

귀족이란 신에게 이 땅을 다스릴 수 있도록 권위의 검을 내려받은 자. 왕이란 그 귀족들을 이끌고 그 땅의 질서를 수호하기 위해 보다 강한 권위의 검을 내려받은 자.

모든 것은 그 땅에 사는 백성이 안심하며 살아갈 수 있도록 하기 위해. 왕후·귀족은 주어진 검에 걸맞게 자신을 제어하고 정의와 공정의 이름 밑에 악을 처벌하는 자여야만 한다.

그것이 중앙정교회가 규정하는 귀족상이다. 이 땅의 귀족은 그를 근거로 삼아 각자 영지를 다스리고 있다. 하지만⋯⋯.

"그게 종종 제멋대로 해석되기도 해. 귀족은 백성을 다스리도록 신께서 내려주신 검을, 권리를 지녔으니 마음대로 학대해도 된다거나. 폭정을 저지르는 왕도 있으니 그것을 바로잡아야만 하는 건 맞지. 그리고 때로는 백성을 올바르게 통치하지 못하는 영주에게 벌을 내려야만 할 때도 있어."

같은 신에게서 그 땅을 다스리도록 임명받은 왕이자 귀족이다. 신성전을 근거로 한 왕권인 이상 신성전에 반하는 폭거를 저질렀을 경우에는 다른 왕권을 지닌 자들에게 비난을 받는다.

"……그리고 선크랜드에서는 '타국의 왕족은 다들 썩었으니, 선정을 펼치는 선크랜드 국왕의 통치하에 들어오는 게 행복이다'라는 가치관이 오래전부터 침투해있었지. 공정한 백성의 통치를 실현하기 위해서는 정의로운 국왕의 통치를 실현하는 게 지름길이라면서."

그리고 그 논리를 한층 더 과격하게 만든 게 다름 아닌 백아였다.

"그건 종종 타국을 침략하는 대의명분으로 쓰이기도 하지만, 란프론 백작은 그런 패권 전쟁 같은 야심과는 거리가 멀어 보이는 사람이었어. 오히려 선크랜드 귀족의 신조를 우직하게 믿는 사람이라는 인상이지. 정의와 공정을 위해서라는 대의명분을 진심으로 믿는 사람일 거야."

"으음……. 그건 조금 성가실 것 같은 사람이군요."

상대방이 패권을 노리는 야심가라면 타협을 요구할 수 있을 테지만, 우직한 신념을 지닌 사람일 경우 자신의 정의를 의심하지 않기 때문에 설득하기 어렵다.

"시온 왕자는 렘노 왕국 사건 때 선크랜드의 방식에 의문을 느껐겠지. 선크랜드가 타국에 개입하는 방식에는 조금 신중해졌는데, 란프론 백작은 그게 못마땅할 거야."

──흐음, 그렇군요. 요컨대 시온이 방해라는 거죠……. 그러면 혹시 에샤르 왕자님의 배우에 란프론 백작이 있었다는 전개가 되려나요? 아니면 에샤르 왕자님이 야심을 갖고 저지른 일이었을까요?

미아는 '으음' 하고 침음을 흘리며 팔짱을 꼈다.

──시온이나 라피나 님의 평가를 듣는 한 아무래도 란프론 백작은 왕족의 암살 같은 거창한 짓을 저지를 것 같지 않단 말이죠……. 기껏해야 다수파 공작 정도…….

미아는 막연히 란프론 백작에게서 유연성이 부족해서 발생하는 무능함의 냄새 비슷한 것을 맡고 있었다.

──뭐, 뱀에게 이용당했다는 가능성도 있지만요……. 흐음.

그런데 여기에 무시무시한 사실이 존재했다.

……이때 시온 암살 사건에 관해 가장 적극적으로 고찰하는 사람은 놀랍게도…… 다름 아닌 미아였다.

다른 누구도 아닌 미아였다!!

그도 그런 것이, 시온 암살에 대해 감지한 사람은 미아뿐이므로 당연히 그에 대해 고찰할 수 있는 사람도 미아뿐이기 때문이지만…….

당사자인 시온…… 이상으로 키스우드가 모든 것을 알게 된다면 기절해버릴 법한 사실이었다.

제29화 두 개의 냄새

"흐음……. 그런데 라피나 님……. 라피나 님도 란프론 백작과 같은 의견이신가요? 썩어버린 귀족은 배제해야만 한다고……."

불현듯 떠오른 의문에 미아는 질문을 던져 보았다.

그 질문에 라피나는 작게 고개를 기울였다. 한 번 입을 열려고 했다가, 무슨 말을 할지 고민하듯 살며시 시선을 돌렸다.

"그…… 래. 그렇게 생각했던 적도 없지는 않아."

라피나는 '으음……' 하고 중얼거렸다.

"아니, 아직도 상당히 그렇게 생각하고 있는데……."

──그, 그렇게 생각한다고요?!

미아는 저도 모르게 자신의 목을 문질렀다.

기본적으로 미아는 라피나를 친구라고 생각한다. 아니, 최근 들어서 간신히 그렇게 생각할 수 있게 되었다.

그러니까 뭐, 난데없이 고발당해 목이 날아가거나 하지는 않겠지…… 라고는 생각한다. 하지만…….

──실수란 존재하기 마련이니까요……. 제가 실수로 폭군이 되어버렸을 때, 만약 라피나 님의 역린을 건드려버린다면…….

예를 들어 친구 사이라고 해도 용서할 수 없는 일은 있다.

소소한 장난 정도라면 용서해줄 수 있지만, 소중한 것을 부숴 버린다거나 먹으려고 했던 케이크를 망가트려 버린다면 용서하지 못할 수도 있으니…….

라피나의 경우에는 분노의 포인트가 귀족의 이기심이나 횡포, 태만, 이 언저리에 있다는 걸 미아는 이미 알아차리고 있었다.

그리고…… 미아는 안다.

자신이 아주 조금 이기적이고, 때때로 약간 횡포를 부리기도 하며, 눈곱만큼 태만한 구석도 있다는 점을…….

그렇기에 라피나의 말을 듣고 목 뒤가 서늘해졌지만…….

"하지만…… 미아 님과 친구가 된 뒤로, 그리고 티오나 양을 본 뒤로 조금 생각을 바꿨어."

"네……?"

갑자기 화살이 날아오자 티오나가 깜짝 놀란 얼굴이 되었다.

"학생회장 선거 때 티오나 양은 옛날에 자신을 괴롭혔던 사람들을 용서했다고 들었어. 미아 님을 응원하기 위해 손을 잡았다고."

"아아, 그러고 보면 그런 일도 있었죠……."

미아는 당시 교실에서 일어난 일을 떠올렸다.

──라피나 님께 이기기 위해 몰래 뒷공작도 할 생각이었는데, 지금 와서 보면 안 해서 다행이에요. 자칫 라피나 님께 손절 당했을지도 모르죠.

그런 상상을 한 미아는 오싹해졌다.

──어라. 저…… 의외로 위험한 줄타기를 하며 걸어왔네요.

라피나는 온화한 미소를 지은 채 말을 이었다.

"그렇구나, 이게 미아 님이 지향하던 바였구나……. 그렇게 생각했어."

대체 무슨 소리인지 이해하지 못하고 고개를 갸웃거리는 미아.

라피나는 그립다는 듯 눈을 가늘게 좁혔다.

"신입생 환영 무도회 사건 뒤에 미아 님이 그들을 용서해달라고 부탁하러 왔었잖아? 기억해?"

"네, 물론이죠."

그러고 보면 그런 적도 있었다고 막연하게 떠올리며 미아는 당당히 고개를 끄덕였다. 당연히 기억하고 있었다는 듯이…….

"그때는 대단하다는 생각이 반, 너무 무른 처벌이 아닌가 하는 생각이 반이었어. 하지만…… 지금 생각해보니 아니더라. 미아 님의 방식은 인내력이 필요하지만, 그래도 그 끝에는 풍성한 수확이 기다리는 방식이었어……."

그때 의심스러운 자들을 세인트 노엘에서 쫓아냈다면 그 후의 이런저런 일들은 전부 없었던 일이 된다. 쫓겨난 자들에게서는 원한을 사고, 그 후의 학생회 선거에서 미아 진영은 그렇게 큰 힘을 얻지 못했을 터이다.

"그런 미아 님의 모습을 보고 났더니…… 지금은 조금 생각하게 되었지."

"무슨 생각을요?"

"여기서 잘라내는 게 정말로 옳은가……. 설득해서 회개해준다면 그게 더 좋은 게 아닐까……?"

——그래요, 그거예요! 그게 중요한 거예요! 라피나 님!!

라피나의 말에 미아는 반사적으로 마음속에서 주먹을 불끈 쥐었다.

만약 라피나가 정말로 그렇게 생각하고 있다면, 미아가 실수해

도 즉각 단두대로 보내버리거나 즉시 이단심문을 받게 하지는 않게 된다.

──저도 아주아주 가끔이긴 해도 실수할 때가 있으니까요……. 아주아주 가끔이지만요……. 그러니까 라피나 님께서 저렇게 생각해주신다면 정말 다행이죠!

이제 조금이라면 긴장을 풀어도 괜찮을지도 모른다고, 미아의 안에서 좋지 않은 생각이 고개를 살금살금 쳐들었다.

"게다가…… 근거는 없고 완전히 감이지만……. 그 엄격함은 뱀이 파고들 빈틈이 될 것 같은 느낌이 들어."

"혼돈의 뱀이……."

미아는 벨에게서 들은 미래를 떠올렸다.

성황제가 되어 세계를 공포에 빠트린 라피나의 모습.

철저하게 적을 배제하고 처형하는 그 결벽한 자세는, 설령 뱀을 향한 것이라고 해도 뱀에게 이용당할 위험을 내포하고 있다

미아는 라피나의 말이 어느 정도 옳다고 인정했다.

"하지만, 그래……. 미아 님은 바쁘구나……."

라피나는 무척 아쉽다는 표정이 되었다.

"어머? 제가 바쁘면 무언가 아쉬운 게 있나요?"

"그래. 사실 내가 선크랜드에 온 건 무도회만이 이유가 아니거든. 얼마 전 마롱 씨에게서 들은 기마 왕국 건을 국왕 폐하와 대화하기 위해 왔지."

"어머나, 기마 왕국 건이라니……."

"사실은 미아 님에게도 도와달라고 하고 싶었는데, 해야만 하

는 일이 있다면 어쩔 수 없지."

──흐음, 이건…….

그대 미아의 후각이 두 개의 냄새를 포착했다.

하나는…… 위기.

라피나가 직접 선크랜드까지 찾아와야만 했다니…… 이것은 심상치 않은 사건이다. 듣지 않는 게 낫다. 그런 압도적으로 위험한 냄새가 난다!

그렇지 않아도 시온 암살 사건과 에메랄다의 혼담이라는 골칫거리를 떠안은 몸이다. 피치 못할 사정이라도 없는 한, 근본적으로 미아는 귀찮은 일에는 엮이고 싶지 않다.

──흐음, 이건 괜히 호기심을 드러내면 안 되는 타이밍이에요. 호기심은 소녀를 죽인다는 말도 있고요…….

미아는 재빠르게 판단을 내렸다. 엮이지 않는 게 최선이다.

……뭐, 그렇게 말은 해도 휘말리고 마는 것이 미아이기는 하지만…….

그건 그렇다 치고, 미아의 후각이 포착한 또 하나의 냄새…… 그것은!

"마침 요리도 다 된 모양이니, 이야기는 여기까지 하고 음식을 즐기도록 할까."

그렇다. 식욕을 자극하는 맛있는 냄새였다.

미아는 테이블 위에 놓인 소박한 도자기를 보고 환호성을 질렀다.

"오오! 이것이 가루 버섯 도자기 찜인가요? 아아, 정말…… 무척이나 고귀한 냄새가 나요……."

그렇게 라피나가 추천하는 요리를 마음껏 즐긴 후, 미아는 넘쳐나는 만족감과 함께 란프론 백작저로 돌아왔다.

　참고로…… 에메랄다의 혼담을 어떻게 할지…… 시온 암살 사건의 진상은 무엇인지 등…… 각종 문제의 답은 일절 내리지 못했다…….

제30화 고통받는 상식인과 두 명의 영애

"벨, 괜찮다면 잠시 거리로 산책하러 가지 않을래?"

란프론 백작저. 루드비히가 준 과제를 엉엉 울면서 마친 벨에게 슈트리나가 말했다.

참고로 객실은 이 둘이서 쓰고 있다.

옐로문가의 사용인은 한 명도 없었다. 호위조차 데려오지 않았지만, 그건 옐로문가의 몰락을 의미하는 것이 아니었다.

옐로문가에서 사람을 보냈을 경우에는 괜한 혐의를 받는 게 아닌지 걱정했기 때문이다.

슈트리나의 아버지, 로렌츠는 미아라면 모를까 에메랄다나 티오나는 믿어주지 못할 것이라 생각했다. 그렇기에 호위병도 종자도 미아 측에서 마련해달라고 의뢰했다.

……그렇게 본래대로라면 미아가 마련한 베테랑 메이드가 슈트리나의 종자로 붙어야 했지만…….

"아, 괜찮습니다. 리나를 위해 그런 배려를 하실 필요는 없습니다, 미아 님."

슈트리나가 생긋 웃으면서 고사했다.

"부디 최소한의 호위만 붙여주세요."

그건…… 과거 종자였던 바르바라가 슈트리나의 일거수일투족을 감시했다는 슬픈 트라우마로 인한 발언…… 같은 건 아니었다. 결단코 아니다.

그건 슈트리나가 이 여행에 크게 기대하고 있기 때문에 나온 발언이었다!

아무튼 친구와 며칠씩 걸리는 여행을 떠나는 건 처음이다.

아무런 거리낌도 타산도 없이 친구와 놀러 가는 일은 여태껏 없었다.

그렇기에…… 방해가 될 법한 요소는 최대한 배제한다.

몹시 기합이 들어가 있었다!

그런고로 벨과 놀 마음으로 넘쳐나는 슈트리나였다. 그런 그녀가 벨이 과제를 끝냈다는 이야기를 듣고도 놀러 가자고 제안하지 않을 수가 있을까?

한편 벨도 흔쾌히 수락했다.

아무튼 동경하는 천칭왕의 수도이다. 흥미가 없을 리가 없다.

그런고로 벨과 슈트리나는 방긋방긋 웃으며 란프론 저택에서 나가려고 했…… 으나, 그런 두 명을 나무라는 사람이 있었다!

화사한 두 명의 소녀가 저택에서 나가려는 것을 발견했을 때, 란프론 백작저의 경비대장 코넬리 콜드웰은 절절히 피로에 젖은 한숨을 쉬었다. 참고로 백작의 두터운 신뢰를 받는 그는 미아 일행을 맞으러 간 호위대를 이끈 사람이기도 했다.

신경이 먼지가 되어 흩날리는 기분을 맛보며 가까스로 초특급 VIP들의 호위를 마친 그였으나…… 저택에 도착한 뒤에도 계속해서 손님들을 경호하라는 명령을 받고 말았다. 마음고생이 끊이지 않는 사람이었다.

조금 전에도 제국의 황녀 미아가 친구인 귀족 영애를 대동하고 거리로 놀러 가는 것을 발견하고 크게 당황했다.

심지어 본인의 근위기사 두 명만 호위로 데리고 나가려고 했었다.

참으로 대제국의 황녀답지 않은 행동에 코넬리는 몹시 애가 탔다.

왕도의 치안은 결코 나쁘지 않으니 아마 호위를 두 명이나 데려가면 문제는 없을 것이라 생각하지만…… 상대방은 선크랜드와 어깨를 나란히 하는 대국의 황녀다.

확실하지 않은 희망적인 추측으로 끝낼 수 있는 상대가 아니다.

그렇기에 그는 서둘러 란프론 백작의 사병에서 두 명을 선발해 호위로 파견. 절대로 방해하지 않을 것이라며 미아를 설득해 받아들이게 했다.

"딱히 상관은 없는데요. 제가 데려온 호위만으로도……."

의아해하는 표정을 짓는 미아를 보며 무심코 짜증이 치밀어오를 뻔한 코넬리였다.

──조금은 신분이라는 걸 고려해주셨으면…….

그렇게 한숨을 내쉰 직후, 이번에는 몰래 놀러 나가려고 하는 두 명의 영애를 발견하고 말았다.

한 명은 제국 사대공작가의 영애인 슈트리나 에트와 옐로문이다.

제국의 최고작위인 공작가의 영애인 것만으로도 기절할 것 같은데, 더욱이 그 일행이 문제였다.

미아벨이라는 이름의 그 소녀가 누구인지는 불확실하다. 하지만…….

──미아 황녀 전하를 쏙 빼닮은 얼굴, 다른 대귀족 영애들 앞

에서도 조금도 위축되지 않는 듯한 저 당당한 태도. 때때로 미아 황녀 전하에게조차 아무렇지도 않게 말을 거는 저 담력……. 아무리 생각해 봐도 평범한 자는 아니야!

오히려 코넬리는 저 미아벨이라는 소녀에게서 으스스함을 느꼈다. 그녀에게 무슨 일이 생긴다면 자신의 목은 몸통과 분리되어 날아가는 게 아닐까…….

그렇게 생각한 순간 그는 움직였다. 생각한 건 바로 실행하는 타입이었다.

"실례합니다. 옐로문 공작 영애, 그리고 미아벨 님."

소녀들은 앳된 얼굴에 어리둥절한 표정을 머금고 돌아보았다. 악의는 조금도 느껴지지 않는 얼굴이었으나, 두 명의 동향에 따라서는 목이 날아갈 수 있는 몸이다. 오히려 저 천진난만한 얼굴이 악마의 얼굴로 보일 것만 같았다.

"어디에 가시는 겁니까?"

은연중에 어디에도 가지 말라고, 저택 안에서 얌전히 있으라고, 아니, 계셔주세요, 부탁드립니다! 하는 메시지를 담아 말했다. 하지만…….

"네. 지금부터 선크랜드의 왕도를 견학하려고 합니다."

미아벨이 신이 나서 몸을 들썩거리며 말했다.

불행하게도 코넬리의 애원은 전해지지 않았다.

──아아, 역시……. 그런 거냐…….

위가 쿡쿡 쑤시는 걸 느끼며 코넬리는 말했다.

"알겠습니다. 그렇다면 부족하지만 제가 두 분을 호위하도록 하겠습니다."

제31화 슈트리나의 행복

저택에서 나오자마자 코넬리는 생각했다.

아아! 정말로 따라오길 잘했다! 빌어먹을! 이라고.

왜냐하면 문제의 두 영애가…… 너무 자유분방했기 때문이다!

"어디에 가실 겁니까?"

코넬리가 도시의 지리를 머릿속에 떠올리며 묻자…….

"으음, 딱히 정하진 않았는데요. 벨, 어디 가고 싶은 곳이 있어?"

고개를 갸우뚱 기울이는 슈트리나를 향해 벨이 작게 도리질했다.

"아뇨, 천치…… 아니지, 시온 왕자님께서 자라신 도시를 볼 수 있다는 것만으로도 저는 대만족이라서요."

그렇게 말하면서 아무런 주저도 없이 훌쩍훌쩍 골목으로 들어갔다.

좁고 조금 어둡다 보니 귀족 영애라면 접근조차 하지 않을 법한 장소에도 아랑곳하지 않고.

"벨 님. 실례지만 너무 앞서 걷지 말아 주십시오."

애원하듯이 말하는 코넬리를 향해 슈트리나가 천진난만한 얼굴로 고개를 갸웃거렸다.

"어머? 왕도인데 치안이 불안한 건가요?"

아무런 악의도 없는 어린아이의 질문. 그렇기에 그것은 아픈 부분을 적확하게 후벼팠다.

코넬리는 쓴웃음을 지으며 말했다.

"아쉽게도 영애께는 그리 권장할 수 없는 장소도 있습니다. 물론 성과 가까운 1번 지구에는 문제가 없습니다만……."

너무 겁을 줄 일도 아니라고 생각하면서도 주의를 줄 겸 말해 두었다.

"왕도의 일부는 개방시장으로, 인근 행상인에게 널리 개방되어 있습니다. 그곳에는 때때로 출신이 불분명한 자도 섞여 있죠."

"어머나. 참…… 무서운 이야기네요."

슈트리나는 그렇게 말하며 옆에 있던 벨의 손을 꼭 붙잡았다.

가련한 영애에게 겁을 주고 말았다며 죄책감이 자극된 코넬리는 당황하며 고개를 저었다.

"아, 물론 그리 흉흉한 일은 일어나지 않습니다. 하지만 너무 옥죄면 거리에서 활기가 사라지는 법이니까요."

코넬리 같은 입장의 인간에서 보면 도시에 있는 사람 전원이 국왕에게 충성을 맹세하는 선량한 민중인 것이 이상적이다.

하나 반동분자를 모두 배제하고 수상한 자를 일절 왕도에 들이지 않게 되면 왕도의 활기가 사라진다는 것도 알고 있다.

혼잡한, 일종의 혼돈 속에서 사람들의 활력이 커지는 법이라고 코넬리는 생각한다. 따라서 조금 치안이 나쁜 시장 같은 곳도 도시에 활력을 주기 위해서는 필요악이라고 본다.

"그렇군요. 그런 곳도 나라에는 필요하단 말이죠……."

벨이 감탄한 듯 고개를 끄덕였다. 끄덕이더니……!

"그런데 그 시장에도 데려가 주실 수 있을까요?"

천진난만한 얼굴로 그런 질문을 던졌다!

위험성이 전해지지 않았다는 사실에 코넬리는 머리를 부여잡았다.

"으윽……. 귀한 신분이란 다들 이런 느낌인 걸까. 그러고 보면 이전에 에샤르 전하의 부탁을 받아 시장에 모셔다드린 적도 있었는데……. 그때도 중간에 에샤르 전하께서 사라지시는 바람에 간이 떨어지는 줄 알았지……."

그러고는 무심코 아슬아슬한 정보마저 중얼거리기 시작했다.

본래 에샤르 왕자의 검술 지도자로서 교류가 있었던 란프론 백작이다. 그 가신인 코넬리도 비교적 가까이 지내고 있으나……. 그때는 무척이나 크게 당황했다.

옛날부터 약간 무모한 짓을 하기로 알려진 시온이라면 모를까, 얌전하다는 평을 듣는 에샤르의 뜻밖의 행동이었기 때문이다.

"다행히 그때는 아무 일 없이 보호할 수 있었지. 폐하와 백작님께도 비밀로 하겠다고 말씀해주셔서 가까스로 목이 붙어 있는데……. 만약 들키면 큰일이 났을 거야."

들키면 큰일이 나는 사건을 입 밖으로 흘리고 있다는 점에서 정신적인 피로가 극치에 달한 코넬리였다.

……여하간, 그런 경험은 다시는 사양이라는 양 코넬리는 고개를 저었다.

"아쉽지만 그건 안 됩니다. 쇼핑하고 싶으시다면 왕도의 명물인 선 셀리제 대로에서 하시는 게 좋을 듯합니다."

유명한 상점이 즐비한 화려한 거리, 선 셀리제는 왕도에 사는 귀족 영애들이 애용하는 상점가이다.

입점하기 위한 드레스코드마저 존재하는 고급 가게라면 그녀들을 만족시켜줄 수 있고, 코넬리의 위도 평안할 수 있을 것이다.

"아셨죠?"

"네? 하지만……."

벨이 슈트리나 쪽을 곁눈질했다. 코넬리는 강조하듯이 한 번 더 강한 어조로 말했다.

"아셨죠!"

그 신신당부에 슈트리나가 작게 고개를 끄덕였다.

──우후후, 친구와 손을 잡았다!

적절한 타이밍에 벨과 손을 잡은 슈트리나는 몹시 만족스러웠다.

아무튼 이런 식으로 친구와 사이좋게 손을 잡고 놀러 나간 적이 지금까지 없었기 때문이다. 세인트 노엘 학원에서 친하게 어울리는 학우들의 모습에 슈트리나는 강하게 동경했다.

이 여행에 권해준 미아에 대한 충성심이 120% 증가해버린 슈트리나였다.

──그나저나…… 주변국의 행상인이라…….

슈트리나는 여느 때와 다름없는 화사한 미소를 지으며 코넬리의 정보를 음미했다.

──불특정 다수의 인간이 모이는 장소……. 뱀이 숨어있기 좋겠어.

혼돈의 뱀의 주특기는 일반 민중 속에 숨어 들어가 파괴 공작을 행하는 것이다. 늑대술사 같은 전력이 없는 건 아니지만 수는 그리 많지 않다.

그렇다면 출신이 불분명한 자가 모이는 시장 같은 장소는 딱 좋은 아지트가 된다.

──성벽을 지키는 병사들의 눈을 얼버무리는 것 정도는 그리 어렵지 않은 일이고…….

"아셨죠!"

그때 코넬리의 목소리가 들렸다.

슈트리나는 순간 무슨 말을 들은 건지 알아듣지 못했으나…… 무의식중에 흘려들었던 대화를 떠올렸다.

──왕자가 행방불명이 되었다…… 같은 터무니 없는 말을 하지 않았나……?

나중에 은근슬쩍 떠봐야겠다고 다짐하며 슈트리나는 당장 급한 화제를 정리했다.

──분명 쇼핑 이야기를 하고 있었는데…….

슈트리나는 작게 고개를 끄덕인 뒤 말했다.

"네. 선 셀리제 대로에서 쇼핑이라니, 기대된다. 벨."

그 말에 거짓은 없었다.

친구가 입을 옷을 골라주고, 자신이 입을 옷을 친구에게 골라달라고 한다.

멋진 옷을 찾을 수 있는지는 그리 중요하지 않다. 같이 웃고, 별것도 아닌 일에 머리를 굴리고, 그런 평화로운 시간이 슈트리나에게는 무엇보다 귀중했다

그러니 쇼핑하는 장소가 어디든 슈트리나는 상관없었다.

"하지만 개방시장이라면 희귀한 버섯 같은 걸 살 수 있지 않을까요?"

벨의 그 당돌한 발언에 코넬리는 고개를 기우뚱 기울였다.

"버섯…… 말씀입니까?"

"네. 미아 언니는 버섯을 아주 좋아하셔서, 희귀한 버섯이 있다면 사드리고 싶은데요……."

벨의 이야기에 코넬리는 이해했다는 듯 고개를 끄덕였다.

"그렇군요. 그런 것이라면 저택의 주방에 이야기해두겠습니다."

이리하여 저녁 식사 메뉴 중 하나로 버섯 요리를 확보하는 데 성공한 벨. 할머니에게 효도하는 착한 손녀라 할 수 있겠다.

제32화 식사 초대

미아가 란프론 백작저로 돌아온 것은 저녁을 앞둔 시각이었다.

방으로 돌아오자마자 바로 에메랄다와 루드비히가 찾아왔다.

"라피나 님과의 대화에 푹 빠져버리고 말았네요."

그런 미아의 중얼거림에 루드비히가 경악한 눈빛을 보냈다.

"라피나 님도 이 도시에 계시는 겁니까?"

"네. 이번 무도회에 출석할 예정이라더군요. 아벨도 같이 와 있던데요."

"그렇군요……. 라피나 님과……."

안경을 반짝 빛내는 루드비히. 그 날카로운 시선에 미아는 다소 주춤거렸다.

——앗, 큰일이에요. 에메랄다 양의 혼담을 어떻게 할지, 시온의 암살을 어떻게 저지할지는 전혀 생각하지 않고 라피나 님과의 식사를 즐기고 와 버렸어요! 뭐라고 변명해야 할지…….

찰나의 숙고. 미아는 가벼운 변명을 끼워 넣었다.

"아, 무, 물론 정보수집도 해 왔죠."

일단 란프론 백작이 어떤 인물인지에 대해 들었고, 제국에는 없는 도자기 찜이라는 조리법의 정보도 입수했다.

——그 도자기 찜은 정말 멋졌어요!

주방장에게 가르쳐줘서 연구하게 하면 제국의 식문화에 공헌할 수 있을지도 모른다. 그건 무척 멋진 일이다.

──그래요! 식사만 하고 온 게 아니잖아요. 저는 제대로 해야 할 일을 했어요!

그렇게 스스로를 설득하면서 루드비히에게 시선을 돌리자…….

"으……."

"그렇군요……. 역시 미아 님이십니다."

루드비히는 말간 눈동자에 감탄을 실어서 미아를 곧게 응시하고 있었다.

그 구름 한 점 없는 순수한 감탄을 앞에 두고 죄책감이 쿡쿡 찔린 미아는…… 그만 눈을 돌려 버렸다. 그러는 사이에도 대화가 진행되었다.

"사태를 타개하기 위해서 정보수집이 중요하다는 생각은 저도 동의합니다. 그래서…… 갑작스러운 일이지만, 오늘 밤 선크랜드의 국왕이신 에이브람 폐하와의 만찬을 마련했습니다."

"……네?"

급변하는 사태! 느닷없는 선크랜드 국왕과의 면회 기회에 미아는 입을 떡 벌렸다.

아니, 갑자기 그런 말을 해도 마음의 준비가 아직이라고 변명할 새도 없이 루드비히는 말했다.

"이번 혼담에 대해 선크랜드의 국왕 폐하께서 어떻게 생각하시는지 떠볼 필요가 있다고 생각했습니다."

참으로 정론이다. 반론의 여지가 없다!

"……그, 그렇군요. 그래서 당신이 수배해준 거죠?"

"키스우드 씨를 통해 시온 전하와 연락을 취했습니다. 에샤르 왕자님의 약혼 상대인 에메랄다 님, 그리고 시온 왕자님의 학우로서 티오나 님도 함께 갈 수 있다고 하십니다만……."

"어머나, 티오나 양도…… 흐음."

미아는 에메랄다 쪽으로 시선을 돌렸다.

"어, 어쩌죠? 미아 님……. 저는 마음의 준비가……."

에메랄다는 허둥거렸다. 참으로 의지가 되지 않는 모습이었다.

──루드비히와 안느가 따라와 준다면 안심할 수 있지만……국왕과 식사하는 자리에 종자는 동석할 수 없을 테죠……. 그렇다면 자칫 에메랄다 양과 둘이서 국왕 폐하와 대면하게 될 거예요.

그건 미아로서는 피하고 싶은 상황이다. 물량작전 신봉자인 미아에게 아군은 최대한 많은 게 좋다.

──뭐, 상대방의 요청이니 티오나 양을 데려가도 문제없다면 나쁠 건 없지만요. 그나저나…….

"서, 설마…… 이렇게 갑자기 만나 뵙게 될 줄이야……."

계속 안달복달하는 에메랄다에게서 다소 의외성을 느꼈다.

에메랄다는 기본적으로 철부지다. 방약무인하고, 상대방이 타국의 왕이라고 한들 태연하게 무례하게 굴 수 있는 담력을 지니고 있다.

적어도 미아는 그렇게 생각했다. 굳게 믿었다.

하지만 지금의 에메랄다는 몹시 불안해 보였다.

──상대방이 남이라면 모를까, 혼담 상대의 아버지라고 생각하니 허둥거리는 거겠죠. 에메랄다 양도 참, 야무지지 못하군요!

미아는 기세 좋게 코웃음을 쳤다.

"에메랄다 양. 당신은 영예로운 우리 티어문의 사대공작가의 일원입니다. 당당하게, 아늑한 배를 탔다고…… 그래요, 그 에메랄드 스타 호에 탔다고 생각하고 편하게 마음을 먹으세요!"

"에메랄드 스타 호에……"

비유법에 미아 나름의 어레인지를 넣었다가 난파해버릴 것 같은 느낌이 더해진 것 같기도 하고 아닌 것 같기도 하지만…….

"미아 님……"

에메랄다의 눈동자는 감동에 젖어 촉촉하게 빛났다.

──말은 그렇게 했지만…….

에메랄다를 보낸 뒤, 미아는 안느의 도움을 받아 서둘러 옷을 갈아입으며 한숨을 쉬었다.

──제법 힘들겠네요. 어떻게 해야 할까요…….

그때였다. 똑똑, 문을 노크하는 소리가 들렸다.

"실례합니다. 미아 언니."

"지금 막 돌아왔습니다, 미아 님."

문을 열고 들어온 사람은 벨과 슈트리나였다.

"어머나, 두 사람도 외출했었군요?"

그렇게 말하며…… 미아는 바로 생각의 바다로 잠수했다.

──시온의 아버지는 과연 어떤 사람일까요……? 그 시온의 아버지이니 방심할 수 없겠죠……. 적절히 정보를 끌어낼 수 있다면 좋겠는데요…….

하지만…… 역시나 그 이상으로 문제인 건.

"에샤르 왕자님 건이죠……."

작게 중얼거린 미아의 목소리에 슈트리나는 경악한 표정을 지었다.

"이미 알고 계셨어요……? 역시 대단하십니다, 미아 님."

슈트리나가 뭔가 감탄했다는 듯 고개를 끄덕인 뒤 말했다.

"그래서 어떻게 할까요?"

미아는 고개를 갸웃거렸다. 무언가 말을 했었던 모양인데……, 차마 안 듣고 있었다고 밝힐 수는 없었다. 그런고로…….

"아, 네, 음…… 그래요. 맡기겠습니다."

아마도 벨을 데리고 무슨무슨 시장에 가겠다는 이야기겠지…… 하고 예상하는 미아였다.

"마음대로 데려가도 괜찮습니다. 지루해하는 모양이니, 놀아주시면 저도 기쁘죠."

슈트리나의 힘이 필요해지는 건 조금 더 나중의 일이다. 게다가 여차할 때를 위한 대비라는 의미가 강하다.

그때까지는 벨과 마음껏 놀고 즐겁게 지내길 바랐다.

반면 슈트리나는 진지한 얼굴로 고개를 끄덕였다.

"알겠습니다. 제 목숨을 걸고……."

"네? 아뇨, 그렇게까지는 안 해도 괜찮은데요?"

'이 아이는 대체 얼마나 벨과 노는 것에 목을 매는 거죠?'라며 고개를 갸웃거리는 미아였다.

제33화 시럽 해파리

"여기가 선크랜드의 왕성이로군요······ 미아 님."

안느가 주눅이 든 듯한 얼굴로 우뚝 서 있는 성벽을 올려다보았다.

돌로 쌓아 올린 장엄한 성벽. 온갖 공격을 튕겨낼 듯 중후한 벽은 그렇게까지 넓지는 않았다.

미아의 발걸음으로도 끝에서 끝까지 10분 정도면 갈 수 있을 것이다.

지나치게 클 필요는 없다. 밀려드는 적을 영격하기에 적절한 크기이기만 하면 된다.

그건 전쟁을 위한 건축. 백월궁전과는 전혀 다른 사고에 기반하여 세워진 건물이었다.

"흐음, 저것이 솔 에쿠스드 성. 저도 오는 건 처음이에요."

이전 시간축도 포함해서 미아가 선크랜드에 온 것은 이번이 처음이다. 당연하게도 선크랜드의 왕성인 솔 에쿠스드 성에 온 적도 없다.

──멀리서 봤을 때도 생각한 건지만 참으로 당당한 위용을 뽐내는군요. 보고 있자니 무언가 자랑스러운 기분이 들어요.

이것도 선크랜드 귀족의 사고방식에 영향을 미쳤을지도 모른다. 모든 나라의 백성을 이 위광 밑에······ 같은 소리를 하고 싶어진다고 해도 이상하지 않아 보였다.

그때 깨달았다. 안느가 여전히 성을 바라보고 있다는 것을.

"어머? 왜 그러시나요?"

"아뇨……. 미아 님도 처음 오셨다고 듣고…… 뭔가 굉장한 경험을 하고 있다는 생각이 들었습니다. 티어문 제국의 백월궁전에서 일할 수 있다는 것만으로도 대단한 일인데, 세인트 노엘 학원에도, 게다가 페르쟝의 성에도 함께 갔죠. 더군다나 선크랜드까지……."

미소 짓는 안느를 보며 미아는 깊게 고개를 끄덕였다.

"그렇죠. 평범하게 살았다면 겪을 일이 없었을지도 모르겠어요……."

이전 시간축의 안느는 분명 평생 제도에서 살았을 것이다. 혹은 어딘가로 간다고 해도 제국의 밖으로는 안 나가지 않았을까?

그런데 지금은 가족의 곁을 떠나 선크랜드까지 왔으니, 확실히 신기한 경험일 것이다.

거기서 문득 미아는 걱정이 되었다.

"저기, 안느. 괜찮은가요?"

"무슨 말씀이세요? 미아 님."

의아한 표정이 되는 안느를 향해 미아가 말했다.

"가족과 오래 만나지 못했잖아요? 세인트 노엘에 갈 때는 따라와 주길 바란다고 부탁했지만요. 베이르가 외의 나라에 갈 때는 그렇게 하지 않았죠. 당연하다는 듯이 따라오게 했는데, 만약 집이 그리워졌다면……."

"그런 일은 절대 없습니다."

안느는 조용하게, 하지만 단호하게 고개를 저었다.

"미아 님과 함께 다양한 곳에 가는 건 저의 자부심입니다. 게다가 에리스에게도 들려줄 이야기가 잔뜩 생기기 때문에 대환영하던걸요?"

그러더니 장난기 어린 미소를 지으며 말을 이었다.

"그러니 안심해주세요. 저는 미아 님이 가는 곳이라면 어디든지 가겠습니다. 안 된다고 하셔도 따라갈 겁니다."

"안느……. 후후, 그랬죠. 그럼 앞으로도 신세 질게요."

그 후 미아는 솔 에쿠스드 성을 올려다보았다.

"좋아요, 그럼 가도록 할까요!"

한바탕 기합을 넣은 미아는 에메랄다, 티오나를 데리고 당당히 성안으로 발을 들여놓았…… 으나…… 미아가 강하게 나갈 수 있었던 것도 국왕을 만나기 전까지였다.

"평안하십니까, 에이브람 폐하. 티어문 제국의 황녀, 미아 루나 티어문입니다."

넓은 알현실로 안내받은 미아 일행은 선크랜드의 국왕, 에이브람과 면회했다.

스커트 자락을 살짝 들어 올리며 깊이 머리를 숙이는 미아.

여타 소국과는 다르게 선크랜드는 티어문과 동격. 대국의 국왕을 상대하는 이상 완벽한 예법으로 임해야만 한다.

하지만 그건 익숙하다. 미아는 완벽한 황녀의 자세를 갖추고 인사를 감행했다.

"먼길 잘 와 주었다. 티어문의 황녀."

미아의 인사를 받고 선크랜드의 국왕, 에이브람 솔 선크랜드는 싱긋 웃었다.

미아는 그 얼굴을 보고 재빠르게 분석했다.

나이는…… 아마도 자신의 아버지인 황제와 동년배일 것이다. 멋진 수염과 깊이 있는 지적인 눈동자를 지닌 남자였다.

얼핏 보면 다정해 보이는 미소를 짓고 있음에도 불구하고 미아는 자신이 압도당하는 걸 느꼈다.

──이, 이것이…… 선크랜드의 국왕 폐하……. 아바마마와는 비교도 되지 않는 박력이군요…….

그 체구에서 발하는, 맑은 강물과도 같은 청량한 분위기. 거기에 노출된 미아는 저도 모르게 어질어질해졌다.

뭐니 뭐니 해도 미아는 해파리다. 그것도 달콤한 시럽의 바다에서만 살 수 있는 희귀종, 시럽 해파리다.

깨끗한 강물에서는 시들시들해지는 것도 어쩔 수 없다.

──아니, 흐느적거리고 있을 때가 아니죠!

미아는 자신을 다독이며 마주 미소 지었다. 머릿속으로 그리는 이미지는 낮에 식사를 함께한 친구, 성녀 라피나의 모습이다.

분명 라피나라면 이 국왕을 앞에 두고도 태연하게 행동했으리라. 그런 라피나의 당당한 태도를 모사하며 미아는 말했다.

"늘 아드님인 시온 왕자님께 많은 신세를 지고 있습니다."

"아니, 우리 아들도 그대의 뛰어난 지혜에 좋은 영향을 받고 있는 모양이더군. 하여 어떤 인물인지 궁금했었다. 이렇게 만날 기회가 마련된 것이 기쁘구나."

그러더니 에이브람 왕은 티오나 쪽으로 시선을 보냈다.

"그대가 티오나 루돌폰인가. 세인트 노엘의 학생회에서는 아들이 신세 지고 있다."

"과분한 말씀이십니다. 폐하."

말을 걸 줄 몰랐던 건지 티오나는 놀란 표정을 지으면서도 바로 머리를 숙였다.

마지막으로 에이브람은 미아 옆에 선 에메랄다에게 시선을 주었다.

"그리고…… 그대가 에메랄다 에트와 그린문 양인가?"

"네, 네헵……."

펄쩍 뛰어오르는 에메랄다를 보며 미아는 머릿속이 싸아아 냉정해지는 걸 느꼈다.

──이건…… 제가 어떻게든 하지 않으면 안되겠군요!

손이 많이 가는 언니를 위해 한층 기합이 들어가는 미아였다.

제34화 미아 드릴

"처, 처처, 처음 뵙습니다. 에이브람 폐하."

딱딱한 동작으로 뻣뻣하게 스커트 자락을 들어 올리는 에메랄다. 그 손이 부들부들 떨리는 바람에 스커트가 찰랑찰랑 물결치고 있다.

참으로…… 긴장했다. 심지어…….

"제가 그린문 공작가의 장녀, 에메랄드……."

……말이 헛나왔다.

미아 쪽으로 얼굴을 홱 돌리는 에메랄다. 울먹울먹한 눈동자를 본 미아는 한숨을 쉬며 고개를 저었다.

──정말이지, 중요한 때에 혀가 꼬이다니 에메랄다 양도 침착하지 못하다니까. 진지한 상황에서 말실수라니 너무하잖아요. 정말 어쩔 수 없군요. 여기서는 제가…….

미아는 붉어진 얼굴로 입을 열었다.

"폐하. 그녀가 제 친척이자 제국 사대공작가의 별을 지닌 공작 영애. 에메랄다 에트와 그뤼……."

미아도 혀가 꼬였다! 만……!

"―인문입니다!"

무시하고 밀어붙였다! 그렇게 아무 일도 없었다는 듯 웃는다! 당당하게, 뻔뻔하게!

미아와 에메랄다는 헤쳐나온 수라장의 수가 다르다.

말실수 초보자인 에메랄다와는 다르게 미아는 베테랑. 이 정도쯤은 가뿐하게 해치울 수 있다.

"갑작스러운 혼담에 긴장한 친구를 대신하여 소개했습니다. 무례를 용서해주시길 청합니다……."

"후후, 아니다. 오늘은 지극히 사적인 자리이니. 그렇게 격식을 차리지 않아도 된다."

작게 고개를 끄덕인 후, 에이브람은 에메랄다 쪽으로 눈길을 주었다.

"그린문 공작 영애도 긴장을 풀거라. 오늘은 어디까지나 면식을 익히는 자리일 뿐이다."

그리고는 소박한 미소를 지었다. 그 순간, 미아는 에이브람의 몸을 뒤덮고 있던 공격적일 정도의 청렴한 분위기가 흐릿해졌다고 느꼈다.

그것은 마치 딱딱한 국왕이라는 겉옷을 벗고, 내면을 아주 조금 보여준 것만 같은 그런 인상이었다.

──어머나, 이런 표정도 지으시는군요. 조금 뜻밖이에요.

국왕의 박력이 약간 줄어들자 어깨에서 힘을 빼는 미아. 한편 에메랄다는.

"네, 네헵……. 아, 알겠습, 니다……."

아직 고장 난 상태였다. 참으로 어색한 대답에 미아는 내심 발을 동동 굴렀다.

──아아, 정말이지. 에메랄다 양도 의외로 소심하군요! 좀 더 당당하게!

"후후후, 뭐 좋다. 여기서 이야기할 일도 아니지. 나머지는 식사하면서 하도록 할까."

그렇게 말하더니 에이브람 왕은 곁에 있던 장년의 집사에게 눈짓했다. 그 신호를 받은 집사는 한 걸음 앞으로 나와 절도 있는 동작으로 머리를 숙였다.

"안내해드리겠습니다. 이쪽으로 와 주십시오."

그렇게 안내받은 곳은 알현실에서 가까운 왕성의 한 방이었다.

그리 넓지는 않았다. 세인트 노엘의 교실의 절반 정도. 기껏해야 10명쯤 들어가면 꽉 차버릴 듯한 넓이의 장소였다.

중앙에 놓인 테이블은 특이하게도 동그란 모양이었다.

보통 식사할 때면 신분에 따라 앉는 위치도 대강 정해지기 마련이다. 하지만 이런 원탁으로는 어느 위치에 앉아야 할지 판단하기 어려웠다.

어떻게 해야 하나 고민하고 있었더니…….

"여러분, 잘 와주셨습니다."

부드러운 가을 햇살 같은 목소리가 들렸다. 그쪽으로 시선을 돌리자 온화한 미소를 지은 포동포동한 체형의 여성이 서 있었다. 백은색 머리카락을 지닌 여성의 자상해 보이는 눈을 바라보자 미아는 자신의 긴장이 풀리는 걸 느꼈다.

"처음 뵙겠습니다. 티어문 제국의 황녀, 미아 루나 티어문입니다."

미아에 이어 인사하는 에메랄다와 티오나. 그 인사를 생글생글 웃으며 듣고 있던 여성, 즉 왕비는 봄 햇살 같은 따뜻하고 밝은 목소리로 말했다.

"늘 시온이 신세 지고 있구나."

뒤이어 에이브람 왕이 나타났다. 그 옆에는 시온과 어린 소년의 모습이 있었다. 단정하게 자른 백은색 머리카락. 조금 긴 앞머리에 가려진, 약간 기가 약해 보이는 눈동자로 미아 일행을 힐끔힐끔 쳐다보고 있다.

"시온의 소개는 필요 없을 테고……. 자, 너도 인사하거라."

재촉을 받은 소년은 한 걸음 앞으로 나와 우아하게 인사했다.

"처음 뵙겠습니다. 에샤르 솔 선크랜드입니다."

그렇게 말한 뒤 에샤르는 우물쭈물하면서도 어색한 미소를 지었다.

──어머나, 귀여워라…….

그 미소에 미아는 무심코 가슴을 부여잡을 뻔했다가…….

──아차, 안 되죠. 그는 시온 암살범……. 방심은 금물이에요!

미아의 눈매가 날카로워졌다. 그리고는 에샤르를 빤히 바라보다가…… 어리둥절해서 고개를 갸웃거리는 에샤르의 반응에 결국 마음속으로 가슴을 부여잡았다!

──뭐, 잘 생각해 보면 이렇게 귀여운 아이가 스스로 암살을 꾀했을 리는 없죠. 아마 란프론 백작이 이 아이를 부추겨서…….

"아, 그래. 란프론에게서 보고가 있더군. 미아 황녀는 버섯 요리를 좋아한다지? 오늘은 한 종류뿐이긴 하지만 버섯 요리를 마련했다."

"오오! 참 기대되는군요!"

미아는 설레는 얼굴로 고개를 끄덕였다.

──흠, 란프론 백작은 역시 상관없을지도 모르겠어요. 범인으로 취급하면 불쌍하죠!

참으로 바쁘게 휙휙 돌아가는 미아의 머리였다.

제35화 슈트리나의 심심풀이

"어머나, 두 사람도 외출했었군요?"

미아의 질문에 벨은 방긋방긋 웃으면서 고개를 끄덕였다.

"네. 재미있어 보이는 장소의 이야기도 들었습니다. 개방시장이라고 하는데……."

벨이 보고하는 걸 옆에서 들으며 슈트리나는 생각에 잠겼다.

입수한 정보를 어떻게 활용해야 할까…….

──주변국의 상인에게 개방된 시장……. 아마도 정체가 불분명한 인간도 많이 출입하고 있을 터. 그리고 그런 시장에서…… 일시적이라고는 해도 에샤르 왕자님이 행방불명된 적이 있다…….이 정보는 상당히 위험해…….

그냥 행방불명된 것뿐이라면 딱히 큰 문제는 없다. 하지만 만약……. 에샤르 왕자가 혼돈의 뱀과 접촉을 꾀한 것이라면…….

그것을 우려한 슈트리나는 우선 어떻게 할지 미아에게 물어보기로 했다.

벨이 대략적인 이야기를 마치고 그 자리에서 물러났을 때 미아에게 슬쩍 귓속말했다.

"그래서 미아 님. 개방시장 건으로 말씀드리고 싶은 것이……."

"에샤르 왕자님 건이죠……."

그 선수를 치는 듯한 중얼거림에 슈트리나는 경악한 표정을 지었다.

──이미 그 정보를 입수했다고?

확실히 왕도에 들어온 뒤로 이미 며칠이 지났다. 미아가 그 정보를 입수했어도 이상하지 않을지도 모르지만……

──어마어마한 기세로 입막음을 했었는데, 코넬리 씨는 입이 조금 가벼운 걸까?

참으로 고생이 많아 보이던 병사의 얼굴을 떠올리고 조금 걱정이 된 슈트리나였다.

지금까지는…… 언제 누구를 죽이라는 명령을 받을지 알 수 없었기에 호의를 느껴도 일부러 그걸 무시하며 살아왔다.

하지만 미아는 말했다. 자신은 슈트리나에게 암살을 시키지 않겠다고.

그러니 슈트리나는 자연스럽게 친절하게 대해준 사람에게 친근감을 느끼고 걱정할 수 있게 되었다. 특히 코넬리는 벨과 즐거운 시간을 만드는 것에 협력해준 사람이다.

호의를 느끼지 말라는 게 불가능하다.

그건 그렇다 치고…….

"그래서 어떻게 할까요?"

슈트리나는 당연하다는 듯 미아에게 판단을 청했다.

본래 슈트리나는 그렇게 살아왔다.

바르바라가 있을 때는 그녀가 시키는 대로 따랐고, 아버지의 지시를 따르며 살아왔다. 그 상대가 미아로 바뀌었을 뿐. 자신이 하는 일은 딱히 달라지지 않았다.

무엇보다 자신은 원래 혼돈의 뱀이었다. 미아를 죽이려고도 했다.

스스로 판단해서 행동할 수는 없다. 그저 미아의 명령을 따를 뿐……. 그렇게 생각했었는데…….

"그래요. 맡기겠습니다."

미아는 아주 선뜻 말했다. 슈트리나의 판단에 맡기겠다고……. 뱀과 이어질지도 모르는 정보를 슈트리나가 담당하라고…… 그렇게 말하는 것이다.

"알겠습니다. 제 목숨을 걸고……."

슈트리나는 마음이 이끄는 대로 미아를 곧게 바라보았다. 신뢰하고 맡겨준 미아에게 보답하기 위해 기합을 넣는 슈트리나였다.

그렇게…… 슈트리나는 몰래 란프론 백작의 저택에서 빠져나왔다. 코넬리에게서 저택의 경비 상황을 들은 덕분이었다.

──코넬리 씨는 역시 입이 좀 가벼운 것 같아……. 그래, 돌아가기 전에 주의를 줘야겠어.

그런 생각을 하며 골목길을 걸어갔다. 낮에 벨과 외출했을 때 거리의 풍경을 둘러보면서 대략적인 건 파악해두었다.

어느 정도 저택에서 멀어졌을 때 들고 있던 램프에 불을 붙였다. 환하게 불타오르는 불빛이 밤의 어둠을 갈랐다.

"자……. 그럼 갈까."

목적지는 당연히 예의 개방시장이다.

뒷골목에서 뒷골목으로.

밤의 어둠에 가라앉은 길을 나아간다.

왕도라고는 해도 밤에는 사람이 거의 오가지 않는다. 순찰하는 경비대만 조심하며 성과 가까운 1번가를 빠져나왔다.

성에서 멀어질수록 공기가 조금씩 바뀌어갔다.

그것은 달콤한 향수와도 같은 냄새. 혹은 사람을 취하게 만드는…… 강한 술 냄새.

귀족 영애와는 거리가 먼, 위험한 밤거리의 냄새…….

그리고 그 밤의 냄새를 풍기며…….

"오호라, 이것 참……. 어느 귀족 나리의 따님이지?"

슈트리나 앞에 남자가 나타났다. 램프 불빛에 비친 으스스한 얼굴은 뺨에 요란한 흉터가 난, 딱 봐도 질이 안 좋아 보이는 인상이었다. 뒤를 힐긋 쳐다보자 어느새 등 뒤에도 한 명의 남자가 서 있었다.

"흐흐흐, 이런 장소에 혼자 오다니 위험하잖아. 어때? 아저씨들이 지켜주마."

슈트리나는 자신을 관찰하듯 끈적하게 달라붙는 듯한 시선을 느꼈다.

한눈에 귀족 자제임을 간파한 관찰력도 그렇고, 아마도…….

──몸값을 노린 유괴범, 혹은 인신매매범…… 일까. 코넬리 씨가 말한 대로 이 근방은 치안이 조금 나쁜 모양이네.

그런 생각을 하면서도 슈트리나는 딱히 당황하지 않았다.

기본적으로 슈트리나는 격투술을 배운 게 없다. 운동능력도 지극히 평범한 귀족 소녀와 다를 게 없다. 특수한 암살 기술…… 같은 것도 사용하지 못한다.

따라서 본래대로라면 무서워해야 하는 상황이긴 하나…… 그런 기색은 조금도 없다.

애초에 슈트리나는 알고 있다. 약자는 어둠 속을 걸을 때 불을 켜고 다니면 안 된다는 것을. 자신의 시야를 확보해봤자 싸울 수 있는 것도 아니다. 오히려 위험한 것을 불러들이는 결과로 이어진다.

그러므로 달빛으로 시야를 확보할 수 있다면 불을 켜면 안 된다.

하지만 그녀는 불을 켰다. 어째서인가……. 그것은 불러내기 위해서다.

눈앞의 남자들처럼 개방시장의 사정을 알고 있을 법한 안내자가 필요했으니까.

그리고…… 위험한 남자들을 무력화할 대책도 있었으니까.

그래…… 미아는 말했다.

마음대로 데려가도 괜찮다고. 지루해하는 모양이니 놀아달라고…….

그리고 친절하게도 선크랜드 국왕과의 만찬에는…… 그 남자를 데려가지 않았다.

슈트리나에게 맡기겠다고 말하면서도 그녀가 위험하지 않도록 남겨둔 것이다.

자신이 지닌 최강의 검을…….

슈트리나는 딱히 아무것도 하지 않았다. 그에게 말을 걸지도 않았다.

다만 시간이 남아도는 그 남자가, 옐로문가의 딸이 수상한 행동을 하는 걸 방치할 것이라고 생각하지 않았다.

——그런 타입은 따라와달라고 부탁하면 거절하는 주제에, 따라오지 말라고 하면 분명 따라오겠지.

그런 확신 하에 슈트리나는 여기까지 왔다.

일부러 불을 붙여서 만에 하나라도 그가 자신을 놓치지 않도록.

"슬슬 나타나도 되지 않을까. 아니면, 이 정도의 상대로는 당신을 놀게 해주기에는 부족해?"

"뭐? 이게 무슨 소릴 하는 거야?"

"아니면 리나처럼 귀여운 아이가 겁에 질려서 우는 모습을 보는 걸 좋아한다거나?"

"그러니까 누구에게 말하는…… 컥?!"

탁한 비명이 들린 직후, 남자가 기절했다.

"이런, 교묘하게 유도당해버린 것 같아서 불쾌하군. 일단 말해두지만 네 눈물은 옐로문 저택에서도 봤는데, 썩 보기 좋은 모습은 아니었어. 기왕 울릴 거라면 미아 황녀 전하가 더 즐거울걸. 그쪽은 허둥지둥 당황하는 모습이 아주 재미있으니까."

어둠 속에서 천천히 나타난 이는 슈트리나가 예상했던 그 남자…….

제국 최강의 기사, 디온 알라이아였다.

"그리고 지적한 대로 이 정도의 상대로는 심심풀이도 못 돼."

"그래? 그렇다면 심심풀이로 조금 대화하지 않을래? 당신과는 제대로 대화해보고 싶었거든."

슈트리나는 사랑스럽게 고개를 기울이며 가련한 미소를 지었다.

"당신과 벨은 무척 가까운 사이 같던데, 무슨 관계지?"

제36화 97% 맑은 마음으로

"미아 황녀……. 지난 렘노 왕국에서의 일은 미안했다. 그대에게도 상당한 폐를 끼쳤다고 들었다만."

에이브람이 머리를 숙였다. 그런 그에게 미아는 조용히 고개를 저었다.

"고개를 들어주세요. 에이브람 폐하. 사과하실 일은 아닙니다. 이미 렘노 왕국과 그 건에 대해서는 정리를 마쳤을 터. 게다가 시온에게서도 사과를 받았습니다. 지나간 이야기를 다시 끌어와도 의미 없겠지요."

"하나……."

"저 자신은 딱히 폐를 입지도 않았고, 그때는 시온 왕자님에게 큰 도움을 받았으니까요. 사과하실 필요 없습니다."

그 깔끔한 태도에 에이브람은 감탄한 듯 한숨을 쉬었다.

"그렇군. 시온에게 들었던 대로 황녀는 그릇이 큰 사람인 모양이야."

에이브람도 왕비도 놀란 기색이었으나…… 물론 그럴 리는 없다.

그릇으로 따지자면 그릇이 넓은 게 아니라 그릇이 텅 빈 것이다. 즉…… 배가 고프기 때문에 식사에 정신이 팔렸을 뿐이었다.

그렇다. 지금의 미아는 선크랜드의 속죄 따위에는 흥미가 없다. 선크랜드의 식재(주로 버섯)에 관심이 있다!

"그럼 복잡한 이야기는 여기까지 하지. 갑작스러운 초대이기에 대단한 것은 준비하지 못했으나, 즐겨주었으면 한다."

에이브람 왕의 그 말로서 만찬회가 시작되었다. 하지만 시작하자마자 미아는 단순히 겸손해하는 발언이었음을 알게 되었다.

"근사한 요리예요."

하나둘씩 나오는 요리를 보며 무심코 감탄사가 흘러나오는 미아였다.

그것은 백월궁전에서 제공하는 요리에도 뒤지지 않을 만큼 휘황찬란한 요리였다.

노릇노릇 예쁘게 구워내 고소한 냄새가 나는 선크랜드 빵. 시간이 지나면 딱딱해지지만, 갓 구워냈을 때는 바삭바삭하고 은은한 단맛이 난다는 걸 미아는 알고 있다.

더구나 미아에게는 빠르게도 전채(前菜) 단계에서 클라이맥스가 찾아왔다. 왜냐하면.

"전채는 햇살 토마토 젤리와 솔레이유 버섯 소금구이입니다."

설명 후에 자신의 앞에 놓인 접시. 그 위에는 붉게 익은 토마토를 얇게 잘라서 투명한 젤리에 혼입하여 마치 보석처럼 아름다운 젤리와 그보다도 더 아름답게 빛나는 것처럼 보이는 솔레이유 버섯이 올라가 있었다.

마침 미아의 손바닥만 한 크기의 버섯을 슬라이스하여 소금을 친 뒤 굽기만 했을 뿐……. 미아는 그 조리법을 요리사의 도전장으로 받아들였다.

──어설픈 세공은 제로. 최소한의 조리로 재료 본연의 맛을 온전히 살려내려고 하는 컨셉이군요.

미아의 눈동자에 빛이 깃들었다.

먼저 와인잔을 들고 안에 담긴 물로 입 안을 적셔서 밑준비. 그후 조용히 포크를 쥔 다음 우아한 동작으로 솔레이유 버섯에 꽂았다.

──아마추어라면 이 버섯을 두 조각으로 잘라서 입에 넣을 테지만, 저 같은 베테랑쯤 되면 먹는 법을 이해하고 있죠.

한입에 먹기에는 약간 커 보이는 크기의 버섯이다. 하지만⋯⋯ 미아의 안에는 확신과 신뢰가 있었다.

──그저 버섯을 굽기만 해서 승부에 임하는, 그런 요리사가 크기를 고려하지 않았을 리가 없어요.

즉, 미아는 판단했다.

그 버섯이 자신의 입에 맞는 크기로 잘려 나왔으며, 그리고 한입에 먹었을 때 가장 맛있게 먹을 수 있도록 계산되었다고.

마침내 미아는 버섯을 입에 넣었고⋯⋯ 감동으로 눈두덩이가 뜨거워졌다.

은은하게 느껴지는 짭짤함. 느껴질 듯 말듯, 지극히 세심한 소금간으로 인해 버섯 본연의 풍부한 맛이 살아났다. 그것은 무척이나 담백하면서도 섬세한⋯⋯ 대지의 은혜가 느껴지는 맛이다.

어금니로 씹었을 때 부드럽게 이를 받아내는 탄력, 절반 정도 이가 파고들면 꼬드득하며 참으로 기분 좋은 소리가 난다. 너무 단단하지도 않고 너무 부드럽지도 않게 절묘한 탄력을 유지하는 버섯과 불 조절에 미아는 감동했다.

맛있는 냄새가 부드럽게 코를 간질이고, 혀 위에서는 희미한 단맛을 남기며…… 그 여운이 천천히 사라진다. 사라져간다.

눈앞에 이 버섯이 자란 숲의 풍경마저 보이는 기분을 맛보며 미아는 말했다.

"근사해요……. 정말로 멋져요……."

버섯 소믈리에 미아는 셰프에게 칭찬을 아끼지 않는다.

미아의 만족스러운 얼굴을 보고 에이브람 왕이 미소 지었다.

"황녀는 식문화에 지대한 관심이 있다고 들었는데, 아무래도 소문이 맞는 모양이군."

"우후후, 그 정도까지는 아닙니다. 하지만 먹는 것은 아주 좋아하죠."

"역시 그런가. 얼마 전에도 페르장까지 찾아갔다고 들었는데……."

"네, 맞습니다. 기근이 왔을 때를 대비하여 식량 수입처와는 탄탄한 신뢰 관계를 구축해두어야만 한다고 생각했으니까요."

에이브람의 눈동자가 미미하게 날카로워졌다.

"이전에도 시온에게 들었는데, 미아 황녀는 작금의 식량부족을 예지하고 있었다더군. 더욱이 이 흉작이 몇 년에 걸쳐 이어지며 대규모의 기근이 일어난다고 주장하고 있다던데. 그건 참말인가?"

"글쎄요, 미래에 어떻게 될지는 알 수 없는 노릇이죠. 그러니 참인지 아닌지 여쭤보셔도 대답하기 곤란하지만……. 그저 제국에서는 기근을 위해 대비하고 있다고, 백성이 굶주리지 않을 수 있는 체계를 갖추고 있다고만 말씀드리겠습니다."

"그런가……. 실은 가신 중에는 제국이 영토 확장을 노리고, 전쟁을 위해 식량을 비축해두는 게 아닌지 생각하는 자도 있어서 말이다."

"아바마마, 그러한 말을 하는 자가 있단 말입니까?"

시온이 분노와 곤혹을 숨기지 못하는 모습으로 말했다. 반면 에이브람은 침착한 목소리로 대답했다.

"상식적으로 생각하면 과거에 한 번도 경험한 적 없는 대기근이 일어난다기보다는 군사행동의 일환이라고 보는 것이 합리적이겠지."

그러더니 미아를 향해 시선을 보내는 에이브람.

"어머나, 그것참 무척이나 태평한 발상이로군요."

그 시선에 미아는 무심코 중얼거렸다.

"호오. 태평하다고……, 그렇게 느끼는가……?"

뜻밖이라는 표정이 된 에이브람이었으나, 그 지옥과도 같은 기근을 아는 미아가 보기엔 그 사고방식은 더없이 태평했다.

그 시기를 아는 자로서 미아는 단언했다.

"태평합니다. 전쟁이라니……. 평시였다면 모를까, 기근이 오면 그러한 어리석은 짓에 힘을 소모할 때가 아닙니다."

미아의 관점으로 말하자면, 전쟁 같은 걸 벌일 만큼 한가하지 않다.

식량을 빼앗기 위한 전쟁을 주장하는 자도 있을지도 모르나, 상대방이 얌전히 식량과 영지를 넘겨줄 리도 없다. 전쟁이 일어나면 논밭이 불타고 일손이 되어 줄 사람들이 숨을 거두기 때문에 이듬해의 식량 사정은 더욱 나빠진다.

──압도적인 전력으로 밀어붙여서 자포자기한 상대방이 자신들의 밭에 불을 질러버리기 전에 승리를 거둘 수 있다면 그것도 괜찮을지도 모르지만요…….

디온 알라이아를 100명 정도 모을 수 있다면 가능할지도 모른다고 상상하는 미아였으나…….

──한 명이라도 성가신 그 사람이 백 명이라니, 제가 먼저 피폐해질 거예요.

결국 전쟁은 기근 대책이 될 수 없다는 게 미아가 내린 결론이다. 설령 일시적으로 버틸 수 있다 해도 그런 게 오래 이어질 리 없다.

그렇다면 그걸 선택할 수는 없다.

"식량이 여유롭고 일손이 여유롭다면, 패권을 노래하는 것도 좋을 테죠. 하나 앞으로 닥칠 기근 앞에서는 그런 여유는 없습니다. 전쟁으로 인해 땅을 더럽히고 백성의 수를 줄일 때가 아니라는 거죠."

거기까지 말한 뒤, 불현듯 떠오른 것이 있어 미아는 입을 열었다.

"아, 하지만 그걸 구실로 삼는 건 의미가 있을지도 모릅니다."

"구실…… 이라면?"

"말 그대로의 의미입니다, 에이브람 폐하. 제국이 침략전쟁을 꾸미고 있을지도 모른다는 걸 대의명분으로 내걸어서라도 식량 비축을 늘려두는 것을 간언드립니다."

"그렇군. 미아 황녀는 그 정도로 기근이 일어나리라 확신한다는 건가."

에이브람은 이해했다는 듯 고개를 끄덕였다.

"하지만 그렇다면 기근을 앞두고 지금은 몹시 바쁜 시기일 터. 그러한 때에 이 선크랜드에 찾아온 것에는 무언가 이유가 있나?"

"네, 그것은 물론……."

생각지도 못한 타이밍에 찾아온 기회에 미아는 잠깐 고민했다.

에샤르 왕자는 어떤 인물인지, 시온 암살 사건 뒤에 어떠한 사정이 있었는지 파헤치기 위해서는 지금이 절호의 기회다.

아무리 그래도 사정을 있는 그대로 전할 수는 없지만, 다행히 지금의 미아에게는 대의명분이 있다.

"제 친구, 에메랄다의 혼담 상대가 궁금했기 때문입니다."

미아는 천연덕스러운 얼굴로, 일말의 죄책감도 없이 맑은 마음으로 말했다.

뭐니 뭐니 해도 미아의 말은 거짓이 아니었다. 전부 사실이 아닐 뿐.

적어도 몇 할…… 대략 2할 정도는 진심으로 에메랄다를 걱정하고 있으니까.

그렇기에 지금 미아의 마음은 여태껏 그랬던 적이 없을 만큼 맑고 깨끗했다. 적어도 바다에 둥실둥실 떠 있는 해파리만큼은 투명했다.

제37화 친구＝친우?

　──저 사람이 형님의 학우……. 제국의 예지, 미아 루나 티어문 전하…….

　에샤르는 진심으로 놀랐다.

　미아 황녀의 저 태연자약한 태도에.

　아버지의 사과를 천연덕스럽게 받아들이질 않나, 그 후엔 지극히 평범하게 식사로 넘어갔다.

　──그나저나 대단해. 아바마마를 앞에 두고 저렇게 식사할 수 있다니.

　에샤르는 선크랜드에서 나간 적이 없다. 따라서 그의 세계는 선크랜드 국내로 한정된다. 그리고 자신의 아버지인 국왕은 선크랜드에서 최고의 권위를 지닌 자다.

　그런 아버지와 식사하는 자들에게는 매번 조금이라도 긴장이 느껴졌다. 란프론 백작이나 전통을 중시하는 귀족들 사이에서는 긴장 이상의 경외도 느꼈다.

　친자식인 에샤르조차 가끔 아버지가 발하는 기백에 긴장해버릴 때가 있다.

　──그런데 태연하게 식사하다니……. 진심으로 식사를 즐기는 것 같아.

　그 모습에서 이미 놀랐는데…… 그 놀라움은 다음 순간 한층 더 커졌다.

"실은 가신들 중에는 제국이 영토 확장을 노리고, 전쟁을 위해 식량을 비축해두는 게 아닌지 생각하는 자도 있어서 말이다."

아버지의, 대국 선크랜드 국왕의 예리한 떠보기……. 희미하게 날카로움이 더해진 그 목소리도 미아는…….

"태평합니다."

이런 한 마디로 잘라버렸다.

전쟁이라니 태평한 소리라고.

조금도 흔들리지 않고, 그저 확신으로 가득한 목소리로.

──제국의 예지……. 란프론 백작은 바람까마귀 건도 우연이라고 하면서 투덜거렸는데…….

에샤르는 아버지의 얼굴을 살폈다. 그 낯빛에 드러난 것은 호의와 호기심.

──아바마마는 높게 평가하고 계시겠지…….

이것이 형, 시온이 함께 학문을 배우는 친구. 선택받은 자인 형이 그 지혜를 인정하고 칭송하는 인물.

그 현명함의 편린을 본 에샤르는 무심코 얼굴을 일그러뜨렸다.

가슴속에서 끓어오르는 쓸쓸한 열등감. 야금야금 몸을 갉아 먹는 어두운 감정에 짓눌리며 에샤르는 작게 한숨을 내쉬었다. 그리고는 식사 자리에 앉아있는 다른 소녀에게 시선을 주었다.

──그리고 이쪽이, 내 약혼자가 될 사람…….

에샤르의 시선 끝에는 긴장해서 굳어있는 소녀의 모습이 있었다.

『티어문 제국의 사대공작가, 별을 지닌 공작 영애라면 왕자 전하의 상대로서 부족함이 없는 신분입니다.』

란프론 백작은 가슴을 펴고 그렇게 호언장담했다.

확실히 신분으로 따지면 적절하다. 에샤르도 시온이 왕위를 이어받은 뒤에는 공작위를 받게 될 것이다. 작위를 놓고 본다면 걸맞은 상대다.

『나이는 18살로 조금 연상이긴 합니다만, 그래도 좋은 상대가 아닌가…….』

확실히 신분이 높은 자로서 후계자를 낳는 건 중요한 책무다. 그 점에서 8살의 나이 차이는 마이너스 요소가 되긴 할 테지만…… 그래도 정략을 위해서는 종종 그런 혼담이 맺어지기도 한다.

왕족의 혼담이란 그런 법이라고 교육을 받았으며, 받아들이기도 했다. 그러니 상대방이 한참 연상인 누나라는 것에는 딱히 불만도 없지만…….

우물쭈물 허둥거리는 반응을 보이는 에메랄다. 긴장해서 움츠러든 소심한 모습은 미아 황녀와 비교하면 참으로 볼품없어 보였다.

아니, 심지어 그 옆에 앉은 소녀, 티오나 루돌폰 쪽이 더 당당한 것처럼 보일 지경이었다.

제국의 황녀는커녕 변경백의 영애보다도 못한 그 심약함에 에샤르는 뭐라 말할 수 없는 씁쓸함을 느꼈다.

——만약 형님의 혼담 상대였다면…… 저 사람이 뽑혔을까?

자꾸만 그런 생각을 하게 되었다. 형의 상대로 뽑히는 건 분명 저 미아 황녀처럼 지적이고 용감한 여성이 아닐까…….

하면 안 된다는 걸 알면서도 자꾸만 비교하게 된다.

——역시 형님은…… 모든 것을 받은 사람이야. 나로서는 도저

히 당해내지 못해.

불현듯…… 언젠가 들었던 말이 머릿속을 스쳤다.

『괜찮습니다, 조금 망신을 주는 것뿐이니까요. 완벽한 인간에게는 아무도 따라가지 못하는 법. 이건 시온 왕자님께 도움이 되는 일입니다.』

귓가에서 속삭인 말이 마음속에 스르륵 파고들었다. 마치 뱀처럼.

『필요 없으시다면 저와 헤어진 뒤에 바로 버리시면 됩니다. 얼마든지 버리실 수 있지 않습니까? 그건 그냥 약입니다. 가벼운 배탈을 나게 하는 게 고작인 무해한 독입니다. 지니고 계신다고 해도 전혀 위험하지 않습니다.』

감미롭고, 부드러운 음색으로…… 에샤르의 마음을 매료한다.

"제 친구, 에메랄다의 혼담 상대가 궁금했기 때문입니다."

그때, 낭랑한 목소리가 울렸다. 목소리가 들린 쪽으로 시선을 돌린 에샤르는 그곳에서 찬란한 달을 보았다.

──저 사람을 친구라고 부른다고…….

머뭇머뭇 움츠러든 에메랄다의 모습은 도저히 제국의 예지의 친구에 걸맞지 않아 보였다. 그럼에도 불구하고 미아는 주저 없이 그렇게 말했다.

친구의 혼담 상대가 궁금해서 보러 왔다고. 그걸 위해 일부러 발걸음을 옮겼다고.

에샤르의 눈에 비친 것은 선택받은 자가 지닌 여유와 선택받지 못한 패자에게 보내는 연민…….

스스스……. 에샤르의 마음에서 낯선 소리가 울렸다.

시온과 쌍을 이루듯 지혜로운 빛을 발하는 소녀. 그 빛을 받아 드러나는, 숨길 수 없는, 에샤르의 패배감……

『소금 망신을 주는 것뿐입니다. 그게 시온 왕자님께 도움이 됩니다.』

감미로운 울림을 지닌 말이 계속해서 그의 귓가에서 떨어지지 않았다.

——으읔. 더, 더는 안 되겠어요……. 토할 것 같아…….

한편 에메랄다는 극도로 긴장한 상태였다.

선크랜드 국왕의 분위기에 압도당한 나머지 완전히 바들바들 떨고 말았다.

식사 같은 걸 즐길 여유도 없다. 자신이 어디에 있는지조차 오락가락해질 정도로 극한의 상태. 어두운 안개에 휩싸여 잔뜩 겁을 먹고 방황하는 듯한 심경이 되어 당장에라도 쓰러질 것 같았다.

——아아, 정말, 더는 안 될 것 같아…….

그렇게 항복해버릴 뻔한 바로 그 순간…….

"제 친구, 에메랄다의 혼담 상대가 궁금했기 때문입니다."

그 말이 들렸다.

에메랄다는 퍼뜩 정신을 차렸다.

'제 친우'……. 그녀의 귀에는 분명 그렇게 들렸기 때문이다.

——그래요. 저는 미아 님의 친우…… 절친한 친구인걸요!

그 목소리에 눈앞의 안개가 일제히 갠 것처럼 느껴졌다.

에메랄다는 지금 이 순간, 자신이 누구인지를 떠올려냈다.

──등을 펴세요, 에메랄다 에트와 그린문. 저는 황가를 뒷받침하는 별을 지닌 공작가의 장녀로서, 그리고 그 이상으로 미아 님의 친우로서 꼴사나운 모습을 보여줄 수는 없습니다.

그렇게 등을 편 에메랄다는 새삼 자신의 약혼 상대, 에샤르 왕자에게 시선을 주더니…….

──어머니, 귀엽게 생겼네. 게다가 무척 똑똑해 보여요……. 멍한 얼굴…… 쑥스러워하는 건가? 우후후, 정말 귀엽군요. 하지만 장래에는 분명 시온 왕자님에게 뒤지지 않을 만큼 미남으로 자라겠죠! 유망주예요!

……완전히 회복해버린, 미남 밝힘증 에메랄다였다.

제38화 얼빠 에메랄다와 대식가 미아

──흐음, 그럼 어떻게 해야 할까요?

미아는 새삼 생각했다.

여기서부터는 어떻게 대화를 진행할까…….

에샤르에 대해 파악해야 하는 건 사실이지만, 그렇다고 뭘 물어봐야 할지……. 차마 시온을 원망하고 있냐고 직접 물어볼 수도 없고, 최근에 어딘가에서 독을 입수했냐는 건 더욱 물어볼 수 없고.

그렇게 미아가 생각에 잠겨있을 때…….

"어머나, 에샤르 전하. 혹시 그 버섯을 싫어하시나요?"

미아 진영의 돌격대장, 사대공작가의 필두 에메랄다가 조용히 움직이기 시작했다.

조금 전까지는 얼굴이 새파랗게 질려있던 에메랄다였으나, 간신히 긴장에서 해방된 건지 여느 때와 같은 안색으로 돌아왔다. ……아니, 오히려 반질반질해 보일 정도였다.

──어머? 에메랄다 양, 드디어 회복된 모양이군요.

그 광경을 본 미아는 살짝 안심했다.

애초에 에메랄다는 미아의 아군이다. 그린문가가 선크랜드 왕가와 손을 잡고 황위를 노리는 게 아니냐는 것에 대해서도 제대로 파악하고 있다.

그럼에도 미아의 아군으로 있겠다고 표명해준 사람이다.

그렇다면 지금은 오히려 에메랄다의 재량에 맡기는 것도 좋은 선택이 아닐까.

짧은 고민 끝에 미아는 결심했다.

조금 못 미덥긴 하지만, 여기는 에메랄다에게 맡기고 지금은 눈앞의 음식을 처리하는 것에 집중하자고…….

미아 안에서는 못 미더운 언니인 에메랄다이지만…… 사실 대인 능력을 따지고 본다면 그리 낮진 않다.

고귀한 신분으로서 교육받은 그녀는 어느 정도 위트가 넘치는 화술을 습득했으며, 춤 실력도 미아보다는 못하지만 부끄럽지 않은 수준을 보유했다.

더불어…… 에메랄다에게는 또 하나의 무기가 있었다.

그것은 연하의 남자아이에 대한 압도적인 '익숙함'이었다.

남동생을 거느린 그녀는 무의식중에 어린 남자아이와 친해지는 기술을 체득했다.

단련된 미소년 관찰력을 풀로 활용하여 에메랄다가 찾아낸 돌파구. 그것이 바로 에샤르의 접시 한 귀퉁이에 손을 대지 않고 몰래 남겨두었던 버섯이었다.

──독특한 풍미가 나는 버섯은 싫어하는 아이도 꽤 있으니까요. 우리 동생도 가리는 음식이 제법 있고…….

참고로 미아는 그걸 봐도 '아깝네요, 제가 먹어드릴 수 있는데'라고 생각했을 뿐이었지만……. 뭐, 그건 그렇다 치고…….

싫어하는 음식에 대한 공감, 그것을 시작으로 이번에는 좋아하는 음식 이야기로. 해산물이라면 에메랄다의 특기 분야인 해수욕 이야기로 연결하고, 고기 요리로 간다면 외국의 독특한 요리 이야기를 한다.

외교를 담당하는 그린문 가는 지식의 중요성을 안다. 쓸모없는 지식이란 없다. 설령 도움이 되지 않는 잡학이었다고 해도 상대와의 대화에서 흥미를 끌어낼 수 있다면 그만.

상대방이 이미 아는 지식과 모르는 지식을 적절히 섞어서 자신의 대화를 매력적으로 만드는 기술을 습득하고 있다.

그렇게 에메랄다는 에샤르를 대화에 끌어들이려고 했으나…….

에샤르는 시온 쪽으로 힐끔 시선을 준 뒤 작게 고개를 저었다.

"……아뇨. 딱히 싫은 건 아닙니다."

짧게 대답한 뒤 그 버섯을 쏙 입에 넣었다.

──어라……? 착각이었나……?

에메랄다는 고개를 갸웃거렸다.

좋아하는 음식을 마지막까지 남겨두는 패턴도 없는 건 아니지만…….

──아니, 하지만. 으음…….

조금 전의 에샤르는 명백하게 내키지 않아 하는 것 같았기에 이상해하는 에메랄다였다.

참고로, 여담이긴 하지만 미아는 맛있는 것은 먼저 먹는다. 그리고 다른 것도 전부 먹은 뒤에 한 그릇 더 달라고 한다!

맨 처음에 먹고, 마지막으로 먹는다. 그것이 미아의 방식이다.

……미아는 욕심쟁이라는 여담일 뿐, 지금은 아무래도 상관없는 이야기다.

에샤르는 우물우물 입을 움직이더니, 잠시 후 목을 꿀꺽 울리며 삼켰다.

그 모습을 지켜본 에메랄다는 역시 버섯은 별로 안 좋아하는 것 같다는 판단을 내렸다. 하지만…….

"그럼 무언가 좋아하는 음식은……."

"농민이 정성을 담아 키워낸 것, 또 대지가 은혜를 베풀어준 음식물에 호불호는 없습니다. 뭐든 먹을 수 있습니다."

천연덕스럽게 그런 말을 하는 소년을 보고 에메랄다는 조금 놀랐다.

귀족의 자식은 응석받이로 자라는 아이가 많다. 게다가 다른 건 둘째 쳐도, 음식의 호불호는 용인하는 경우가 많다고 생각했다.

그럼에도 불구하고 나온 에샤르의 어른스러운 대답에 에메랄다는 조금 놀랐고, 동시에…….

──우후후, 어른 노릇을 하려는 거군요. 이 아이…… 역시 좀 귀여워요.

연하의 소년에게 점점 관심이 솟아나기 시작한 에메랄다 누나였다.

그리고 그걸 지켜보던 미아는…….

──아아. 에메랄다 양, 완전히 신이 났네요……. 본론을 잊어

버리진 않았을지 걱정이에요. 정말, 에메랄다 양은 미남을 너무 밝혀서 곤란하다니까요. 본론을 잊어버리고…… 어휴. 어머, 이 요리도 맛있어요…….

그렇게 눈앞의 요리를 맛있게 먹었다.

제39화 그런데, 눈치채셨을까?

장소를 바꿔서, 밤의 거리. 어두운 뒷골목.

슈트리나는 디온이 쓰러트린 남자에게 정보를 얻어내기로 했다. 참고로 또 다른 남자는 맞은 것과 동시에 기절해버렸기 때문에 후보는 한 명뿐이었다.

딱히 어디를 묶은 것도 아니지만 여전히 엉덩방아를 찧은 채 일어나지 못하는 남자를 향해 슈트리나는 천천히 걸어갔다.

"그럼 바로 물어보기로 할까?"

얼굴을 가까이 들이밀고 생긋 가련한 미소를 지었다. 그걸 본 남자는 히이익 숨을 삼켰다. 그리고는 또 한 명, 기절해버린 남자에게 원망에 찬 눈빛을 보냈다.

그가 깨어 있었다면 심문을 받을 확률은 2분의 1이었으니…….
그런 그를 향해 디온은 쾌활하게 웃었다.

"하하, 너는 운이 좋은데. 파트너가 기절해줘서……."

"……허?"

어리둥절진 남자. 그런 그의 얼굴을 들여다보며 귓가에 대고 속삭이듯 말했다.

"심문 상대가 한 명이라면 말을 하지 못하게 될 정도로 거칠게 다루는 건 자중해야 하지만…… 두 명이라면 한 명을 붙잡고 협박해도 문제없잖아?"

남자가 덜덜 어깨를 떠는 걸 본 슈트리나는 미소를 거두지 않은 채 말했다.

"디온 알라이아, 살기를 좀 거둬주지 않겠어? 너무 협박이 과하면 고문…… 아니, 심문에 지장이 가잖아."

참으로 가련한, 사랑스러운 소녀의 목소리. 하지만 남자는 그 목소리에도 떨었다.

대체 이 소녀는 왜 이토록 태연할 수 있다는 말인가. 몸이 저절로 떨릴 만큼 강렬한 살기를 흘리는 남자를 옆에 두고도 왜 이렇게나 태연하게 웃을 수 있단 말인가…….

사람은 부자연스러운 것에 공포를 느낀다. 그가 느낀 감각은 한밤중의 묘지에서 절세의 미녀와 마주쳤을 때 느끼는 감정과 흡사했다.

술집이었다면 기뻤을 만남도, 묘지에서는 공포가 된다.

그 공포를 처음부터 느끼지 못했다는 것이 유감이다. 치안이 나쁜 밤의 거리를 귀족 영애가 혼자 걸어간다는 기이함을 눈치챘었다면 이런 일이 일어나진 않았을 텐데…….

그런 후회도 이미 늦어버렸다. 슈트리나는 생글생글 웃으면서 노래하듯 말했다.

"당신은 인신매매나 유괴를 전문으로 하는 악당이지?"

"아, 아니, 나는……."

"우후후, 부정하지 않아도 돼. 변명이나 거짓말은 시간 낭비니까. 이 경우 당신이 인신매매범인지 아닌지는 큰 문제가 아니거든. 물론, 리나에게 무슨 짓을 하려고 했는지는 조금 신경 쓰이지만. 그래. 특별히 이번에는 불문에 부쳐줄게."

뺨에 손가락을 갖다 대는, 참으로 사랑스러운 동작.

"그래서 말인데, 지금 당신이 신경 써야 하는 건 당신이 리나를 위해 얼마나 도움이 될 수 있는가 하는 부분이라고 보는데. 당신은 어떻게 생각해?"

그러더니 슈트리나는 미소를 지우고…… 눈을 굴려 남자의 얼굴을 올려다보았다. 커다란 잿빛 눈동자가 응시하자 남자는 숨을 삼켰다.

"그 점을 염두에 두고 질문에 대답해줘."

잠시 남자를 바라본 뒤, 슈트리나는 다시 미소 지었다.

천천히, 타이르듯이 말을 꺼냈다.

"이전에 이 근방으로 길을 잃은 에샤르 왕자가 온 적이 있었을 거야. 그때 에샤르 왕자와 접촉한 사람을 찾고 있어. 짐작 가는 사람 없을까?"

"그, 그런 이야기는……."

"후후, 리나는 무척 친절하니까 또 충고해줄게. 안이하게 못 들어봤다는 소리는 안 하는 게 좋아. 자신이 모른다면 하다못해 아는 사람을 소개해주거나 해야지……. 안 그러면 당신에게 친절하게 대하는 이유가 사라지잖아?"

"힉, 히이이이이이익!"

새파랗게 질린 남자를 향해 부드럽게 미소짓고는.

"자, 그럼 들려줘. 에샤르 왕자와 접촉한 인간, 짐작 가는 거 없어?"

슈트리나는 즐겁다는 양 말했다.

"흐음⋯⋯. 기마 왕국의 억양을 쓰는 남자라⋯⋯. 아직 잠복하고 있을까."

남자의 심문을 마친 뒤 슈트리나가 중얼거렸다.

"⋯⋯이젠 없겠지⋯⋯. 하지만 만약을 위해 조금 더⋯⋯."

"그런데 옐로문 공작 영애, 이 녀석들은 어떻게 할까?"

구속한 두 남자를 내려다보며 디온이 말했다.

"으음. 딱히 리나는 이 나라의 귀족이 아니니까 왕도의 치안 같은 건 알 바 아니지만, 만에 하나라도 벨이 위험해지지 않도록 성의 병사에게 연락해두자."

그러더니 슈트리나가 짝 손뼉을 쳤다.

"아, 그보다 벨과 당신의 관계 말이야. 벨이 말하는 걸 보면 상당히 사이가 좋은 것 같았는데⋯⋯."

그 말에 디온은 고개를 저었다.

"아까도 말했지만, 전혀 짐작 가는 게 없어. 면식이 없는 건 아닌데⋯⋯."

그건 슈트리나가 가진 정보와도 일치하는 대답이었다. 디온 알라이아는 성격상 정체불명의 소녀 미아벨을 경계하면 경계했지, 쉽게 마음을 열지는 않을 것이라고.

하지만⋯⋯ 그런 정보는 지금의 슈트리나에겐 의미가 없다.

친구가 한 말이 유일무이한 진실. 따라서 눈앞의 디온이 아무리 그럴싸한 말을 한다고 해도 벨의 발언과 어긋나는 건 거짓이 된다.

그러니 슈트리나의 눈에는 눈앞에 있는 제국 최강의 기사가 참으로 의심스러운 태도를 취하는 것처럼 보였다.

"그래……, 숨긴단 말이지……. 무언가 숨겨야만 하는 사정이 있는 걸까……. 아, 설마……."

슈트리나는 눈을 가늘게 뜨고 디온을 흘겨보았다.

"설마 그럴 리야 없겠지만, 디온 알라이아. 당신 소아성애자야? 그래서 벨을 노리기 때문에……."

"아하하, 아쉽게도 스무 살 미만은 연애 대상에서 제외야."

디온은 슈트리나의 날카로운 질문을 깔끔하게 쳐냈다.

"철은 철로 연마하고, 사람은 그 친구로 연마하라고 하지만 어차피 맞부딪힐 거라면 연마가 끝난 강철과도 같은 인격과 한바탕 하고 싶거든. 제대로 갈리기 전의 쇳덩어리는 시시하니까. 그 점에선 황녀님도 그린문가의 아가씨도 너도 비슷비슷해. 내 상대가 되기에는 한참은 부족하지."

"연애 이야기를 하는 건데……."

"내 안에서는 별 차이 없어. 연애든, 검을 나누는 것이든."

"……당신 친구 없지? 디온 알라이아."

조금 기가 막힌 표정이 된 슈트리나를 향해 디온은 어깨를 으쓱한 뒤 대답했다.

"으음. 많지는 않지만 너보다는 낫지 않을까? 옐로문 공작 영애."

그 말을 들은 순간…… 슈트리나의 표정이 스윽 사라졌다.

"……벨이, 있으니까, 상관없어."

고개 숙인 슈트리나는 조금 토라진 듯한 어조로 말했다.

소녀의 상처를 건드리고 말았다는 걸 알아차린 디온은 민망한 듯 머리를 긁적였다.

"친우는 한 명이어도 괜찮지만 친구는 많아서 나쁠 거 없지. 앞으로 찬찬히 늘려가면 돼. 모처럼 집안의 멍에에서 해방되었으니까."

그리고는 곁눈질로 슈트리나를 살폈다. 슈트리나는 얼떨떨한 듯 입을 벌리고 있었다.

"오해했어, 디온 알라이아. 당신은 남녀노소 불문하고 희희낙락 베어 죽이는 악마인 줄 알았는데. 제대로 인간다운 배려심도 발휘할 수 있구나?"

디온은 작게 어깨를 으쓱했다.

"이런 역할은 나답지 않긴 하다만."

"어머, 그렇지 않은 것 같은데……. 의외로 교사에 적성이 있을 지도 몰라."

놀리듯이 말하는 슈트리나. 디온은 고개를 절레절레 내저었다.

"그건 사양하지. 아주 지루한 인생이 될 것 같아."

"그래? 미아 님 곁에 있다면 그렇게까지 지루하진 않을걸."

슈트리나의 대꾸에 순간적으로 반응하지 못하고 얼굴을 찌푸리는 디온이었다.

그런데…… 눈치채셨을까?

디온이 꼽은 영애 중 딱 한 명, 알맹이는 스무 살을 넘긴 인물이 있었는데…….

제40화 날름…… 이것은, 설마…… 독?!

미아는 메인디쉬로 나온 선크랜드 소 안심 스테이크를 먹어 치우던 도중 퍼뜩 눈치챘다.

──어라? 저는 정보를 캐내거나 하는 걸 하나도 안 하고 있었네요?

모처럼 루드비히가 만들어준 정보수집 기회이다. 낭비할 수는 없다.

미아는 메인디쉬인 안심 스테이크를 반 정도 먹은 시점에서 시선을 들었다.

입 안 가득 퍼지는 풍부한 육즙, 감칠맛이 나는 소스의 진한 냄새를 천천히 음미하면서도 미아는 2할 정도의 의식을 식사에서 주변으로 옮겨놓았다.

──흐음. 에샤르 왕자님에게서는 에메랄다 양이 열심히 정보를 수집하고 있군요. 저는 다른 방면으로 정보를 끌어내는 게 좋겠어요.

시온 암살의 뒷사정도 포함해서 제대로 필요한 정보를 끌어내야 한다고 결심한 미아는…… 안심 스테이크를 다 먹고 난 뒤 접시에 남은 소스에 빵을 찍어 먹었다.

소스는 요리사의 생명. 그 요리사의 기술을 전부 집약한 것이 바로 소스다. 그렇기에 미아는 소스를 남기지 않는다. 그것이 미아 나름의 예의이다.

뭐, 그건 그렇다 치고……. 미아는 바로 시온 쪽으로 시선을 돌렸다.

"그나저나 시온 왕자님도 참 너무하세요. 에샤르 왕자님과 에메랄다 양에 대해 알려주실 수도 있었잖아요."

미아의 지적에 시온은 난처한 미소를 지었다.

"아니, 사실 나도 최근에 들었어."

"네? 당신도 몰랐다고요……?!"

중대한 정보에 도달했다는 양 미아는 눈을 부릅떴으나……!

──아니, 그도 그렇겠네요. 저와 시온의 협력관계에 대항하기 위한 혼담이니 알려주지 않는 게 당연해요……. 어라? 하지만 이 건에 관한 란프론 백작의 노림수 같은 건 눈치채고 있을까요? 눈치챘다면 그걸 알면서 혼담을 진행하려 한다는 셈이 되는데요…….

다시 우물우물 장고 타임. 미아는 결론을 내렸다. 시온이 눈치채지 못했을 리가 없다고.

왜냐하면 '에샤르 왕자의 혼담을 숨기고 있었기 때문'이다.

그 시온이…… 완벽초인인 시온이 그걸 의심하지 않는다? 이렇게까지 노골적인 정치공작을 눈치채지 못했다? 그럴 리가 있을까?

──그렇다고 보기는 어렵죠. 그럼 알면서 용인했거나, 혹은 용인할 수밖에 없는 상황이거나……. 흐음……. 에이브람 폐하는 어느 쪽일까요……?

미아는 고민하면서 에이브람 쪽으로 시선을 돌렸다.

"그나저나 에샤르 왕자님과 에메랄다 양의 혼담으로 인해 왕국과 제국의 관계가 강고해지겠군요."

"그래. 귀국과의 우호 관계는 우리 선크랜드에게도 기꺼운 일이지."

에이브람은 온화한 미소를 지으며 말했다.

"게다가 아마 대륙에도 좋은 일일 터. 만약 정말로 대기근이 닥친다면, 미아 황녀의 말대로 각국이 손을 잡아야만 하지. 그렇지 않으면 백성이 피해를 입을 테니까."

"후후, 믿어주신다면 저야 기쁩니다."

미아는 그렇게 미소 지었다가…… 직후에 기묘한 위화감을 느꼈다.

──어라? 이상하네요……. 뭔가 배 부근이, 묘하게…….

갑작스럽게 밀어닥친 것……. 그것은 간단하게 말하자면 복통……. 퍼뜩 고개를 들고 입가에 묻은 소스를 날름 핥아 먹은 미아는 전율했다.

──이, 이것은…… 설마……. 독?!

아니…… 그냥 과식이다.

확실하게 그냥 과식이다.

의심의 여지도 없는 그냥 과식이다.

그렇다. 미아가 배가 고프다는 건, 그릇이 텅 비었다는 건 단순한 착각이었다.

애초에 미아는 그리 그릇이 크지 않다. 정신적으로도 물리적으로도.

맛있는 것이라면 얼마든지 먹어도 배부르지 않다고 생각하는 미아이지만, 그건 어디까지나 주관에 기반한 주장. 실제 그릇의 용량에는 한계치가 있기 마련이므로…….

낮에 라피나와 먹은 점심에서도 제법 많은 양을 먹었던 미아다. 그런데다 이렇게 만찬회에 나온 요리도 홀랑홀랑 집어 먹었으니, 배에서 탈이 날 법도 하다.

그리고 뒤늦게 '아무래도 신이 나서 너무 많이 먹어버린 것 같다'는 사실을 눈치챈 미아였으나…… 그런 그녀의 수치심은 현실 도피를 시작하고 말았다. 즉.

"약한 독에 당해서 배가 아프다고 치는 게 낫겠다, 과식해서 배가 아프다고는 말하기 싫으니까……."

──라는 생각이다.

하지만 복통이란 무릇 도피를 허락하지 않는 현실로서 들이닥치는 법……. 독이든 과식이든 할 수 있는 일은 정해져 있으니…….

──으으윽. 만찬 도중에 화장실에 간다니 말도 안 되는 행위지만…… 어, 어쩔 수 없죠.

결심을 마친 미아는 자리에서 일어났다.

"실례. 저는 잠시 자리를 비우도록 하겠습니다."

우아하게 인사한 뒤 부리나케 만찬실에서 나왔다. 그리고 복도에서 대기하던 메이드 중 한 명에게 말을 걸어 목적지에 안내해 달라고 했다.

그렇게 이런저런 것을 마친 뒤 화장실에서 나온 미아에게 말을 거는 사람이 있었다.

"미아 황녀 전하⋯⋯."

그곳에 서 있는 사람은 검은 머리카락을 지닌 미모의 청년⋯⋯. 시온의 종자, 키스우드였다.

"어머⋯⋯? 키스우드 씨, 무슨 일인가요?"

고개를 갸웃거리는 미아에게 키스우드는 진지한 얼굴로 말했다.

"아뇨, 사실 미아 님께 알려드리고 싶은 이야기가 있어서⋯⋯. 그런데 루드비히 씨에게는 잘 연락을 하셨습니까?"

──으음? 루드비히에게 연락⋯⋯?

고개를 갸웃거리던 미아는 바로 알아차렸다.

아무래도 키스우드는 미아가 무언가 떠올린 것이 있어서, 당장 루드비히를 움직이기 위해 연락을 넣고자 만찬실에서 나왔다고 생각한 모양이었다.

차마 과식해서 배탈이 났다고는 상상하지 못하는 것이리라.

"후후후. 설마요. 그럴 리 없잖아요."

거짓말을 하면 들켜버릴 것 같았기에 우선 의미심장하게 웃기로 하는 미아였다. 그 대답을 듣고 키스우드는 이해했다는 얼굴로 고개를 끄덕였다.

"그렇군요. 그럼 그런 것으로 해두겠습니다."

"그보다 무슨 일이죠? 제게 알려주고 싶은 정보라니⋯⋯."

"아⋯⋯. 그렇죠. 시온 전하와 에샤르 전하에 대해 알려드려야만 하는 것이 있습니다."

　키스우드는 목소리를 낮추며 말했다.

제41화 키스우드의 비장의 정보

"이것은 어디까지나 제 예상이지만…… 미아 황녀 전하께서는 이번 혼담을 시온 전하께서 어떻게 생각하시는지, 그게 궁금하시지 않습니까?"

"어머, 용케 알았군요……."

키스우드의 말에 미아는 기회임을 느꼈다.

그는 시온의 중신. 본심을 털어놓을 수 있는 몇 없는 인물일 터이다. 이건 귀중한 정보를 들을 수 있을지도 모른다는 생각을 하면서도…….

──시온은 친구가 적어 보이니까요. 오히려 키스우드 씨 말고는 솔직하게 이야기할 수 있는 사람이 없는 게 아닐까요…….

조금 걱정도 해버리는, 참으로 너무한 미아였다.

그건 그렇다 치고…….

"시온은 눈치채고 있죠? 이 혼담에 담긴 정치적 의도를."

미아의 질문에 키스우드는 조용히 긍정했다.

"네. 에샤르 전하와 그린문 공작가를 연결하여 시온 전하와 미아 황녀 전하의 연대에 대항하는 것. 란프론 백작 쪽 파벌의 꿍꿍이는 이미 알고 계십니다."

"흐음……. 그럼 시온은 이 혼담을 어떻게 생각하는 거죠?"

"직접 시온 전하의 입으로 들은 것은 아니지만, 적극적으로 찬성하진 않으실 겁니다."

"뭐, 그럴 테죠. 시온에게도 경쟁 세력이 강해지는 셈이니까요……."

"네. 하지만…… 그렇다고 해서 반대를 표명하실 일은 없으실 겁니다."

"어머, 그건 어째서죠?"

고개를 갸웃거리는 미아를 향해 키스우드는 어두운 표정을 지었다.

"형제란 이래저래 복잡하니까요……. 알고 계실 테지만, 시온 전하께서는 무척 우수한 분이십니다. 검술 실력은 물론이요 지혜도, 우아함도, 용감함도, 공정함도……. 왕의 자질을 전부 갖춘 완벽한 분이라 할 수 있죠."

그렇게까지? 하고 태클을 걸고 싶어지는 미아였지만…… 모두 사실이니 뭐라 할 말이 없었다. 확실히 시온은 선왕이 될 자질을 두루 겸비한 소년이라 할 수 있으리라.

"그리고 그런 시온 전하와 끊임없이 비교당한 것이 에샤르 전하입니다."

그 말에 마음속으로 '우와……' 하며 한숨을 쉬는 미아였다.

──그것참, 불쌍한 이야기로군요. 소름이 돋을 정도예요. 그 시온이 형이라니…… 정말 무시무시해요!

시험 삼아 미아는 시온이 자신의 오빠였다면 어땠을지 상상해 보았다.

『시온 오라버니, 괜찮으시다면 함께 차를 마시지 않으시겠어요?』

『아, 미아. 오늘도 귀엽구나. 물론 같이 마셔야지.』

『그래서 말인데요, 시온 오라버니. 공부하던 도중에 이 부분이 잘 이해가 가지 않아서요…….』

『어디 보자. 아, 거기는…….』

"……어라? 나쁘지 않은, 듯……?"

우수하고, 무엇보다 잘생긴 오빠가 있다는 건 그리 나쁜 일이 아닌 것 같은 느낌이 들기 시작했다. 에메랄다 못지않게 미남에게 약한 미아였다.

──아아, 하지만 제 경우엔 언니로 생각해야 할지도 모르겠네요. 흐음. 저에게 우수한 언니가 있다면…… 어떻게 될까…….

다시 상상해봤다.

외모로는 에메랄다 같은, 하지만 무척 우수한 언니가 있다면…….

『미아, 사실 이번에 빈민가에 병원을 세우려고 하는데 어떻게 생각하니?』

『어머나! 정말 멋진 생각이세요.』

『그리고 민중을 위해 학교도 세우는 게 좋지 않을까. 어때?』

『네. 좋은 아이디어입니다. 언니!』

"……아주 좋은데요!"

단순히 동의만 하면 문제가 해결된다. 미아의 이상향이 그곳에 있었다! 우수한 오빠, 혹은 언니를 둔 동생이 대단히 부러워지는 미아였다.

　──흐음. 그렇게 생각하면 시온이 오빠라는 것도 나쁘지 않은 느낌인데요……. 하지만 에샤르 왕자는 승부욕이 강한 성격일지도 모르죠……. 게다가 아직 어린아이니까요. 저처럼 어른의 관용은 아직 없는 건지도 모르겠어요.

　자칭 그릇이 큰 미아 황녀였다. 약간 타칭이기도 하다는 점이 참으로 무서운 부분이지만…….

　"시온 전하께서는 계속 에샤르 전하를 지켜보셨습니다. 자신과 비교당하면서 상처받는 동생의 모습을, 계속……."

　"그렇군요. 가진 자의 우울…… 이라는 거죠."

　미아로서는 이해하기 어려운 감정이었다. 자칫 기만으로도 보일 수 있는 감정이긴 하나, 당사자에게는 나름대로 절실할 것이다.

　"그리고 그런 동생에게 혼담이 왔습니다. 상대방은 대국 티어문의 공작 영애죠. 나이 차이는 난다고 하나 신분은 부족함이 없습니다. 선크랜드에게 도움도 되는 상대입니다. 그런 혼담을 반대할 수 있을까요?"

　"그건…… 확실히 복잡한 이야기로군요."

　미아는 무심코 한숨을 쉬었다.

　그런 사정이 있다면 확실히 시온은 아무 말도 하지 않는 게 나을 것이다.

　그게 설령 선의에서 나온 조언이라고 해도 어떻게 받아들여질지 알 수 없는 노릇이다.

　'네게 혼담 같은 건 아직 일러' '너 같은 녀석에게 나보다 먼저 혼담이 오다니 건방지게' '나보다 열등한 네게는 과분한 상대지'.

그런 식으로 받아들이게 될지도 모른다.

열등감은 때로는 망상 속 폭언을 만들어내는 법. 시온이 그 계기를 만드는 짓을 할 리가 없다.

"게다가 반대하는 이유도 자신들의 경쟁 세력을 견제하기 위해서니까요……."

그건 오로지 시온의 사정이다. 그것 때문에 동생에게 온 좋은 혼담을 망치는 짓은 할 수 없을 것이다.

"하지만 에이브람 폐하께서는 어떻게 생각하시는 거죠? 티어문과의 관계가 강화되는 것을 단순히 기뻐하신다고 보기는 어려운데요……."

"물론 그런 마음도 있으실 겁니다. 게다가 식량을 비축해두는 제국에게 침략전쟁을 벌일 생각인 건 아닌지 의심하는 자들이 있습니다. 그런 자들을 견제하는 의미도 있을 테죠."

"그렇군요. 제국의 대귀족, 그린문가와 혼담이 성립되면 어지간해선 제국과 전쟁이 일어날 일도 없을 테니까요."

키스우드는 무겁게 고개를 끄덕였다.

"그리고 란프론 백작을 비롯한 보수파 귀족 주위에도 왕족을 두고 싶다……. 그런 의미도 있을 것입니다."

"흐으음……."

미아는 팔짱을 끼며 생각에 잠겼다.

"제가 말씀드릴 수 있는 것은 이 정도입니다."

조심스럽게 말하는 키스우드를 향해 미아는 싱긋 미소 지었다.

"네, 큰 도움이 되었습니다. 하지만 괜찮은 건가요? 이렇게 왕족의 내부 사정을 저에게 흘리다니……."

그 말에 키스우드는 작게 고개를 으쓱했다.

"왕실의 미묘한 불화를 어떻게든 해소해야 한다고 생각하지만…… 저희 가신들만으로는 역부족입니다. 그래서 가능하다면 제국의 예지의 힘을 빌릴 수 없을까. 그런 의도죠……."

"어머나. 그것참 뻔뻔스러운 이유네요. 참고로 보답으로 무언가 준비해둔 것이라도 있나요?"

짓궂게 웃는 미아를 보며 키스우드는 쓴웃음을 지었다.

"그럼 비장의 정보를 하나……. 주방장이 오늘의 디저트는 자신작이라고 말했습니다."

"어머나! 그건……."

미아는 배를 슥슥 문지르고는.

"무척이나 멋진 이야기로군요!"

서둘러 만찬실로 돌아갔다.

제42화 미아벨, 세뇌당하다

"그럼 벨 님. 이게 오늘 밤에 하실 과제입니다."

그렇게 말하며 양피지를 건네는 루드비히를 향해 벨은 작게 고개를 기울였다. 무언가 서두르는 것 같은…… 그런 인상을 받았기 때문이다.

"저기, 루드비히 선생님. 어디 가시는 건가요?"

귀여운 질문에 루드비히는 쓴웃음을 흘렸다.

"선생님이라는 호칭은 거둬주십시오. 하지만, 네. 잠시 외출하려 합니다."

그때 루드비히가 고개를 갸웃거렸다.

"그런데, 슈트리나 님께선 어디 계시죠?"

"앗, 네. 사실 리나도 외출했거든요. 저만 혼자 남았어요."

"그렇습니까……? 흐음."

루드비히는 잠깐 고민했다.

선크랜드에 동행한 황녀전속 근위대는 미아를 따라간 자 외엔 이 저택에 남아있다. 그렇다면…….

"디온 씨의 모습이 보이지 않았는데. 그래, 그래서였군……."

고개를 주억거리고 있을 때 불현듯 벨이 말을 걸었다.

"저기, 루드비히 선생님. 만약 괜찮다면 저도 같이 데려가 주실 수 없을까요?"

"음, 글쎄요……."

루드비히는 작게 신음하며 검토했다.

여기에 남겨두고 간다고 해서 과연 눈앞의 소녀가 순순히 과제를 할까?

아무도 감시하는 사람이 없는 이 상황에서 남겨두고 가는데……할까?

……솔직히 말하자면 그냥 놀 가능성이 상당히 커 보였다.

게다가 그녀는 미아가 애지중지하는 소녀이다.

근위대원을 몇 명 남겨두고 간다고는 해도 결코 아군이 아닌 란프론 백작의 저택에 두고 가는 건 조금 걱정이었다.

──게다가 벨 님께서는 오히려 다양한 정치적 흐름을 직접 견학하시는 게 좋을지도 모르겠어.

루드비히는 벨이 미아의 이복동생이라는 건 믿지 않았다. 하지만 벨의 얼굴에는 어쩐지 미아의 흔적이 있는 것처럼 보였다.

아마도 혈연이라는 것 자체는 거짓말이 아닐 터이다.

──더불어 미아 님의 절대적인 신뢰와 옐로문 공작 영애를 비롯한 세인트 노엘에서의 인맥. 아마도 미아 님께서는 장래에 이 소녀에게도 무언가 역할을 부여하시려는 거겠지…….

숙고 끝에 루드비히는 확인하듯 말했다.

"벨 님께서는 라피나 님과도 면식이 있으시죠?"

"앗, 네. 어느 의미 숙명의 상대입니다!"

허리에 손을 얹고 그런 소릴 하는 벨을 보며 루드비히는 고개를 기우뚱 기울였다.

"……숙명이라고요?"

"앗, 아뇨. 그, 무척 잘 지내고 있습니다. 하지만 왜 그런 걸 물어보세요?"

당황하는 벨의 반응에 루드비히는 피식 웃었다.

"간단한 이유입니다. 지금부터 라피나 님을 만나러 갈 것이니까요."

그렇게 란프론 백작저에서 나온 루드비히는 먼저 왕성, 솔 에쿠스드 성으로 향했다.

미아를 따라간 안느와 합류하기 위해서다.

다행히 사전에 말을 해두었기 때문에 안느는 성문 옆에서 기다리고 있었다.

"미안하다. 기다리게 했나?"

"아뇨, 그건 괜찮지만 대체 무슨 일이시죠?"

의아해하는 안느에 이어 벨도 어리둥절한 표정으로 고개를 갸웃거렸다.

"맞아요. 라피나 님께 무슨 용건이세요?"

"사실……. 조금 전, 라피나 님의 이야기가 화제에 나왔을 때 미아 님의 표정이 마음에 걸렸습니다. 무언가 곤란한 일을 들키고 만 것 같은…… 그 표정이……."

베이르가의 성녀, 라피나가 이 나라에 있다는 이야기를 들었을 때 루드비히의 머릿속에는 어떠한 타개책이 떠올랐다.

라피나의 협력만 얻을 수 있다면 그린문 공작가와 에샤르 왕자파라는 반대 세력에 압박을 가할 수 있게 된다.

──하지만 미아 님께서는 그걸 선택하지 않으셨지. 어째서…….

그때 미아가 보였던 얼굴에 그 답이 있는 것만 같았다.

라피나가 있다는 걸 루드비히에게 알려주고 싶지 않았다. 즉 미아는 라피나에게 협력을 구하는 건 바람직하지 않다고…… 생각한 것이 아닐까.

하지만 루드비히는 그 이유를 알 수 없었다.

따라서 그것을 확인하러 가려고 했다.

이야기를 들은 안느는 깊이 고개를 끄덕였다.

"그렇군요……. 미아 님께서는 혼자서 전부 끌어안으려는 경향이 있으시니까요……. 확인해두는 게 좋을 것 같습니다.

"저기, 루드비히 선생님. 질문 있어요."

그때 벨이 손을 들었다.

루드비히는 무심코 쓴웃음을 지었다.

"말씀하십시오, 벨 님."

아무래도 선생님이라는 호칭은 이미 포기한 모양이다.

"미아 언니는 제국의 예지. 그러니 모든 걸 다 파악하고 있으며, 필요한 것은 전부 지시하시지 않을까 하는데요…….

의아한 표정인 벨의 질문에 루드비히는 설득하는 듯한 어조로 대답했다.

"제 말씀을 기억해주십시오, 벨 님. 저는 시킨 일만 하면 된다는 자세는 태만이라 생각합니다. 그것은 미아 님의 신뢰를 저버리는 행위입니다."

"신뢰……?"

"그렇습니다. 미아 님께서 저희의 동행을 허락하셨다는 건, 즉 저희에게 기대하는 바가 있다는 것. 벨 님, 저희에게는 생각할 수 있는 머리가 있습니다. 그것을 사용하지 않는다는 건 태만이라고 봅니다."

"……미아 언니가 시키지 않아도."

벨은 무언가 떠올린 건지 작게 고개를 끄덕였다.

"그런 거라면 알아요……. 다들 그랬어요……. 다들…… 저를 위해서……."

그 중얼거림이 가리키는 '다들'이 누구인지는 알 수 없었으나…….

조용히 고개를 든 벨에게서 루드비히는 범접하기 어려운 고귀함을 느꼈다.

마치 사람의 위에 서는 자와도 같은…… 그 품격에 미약하게 숨을 삼켰다.

"그럼 갑시다."

그런 벨의 말에서 미아에게 지지 않을 정도의 위험을 느끼고만 루드비히였다.

라피나의 숙소가 어디인지는 알지 못했다.

하지만 알 법한 사람을 안느가 알고 있었다. 점심 식사 때 이용한 여관의 주인이다.

"어라. 당신은 미아 님의……?"

자신을 찾아온 안느를 보고 주인은 당황했다. 그러더니 루드비히 쪽으로 시선을 향하고는, 조금 경계한 표정을 지었다.

"처음 뵙겠습니다. 저는 미아 님의 가신인 루드비히 휴이트라고 합니다. 라피나 님께 급한 용무가 있어 찾아왔습니다. 말씀을 전해주실 수 있겠습니까?"

안느에게서 들은 정보로는, 눈앞의 남자는 베이르가의 간첩이라고 했다. 처음 보는 루드비히의 부탁을 순순히 들어줄지는 애매한 부분이었으나…….

"그렇습니까. 그럼 안내하겠습니다."

주인은 시원스러운 어조로 받아들였다.

"괜찮은 겁니까?"

의외라는 표정이 된 루드비히에게 주인은 미소를 지었다.

"미아 황녀 전하의 종자에게 무례를 저질렀다간 제가 라피나 님께 혼날 테니까요."

그렇게 주인이 안내해준 곳은 놀랍게도 여관의 2층이었다.

──왕도의 어느 교회에 머무를 줄 알았는데, 수고를 덜었군.

그런 생각을 하며 주인의 뒤를 따라갔다.

주인은 2층 가장 안쪽에 있는 방의 문을 노크했다. 그러자 얼마 지나지 않아 문이 열렸다.

"어머……? 보기 드문 조합이네."

안에서 부드러운 미소를 지은 라피나가 나타났다. 그러더니 주위를 두리번두리번 둘러보았다.

"미아 님은 없구나."

조금 아쉽다는 듯 말하는 라피나. 루드비히는 쓴웃음을 지으며 대답했다.

"오늘 밤은 선크랜드 국왕과의 만찬회에 가셨습니다."

"그래……. 아쉬워라. 들어와."

그렇게 라피나의 허가를 받아 들어간 방은 무척 소박한 구조였다. 침대와 간소한 의자가 전부. 청렴하다고 표현한다면 듣기에는 좋을 테지만, 도저히 신분이 높은 자가 쓰는 방으로는 보이지 않았다.

"미안해. 조금 좁지만 세 명이라면 어떻게든 들어올 수 있겠지?"

안느와 벨은 침대에 앉힌 뒤 자신은 의자로. 루드비히는 주인이 가져온 예비 의자에 앉았다.

방 안을 둘러보는 벨을 보며 라피나가 씁쓸한 미소를 지었다.

"베이르가의 성녀가 지내기에는 너무 소박한 방일까?"

"네? 앗, 아뇨……. 그렇지 않습니다."

당황해서 도리질하는 벨이었으나, 그런 생각을 했다는 게 뻔히 보이는 반응이었다. 루드비히가 즉시 도움의 손길을 뻗었다.

"성녀라는 이름에 잘 어울리는 청빈한 방이로군요. 다만, 교회에서 머무르실 줄 알았기 때문에 조금 의외였습니다."

"그래. 그랬어도 괜찮았겠지만……."

라피나의 표정이 살짝 어두워졌다.

"신크랜드는 베이르가 못지않게 신앙이 두터운 나라지. 그렇다보니 매번 초상화 의뢰를 받아."

"초상화, 말입니까……."

"잘 팔린다더라……. 그 매상도 가난한 사람들을 위한 복지에 쓰이니 딱히 상관은 없는데…… 하지만…… 하지만 말이야. 잠시 상상해봐……. 등에 커다란 날개가 돋아난 초상화나 무시무시한 괴물을 짓밟은 전사와도 같은 초상화의 모델이 된다는 건 상당히 심력을 소모하게 되거든."

그렇게 라피나는 아득히 먼 어딘가를 바라보았다. 그 얼굴에는 베이르가의 성녀에 걸맞지 않은, 핼쑥한 기색이 보였다.

"아아. 안 되는데. 미아 님의 관계자라고 그만 푸념을 늘어놓고 말았어."

그런 분위기를 지워내듯 청량한 미소를 지으며 라피나가 말했다.

"그래서 무슨 일로 온 거야? 이런 시각에 굳이 찾아왔다는 건, 그에 맞는 이유가 있을 텐데."

"네……. 사실 라피나 님께 상담하고 싶은 것이 있습니다."

"상담……? 무슨 일이지?"

의아해하며 고개를 갸웃거리는 라피나를 바라보며 루드비히가 말했다.

"현재 미아 님께서 놓인 상황을 얼마나 알고 계십니까?"

"음……. 에메랄다 공녀와 에샤르 왕자의 혼담 건으로 왔다고 했었지."

라피나는 낮에 들은 미아의 이야기를 한식 정리하며 말했다. 그러다가 불현듯 무언가 떠올랐다는 표정을 지었다.

"그러고 보면 미아 님…… 그때 란프론 백작과 선크랜드 귀족의 사고방식에 관해 물어봤어. 그리고 나는 어떻게 생각하는지 도……."

그 말을 듣고 루드비히는 신음을 흘렸다.

"아아…… 역시, 라피나 님께 협력을 구하는 걸 고려하셨나……."

왜 그러한 것을 물어보았는가. 라피나가 보수파 귀족의 사고방식에 동의하는지 아닌지 알고 싶었던 걸까……?

그건 미아가 라피나에게 협력을 구하는 것을 검토했기 때문이다.

만약 라피나의 사고방식이 선크랜드의 보수파 귀족과 비슷하다면 협력을 구할 수 없으니까.

"친구인 미아 님에게라면 기꺼이 협력할 텐데……. 아니, 그렇기 때문이겠지……."

안타까운 듯 한숨을 쉬는 라피나를 보며 루드비히도 고개를 끄덕였다.

그렇다. 그래서이다. 우정을 방패 삼아 아군이 되어달라고 할수는 있다. 하지만 미아는 그것을 옳다고 여기지 않았다. 그렇기에 먼저 무리 없이 협력을 구할 수 있을지 떠본 것이다.

미아는 그런 배려심을 발휘하는 사람이라고 루드비히는 생각한다. ……루드비히 안에서는 그런 사람이었다.

"하지만 나는 란프론 백작과 반드시 같은 생각은 아니라고, 그렇게 밝혔는데……. 아, 그런가……."

라피나는 한탄하듯이 말했다.

"혹시 내가 기마 왕국 이야기를 해버려서……? 미아 님에게 협력을 구할 정도로 어려운 상황이라고 말해버렸기 때문에…… 그래서 미아 님은 나에게 부담을 주지 않기 위해 말하지 않은 건가?"

그 추측에 동의하듯이 절절히 고개를 끄덕이는 사람이 있었다.

"아마 그럴 겁니다."

미아의 충신 안느였다. 확신에 가득 찬 말투로 안느가 말을 이었다.

"미아 님은 무척 다정한 분이시니까요. 라피나 님께서 바쁘신 상황이라면 도움을 요청하진 않으실 겁니다. 오히려 가능하다면 라피나 님을 돕고 싶다고…… 그렇게 생각하지 않으셨을까요."

……그런 생각은 눈곱만큼도 없었지만…… 그걸 지적할 사람은 이 자리엔 없었다. 태클 거는 사람이 존재하지 않는 가운데 그들은 한바탕 미아 예찬 토크로 불타올랐다.

"루드비히 씨. 가르쳐주지 않겠어? 나는 뭘 하면 되지? 미아 님은 나에게 무슨 도움을 받고 싶었던 거야?"

"아, 그것은……. 아마도……."

그렇게 루드비히의 입으로 드러나는 미아의 심오한 생각……. 감명을 받은 라피나. 안느도 눈을 반짝반짝 빛냈다!

그리고 그 광경을 맑디맑은 눈으로 바라보는 소녀가 한 명…….

"미이 할머니…… 대단해!"

이리하여 벨의 세뇌는 한층 더 깊어졌다.

제43화 또 한 명의 누나

미아가 키스우드에게서 무척 유력한 정보를 입수했을 무렵.

만찬회장은 화기애애한 분위기로 가득했다.

"……그러고 보면 그녀는 키스우드와 면식이 있다고 했던가…….
그렇다면……."

작은 목소리로 중얼거리는 국왕. 그를 멍하니 바라보고 있던
사람은 티오나 루돌폰이었다.

처음에는 왕족의 식사에 초대받았기에 무례를 저지르지 않도
록 긴장했던 그녀였으나, 그건 그거고.

본래 중앙귀족에게 우습게 보이지 않도록 궁정 예법이며 학문,
검술에 이르기까지 단련을 거듭해온 티오나이다.

어릴 때부터 몸에 익힌 예법은 자연스럽게 그녀에게 이 자리에
걸맞은 기품을 더해주었다.

그렇게 긴장이 풀린 그녀는…… 사실 이 자리에서는 지극히 이
질적인 존재라 할 수 있었다.

직접적으로 혼담과 관련이 있는 에메랄다나, 큰 영향을 받게
되는 미아와는 다르게 티오나는 딱히 관계자가 아니다.

따라서 그녀는 독자적인 시점으로 그 만찬회의 풍경을 바라보
고 있었다.

국왕과 미아의 대담. 그걸 들으면서도 그녀의 시선은 시온을
향했다.

──시온 왕자님은 에샤르 전하를 소중히 여기는구나…….

그 가슴에 또아리를 튼 감정은…… 공감이었다.

그렇다. 이 자리에 있는 누나는 딱히 에메랄다만이 아니다. 티오나도 남동생이 있는 누나다. 심지어 그녀의 동생 세로는 한때 자신감이 없고 조금 내성적인 소년이었다. 에샤르와 무척 닮았다.

그렇기에 티오나는 시온의 심정에 공감할 수 있었다.

에메랄다의 질문 공세를 받는 동생을 자연스럽게 도와주는 시온. 어디까지나 자연스럽게. 섬세한 동생의 자존심에 상처 주지 않도록…… 과하지 않으면서도 모자람이 없도록 배려한다고 고심하는 시온을 보며 무심코 웃음이 나오고 말았다.

──저 나이대는 까다로우니까…….

그런 생각을 하는 것과 동시에, 평소엔 완벽해서 흠잡을 곳 없이 처신하는 시온이 고생하는 모습에 실례지만 귀엽다고 느끼기도 했다.

그리고 무엇보다, 조금 전 국왕과 미아가 대화를 나누고 있을 때. 그 이야기를 열심히 듣는 에샤르를 보며 조금 기뻐하는 기색을 보이던 시온에게 강한 공감을 느꼈다.

──분명 미아 님에게서 무언가 좋은 영향을 받길 바라는 거겠지.

자신의 아버지와 미아 사이에서 유익한 대화가 오가는 것은 시온도 예상하던 바였으리라. 따라서 시온은 그 모습을 동생에게 보여주며 거기에서 다양한 것을 배우길 바랐던 게 아닐까.

──세로도 그랬으니까…….

그날 미아와 만난 뒤로 세로는 변했다.

어딘가 자신감이 없어 보이던 동생은 어느새 이웃 나라의 왕녀와 함께 미아를 위해 일하는 연구자가 되었다.

누나로서 계속 동생을 응원해왔던 티오나에게는 기쁜 일인 반면, 분하기도 했다. 자신이 하지 못한 것을 아주 짧은 만남만으로 해낸 미아에게 가벼운 질투 같은 감정마저 느꼈으나…….

──하지만 실연한 세로를 달래주는 건 역시 내 역할이겠지…….

아마도 세로는 미아를 좋아한다. 그건 티오나도 알고 있었다. 그리고 그 사랑이 이뤄지지 않으리라는 것도…….

그러니 어떻게 위로해줄지 지금부터 미리 고민하는 티오나였으나…….

그건 그렇다고 치고. 동생의 문제로 갈등하는 마음은 티오나도 잘 알고 있다.

시온은 분명 자신과 마찬가지로, 혹은 미아가 만난 다른 사람들과 마찬가지로 동생 또한 좋은 방향으로 성장해주길 기대하고 있을 것이다.

──생각해 보면 다들 그랬지. 미아 님은 대단해.

다들 미아를 만나고 미아를 알게 되면서 변해간다. 그것도 좋은 방향으로.

그리고 그건 티오나 본인에게도 해당하는 점이었다.

낮에 라피나와 점심을 먹었을 때를 떠올렸다. 학생회장 선거 때, 티오나는 감금 사건의 범인 관계자들을 용서했다. 용서할 수 있었다…….

그건 과거의 그녀는 하지 못했던 일. 그저 중앙귀족에게 갚아주는 것만을 생각하던 때의 자신은 하지 못하는 일이었다.

──미아 님을 만나고 다들 변해갔어…….

마치 미아 주변에서부터 점점 세계가 밝고 따스해지는 것 같았다.

티오나는 상상했다. 만약 미아와 만나지 못했다면 어떻게 되었을까…….

중앙귀족에게 갚아주기 위해…… 필사적으로 매진하던 나날. 그 끝에 도달하는 건 어떤 미래였을까?

중앙귀족의 자제들을 결코 용서하지 않고, 분노를 증오로 바꾼 끝에는 대체 어떤 내일이 기다리고 있었을까?

눈을 깜빡인 찰나, 눈꺼풀 뒤에 떠오르는 광경이 있었다.

붉게 물든 광장. 허무한 승리. 상실. 초췌한 체념…….

현실에서는 존재할 수 없는 광경은 아마도 악몽 속에서 본 것. 하나 그것은 단순한 꿈이라고 치부하기에는 너무나도 현실감이 넘치는 광경…….

그대였다.

만찬실의 문이 열리며 미아가 돌아왔다.

그 얼굴에는 자리를 뜨기 전에는 볼 수 없었던 명랑한 미소가 보였다.

──미아 님, 무척 기분이 좋아 보여……. 조금 전까지 굉장히 심각한 표정이었는데……. 혹시 벌써 에메랄다 님의 문제를 어떻게든 할 실마리를 잡으신 건가?

아마도 그럴 것이라고 티오나는 추측했다.

──대단해, 미아 님. 어쩌면 이대로 시온 왕자님의 고민도 간

단히 해결해버리는 게 아닐까……?

식사가 시작된 뒤로 계속 마음에 걸렸던 시온과 에샤르의 거리감. 거기에 비집고 들어가듯 정치적으로 접근하는 귀족들…….

티오나에게는 몹시 어려워 보이는 그런 문제들도 미아라면 분명 간단히 해결해버릴 것이다.

──그래도…… 괜찮은 걸까……?

머리를 스치는 작은 의문. 전부 미아가 좋은 방향으로 바꾸어가니까, 자신은 아무것도 하지 않아도 된다는…… 그 태도에 후회는 없을까……?

『지금이라면 목소리가 닿는데도? 손을 뻗으면 닿을 수 있는 거리인데도?』

잘 알지만 모르는 누군가의 목소리가 저 먼 곳에서 들려온다.

티오나는 뭐라 말할 수 없는 답답함을 가슴에 품은 채 디저트에 손을 가져갔다.

이리하여 키스우드의 말대로 호화로운 디저트를 끝으로 그날의 만찬은 마무리되었다.

"이…… 이것은…… 설마?!"

디저트를 본 미아는 말문이 막힐 정도로 큰 감동을 받았으나…….

뭐, 그건 아무래도 상관없는 이야기다.

제44화 보고

"후우, 잘 먹었군요……. 너무 배를 가득 채우는 것도 몸에 안 좋으니 적당히 먹어야겠어요……. 흠, 선크랜드에서 돌아간 뒤에는 조심해야겠군요."

요컨대 '선크랜드에 있을 때는 배가 터져라 먹겠다'는 소리를 중얼거리는 미아.

"으으음……. 배가 차니까 졸리기 시작하네요……."

무거워지는 눈을 쓱쓱 비빈 뒤 크게 터져 나오려는 하품을 눌러 죽이며 성에서 나왔다. 성문에서 기다리고 있던 안느를 향해 손을 들었다.

"아아, 기다렸죠? 안느…… 어라?"

미아는 고개를 갸웃거렸다. 안느 옆에 뜻밖의 인물이 서 있었기 때문이다.

"……어머? 루드비히와 벨까지. 무슨 일이죠?"

안느 옆에서 기다리는 두 사람의 모습을 의아한 눈으로 바라보는 미아였으나…….

"네……. 그것은 추후에 말씀드리겠습니다. 그보다 서둘러 란프론 백작저로 돌아가도록 하죠."

"그도 그렇군요."

이미 침대에 누우면 당장에라도 잠들어버릴 수 있을 만큼 졸린 미아였으나…… 도저히 그럴 수는 없었다.

무도회날이 얼마 남지 않았다. 지금부터 정보를 정리해둬야만 한다…….

그렇게 자신을 다독이며 란프론 백작저에 도착한 미아는 바로 에메랄다의 방을 찾아갔다.

"어머나! 미아 님, 이렇게 일부러 찾아오시다니. 지금 홍차를 내오겠습니다."

미아는 홍차에 우유와 설탕을 가득 넣어서 한 모금 마신 후 '후우…….' 하며 만족스러운 듯 한숨을 내쉬었다.

"그래서 에샤르 왕자님은 어떤 인상이었나요? 에메랄다 양."

"그게요…….'

에메랄다는 '으음…….' 하며 팔짱을 꼈다.

"지금은 미숙하다는 인상이었지만, 장래성이 있었습니다. 얼굴은 뛰어나더군요. 앳된 인상이 남은 눈매도 오뚝한 콧날도 지금은 아직 귀엽다는 인상이지만, 분명 장래엔 시온 왕자님이나 폐하처럼 늠름해질 거예요. 게다가 대화해본 느낌으로는 성격도 나쁘지 않았어요. 약간 내성적인 인상도 받았지만, 그건 추후 성장하기에 따라 어떻게든 달라지는 부분이죠."

미남 소믈리에 에메랄다는 그렇게 평가를 내렸다.

"참으로 키우는 보람이 있어 보여요!"

……아무래도 에메랄다의 심사에 합격한 모양이다.

"다만 조금 마음에 걸리는 건 우수한 형님의 존재일까요……. 시온 왕자님 이야기를 할 때는 약간 그늘져 보이더라고요. 어쩌면 그게 그분의 마음에 상처를 주는 원인이 되었지 않았나……."

에메랄다의 분석은 계속 이어졌다.

미아는 그 말에 무심코 혀를 내둘렀다.

그녀의 분석이 키스우드에게서 들은 정보와 일치했기 때문이다.

──역시 에메랄다 양. 대단한 관찰력이에요. 딱 한 번의 식사로 상대방에 대해 날카롭게 파악하다니……. 대단한데요…….

아무튼, 아무래도 에메랄다는 에샤르가 마음에 든 모양이었다.

──에메랄다 양이 마음에 들었다면 이번 혼담은 그리 쉽게 파혼할 수도 없겠군요.

만약 혼담을 진행할 경우에는 미아의 대항 세력인 반여제파에 이득을 주게 될지도 모르지만…….

"그분의 마음에 있는 상처를 치유해줄 수 있다면 좋겠는데요……."

에메랄다가 무어라 말하고 있었지만 미아는 아랑곳하지 않고 고찰을 진행했다.

──하지만 뭐, 그린문가에서는 절대적인 폭군으로 군림하는 에메랄다 양이니까요……. 제 대립 후보, 차기 황제로서 거론되는 사람도 에메랄다 양에게 잡혀 사는 남동생들이고요.

거기까지 생각한 미아는 작게 고개를 끄덕였다.

어떻게든 하지 못할 정도는 아닌 것 같다고…….

"……뭐, 그 부분은 에메랄다 양에게 맡길 수밖에 없겠군요."

"네……?"

미아는 어째서인지 얼떨떨하게 입을 벌리고 있는 에메랄다의 어깨를 덥석 움켜쥐었다.

"뭘 그렇게 어리바리한 표정을 짓는 건가요? 에메랄다 양. 당신이라면 할 수 있어요."

애초에 지금까지 실컷 제멋대로 휘두르면서 살았을 텐데⋯⋯라는 마음을 담아 말했다. 에메랄다가 그린문가를 휘어잡고 있기만 한다면 당면은 문제가 없다.

그런 미아의 기합이 들어간 목소리를 들은 에메랄다는⋯⋯.

"미아 님⋯⋯. 그렇게 저를 믿어주시다니⋯⋯. 네, 맡겨주세요!"

그렇게 말하며 고개를 크게 끄덕였다.

에메랄다의 방에서 나온 뒤 미아는 팔짱을 꼈다.

──뭐, 정치적인 건 어떻게든 될 것 같지만요⋯⋯. 문제는 시온 암살 건이란 말이죠. 에샤르 왕자님 안에 있는 열등감을 어떻게 하지 않으면 계속 시온을 노리게 될 테니까요⋯⋯.

끙끙 고민하면서 자신이 받은 객실로 향했다.

──하지만 이게 어렵단 말이죠. 본래대로라면 정혼하게 되는 에메랄다 양의 역할이겠지만, 저래 보여도 에메랄다 양은 남성과 어울려본 경험이 없을 테고⋯⋯.

거기까지 생각한 순간 미아는 중대한 사실을 깨닫고 말았다.

"어라? 어쩌면 남성 경험에서는 제가 더 앞서나가고 있는 건지도 모르겠네요? 저는 몇몇 남성과 피크닉하러 간 적도 있고, 아벨과는 몇 번이나 춤을 춘 사이잖아요. 그 시온과도 춤을 춘 적이 있으니⋯⋯. 흐음, 역시 에샤르 왕자님의 마음의 문제를 어떻게든 할 수 있는 건 남성 경험이 풍부한 저밖에 없는 것 아닌지⋯⋯?"

그렇게 중얼거리면서 미아는 방으로 돌아왔다.

방에는 안느와 벨, 더해서 루드비히가 기다리고 있었다.

"아아, 오래 기다리게 해버렸군요. 그런데 대체 셋이서 무슨 일이죠?"

의아한 듯 고개를 갸웃거리는 미아를 향해 벨이 반짝반짝 빛나는 시선을 보냈다.

"사실 라피나 님을 만나고 왔어요."

"어머, 라피나 님과요?"

"네. 협력을 부탁드리고 왔습니다. 그들의 노림수를 역이용해 버리죠."

루드비히가 벨의 뒤를 이어받았다.

──네……? 그들의 노림수? 역이용?

미아는 옆으로 기우는 머리를 두 손으로 단단히 붙잡아 원래의 위치로 되돌려놨다.

──위, 위험했어요……. 무슨 소릴 하는 거냐고 고개를 갸웃거릴 뻔했잖아요! 아무래도 졸려서 두뇌 회전이 둔해져 버린 모양이군요.

"미아 님께서는 라피나 님께 부담을 주고 싶지 않다고 생각하셨을지도 모르지만 저희의 독단으로 부탁을 드렸습니다."

"죄송합니다. 미아 님. 제가 라피나 님께 안내해드렸습니다. 어쩌면 미아 님의 뜻을 저버리는 일이 되었을지도 모르지만……."

희미하게 표정이 어두워지는 안느를 향해 미아는 미소 지었다.

"아뇨, 신경 쓸 필요는 없습니다."

그렇게 말하면서도 미아는 속으로 고개를 갸웃거렸다.

──부담이라니 무슨 소리죠……? 게다가 라피나 님께 협력을 구한다는 건 대체……?

루드비히 쪽으로 시선을 돌리자, 어째서인지 묵직한 끄덕임이 돌아왔다.

마치 이 건은 이걸로 괜찮다고 확신한 것 같았다.

──흐으음……. 아무래도 루드비히에게는 생각이 있어 보이네요. 뭐, 이렇게 된 거 협력자는 한 명이라도 많은 게 좋죠. 그렇다면 라피나 님께도 어떠한 협력을 받는 게 유리하긴 해요.

거기까지 생각한 시점에서 미아는 떠올렸다.

──하지만 라피나 님은 골칫거리가 있다고 하셨는데요……. 그렇다면 저도 그쪽에 손을 빌려줘야만 하려나요…….

이런 종류는 기브 앤드 테이크가 기본. 그러면 미아 또한 라피나의 일을 도와줄 필요가 있을지도 모른다.

──라피나 님께서 뭐라고 하셨더라……. 으음, 그러니까 기마왕국 건으로 뭐가 어떻다고 했는데…….

그때였다.

불현듯 벨이 눈썹을 찡그렸다.

"그런데 미아 언니, 리나가 외출한 뒤로 아직 돌아오지 않았는데요……. 뭔가 알고 계시는 게 있나요?"

"네? 리나 양이……? 밤에 혼자 나간 건가요?"

미아는 놀라서 물어봤다.

아무튼 슈트리나는 그 옐로문 공작가의 외동딸이다. 그 암살

전문가, 로렌츠 에트와 옐로문이 눈에 넣어도 아프지 않을 만큼 귀여워하는 금지옥엽이다!

만약 무슨 일이 일어난다면 위험한 독을 사용할 것이 틀림없다!

크게 당황하며 일어나려는 미아였으나 루드비히가 제지했다.

"디온 씨의 모습도 보이지 않으니, 아마도 슈트리나 님과 함께 간 게 아닌가 합니다."

"아, 그렇군요……. 디온 씨가 같이 갔다면, 뭐……."

안도의 숨을 내쉬는 미아였다.

여하간 그 디온 알라이아가 같이 있다고 한다.

그, 백 명의 적을 혼자서 베어버리고 천 명의 포위망을 무너트리고 만 명의 추격자로부터 콧노래를 흥얼거리며 도망칠 수 있을 남자가.

미아의 머릿속에서는 이미 터무니없이 위험한 인간으로 취급되고 있는 디온이었다.

오히려 걱정되는 건 슈트리나가 디온에게 영향을 받아서 과격한 사상에 눈을 떠버리는 게 아니냐는 부분이었다. 그건 그거대로 옐로문 공작에게서 자객을 받게 될 것 같은 느낌이 드는 것 같기도 한 미아였지만, 아무튼…….

"그렇다면 걱정할 필요는 없군요."

"그러게요. 확실히 디온 장군님이 같이 계신다면 안심이에요."

벨도 수긍한 듯 생긋 웃었다. 그때, 타이밍 좋게 방문을 노크하는 소리가 들렸다.

"실례합니다. 미아 님, 지금 막 귀환했습니다."

"앗, 리나!"

안으로 들어온 슈트리나를 벨이 기뻐하며 맞아주었다.

"어라? 벨, 아직 안 잤어?"

슈트리나는 깜짝 놀란 얼굴로 벨을 보았다가…….

"혹시 오늘치 공부를 하지 않고 노는 바람에 이런 늦은 시각까지 공부한 거 아니야……?"

험악한 시선으로 루드비히를 노려보았다.

그런 친구를 향해 벨은 뺨을 통통하게 부풀렸다.

"우……. 리나, 혹시 저를 게으름뱅이라고 생각하는 거 아니에요? 리나가 없으면 혼자서 공부도 못하는 것처럼……."

……실제로도 그렇긴 한데…….

"어? 앗, 그렇지 않아. 벨은 마음만 먹는다면 해낼 수 있다는 걸 리나는 잘 아는걸."

허둥지둥 손을 붕붕 내젓는 슈트리나. 그러더니 불안하다는 듯 벨의 얼굴을 살폈고…… 그 순간 갑자기 벨이 얼굴을 들었다. 그 얼굴에는 장난기 어린 미소가 번져 있었다.

"에헤헤, 속았죠? 당연히 농담이잖아요, 리나."

그러면서 혀를 빼꼼 내밀었다.

"으! 정말, 너무해! 벨, 심술쟁이!"

화난 듯 토라진 듯한 표정이 된 슈트리나였으나, 곧바로 그 얼굴에도 천진한 미소가 돌아오며 까르르 웃기 시작했다.

참고로 슈트리나가 한 말은 '벨은 마음을 먹지 않으면 해내지 못한다'는 소리와 거의 같은 뜻이었지만……. 그 부분을 지적할 만큼 정말로 심술궂은 사람은 이 자리에는 없었다.

그런 상냥한 세계에서 한바탕 삘과 우-후후 꺄르륵한 뒤 슈트리나는 다시 미아 앞으로 걸어 나왔다.

그 얼굴에는 평소와 다름없는, 꽃 같은 미소가 번져 있었다.

──이 태세 전환 속도가 참 대단해요…….

감탄하는 미아 앞에서 슈트리나가 보고하기 시작했다.

"오늘 밤 개방시장을 조사하고 왔습니다. 디온 알라이아 경에게도 협력을 받았습니다."

──네? 개방시장?

고개를 갸웃거릴 뻔했지만 가까스로 참고……. 팔짱을 끼며 생각에 잠기…… 는 척을 했다.

"흠……. 디온 씨와 개방시장에……. 그래서, 무언가 알아낸 것이 있나요?"

"네. 단적으로 말씀드리자면 에샤르 왕자님과 접촉한 사람이 있었던 모양입니다."

"그래요. 에샤르 왕자님과……."

미아는 '흐음' 하고 신음을 흘린 뒤…… 내심 큰일이 났다고 중얼거렸다.

솔직히 슈트리나가 무슨 소릴 하는 건지 전혀 알 수 없었다. 애초에 개방시장이라니 무슨 소리지……? 하고 고개를 갸우뚱거리는 수준이다. 하지만 그걸 입 밖으로 낼 수도 없고, 그렇다고 방치하는 것도 위험해 보였다. 어떻게 정보를 캐내야 하는지 고민하고 있을 때…….

"저기, 미아 님."

불현듯 슈트리나가 미아의 얼굴을 살폈다.

설마 상황을 하나도 이해하지 못했다는 게 들켰나?! 하며 당황하는 미아였으나…….

"이 이야기를 그들에게 들려줘도 문제는 없겠습니까?"

슈트리나가 시선을 보낸 끝에는 루드비히와 안느의 모습이 있었다.

"아, 네. 물론 그들은……."

거기까지 말한 순간, 미아의 뇌리에 기사회생의 아이디어가 번뜩였다!

"그들은 제 충신입니다. 어떤 정보도 숨길 필요가 없죠. 오히려 지금 상황을 설명해주시겠어요? 갑자기 개방…… 시장? 이야기를 해도 알아듣지 못할 테니까요……."

미아의 시선을 받은 루드비히가 묵직하게 고개를 끄덕였다.

"배려해주셔서 감사합니다. 가능하다면 저희도 정보를 파악해두고 싶습니다."

루드비히의 말에 슈트리나가 작게 고개를 끄덕였다.

"알겠습니다. 그럼 미아 님, 디온 알라이아도 이 자리에 불러도 괜찮을까요? 그에게도 오늘 밤에 일어난 일을 설명하게 하고 싶습니다."

"네, 부탁드릴게요."

미아는 작게 고개를 끄덕인 후…… 하품을 짓씹었다.

이미 시각은 심야를 넘어 날짜가 바뀌려 하고 있었다.

제45화 명탐정 미아에게 온 도전장

디온이 오는 걸 기다린 뒤에 슈트리나는 사정을 설명했다.

코넬리에게서 얻은 정보. 개방시장이라는 치안이 나쁜 장소와 그곳에서 에샤르 왕자가 일시적으로 행방불명되었다는 것.

"개방시장…… 그렇군요. 시장은 규제를 풀어주는 게 활성화하는 법. 성에서 먼 장소라면 다소 치안이 악화하는 것도 어쩔 수 없다는 건가."

감탄한 듯 고개를 주억거리는 루드비히의 말에 이어 슈트리나가 계속 설명했다.

"하지만 사람이 자주 출입하는 만큼 뱀이 숨어있기도 쉽지. 그런 장소에서 제2왕자가 행방불명되다니. 수상하다고 생각한 리나는 조사하러 가기로 했어. 다행히 정보는 바로 나왔지. 에샤르 왕자님과 접촉한 수상한 남자의 정보가……."

예의 남자들에게서 정보를 얻은 뒤에도 슈트리나와 디온은 개방시장 주변을 뒤지고 다녔다.

정말 코넬리가 말한 대로 치안은 그리 좋지 않았다. 덕분에 뒷세계와 연관이 있을 법한 놈들이 끊임없이 나왔다.

그렇게 슈트리나는 만나는 족족 디온을 시켜서 생포한 뒤 심문했다. 뒤에서 검으로 어깨를 툭툭 두드리자 바로 입을 열었다고 한다.

참고로 그 말을 들은 미아는.

──아아, 역시 디온 씨예요. 어마어마하게 위험하단 말이죠…….
이래서는 어느 쪽이 악당인지 알 수 없겠네요…….

같은 생각을 하기도 했지만…….

뭐, 그건 그렇다 치고…….

"그렇게 심문을 계속하던 도중 남자가 아지트로 사용했다고 추정되는 장소의 정보를 입수했어. 그래서 그곳으로 향했는데……."

슈트리나는 조용히 하늘을 올려다보았다.

어느새 달은 구름 뒤로 가려져서 밤의 어둠이 한층 깊어졌다.

그런 짙은 밤의 장막에 뒤덮인 개방시장은 기묘한 정적으로 충만했다.

정적은 틀림없다. 낮이면 시장을 지배했을 사람들의 목소리도, 돈이나 상품이 내는 소리도, 모든 소리가 일절 들리지 않았으니까.

하나…… 한편으로 슈트리나의 감각은 모순되는 시끄러움을 느끼고 있었다.

그것은…… 누군가가 숨을 죽이고 자신들을 감시하는…… 말하자면 다수의 시선이 내는 시끄러움.

"흐음. 여기가 개방시장이라."

슈트리나는 주위를 둘러본 뒤 중얼거렸다.

"밝을 때도 그리 오고 싶지 않은 장소구나."

벨을 데려오기에는 그리 좋은 장소가 아닌 것 같고, 그렇다고 혼자 놀러 와봤자 즐거울 것 같지 않다.

"상당한 수가 멀리서 지켜보고 있는데. 또 몇 명 정도 털어볼까……?"

"아니. 필요 없어. 어차피 나오는 정보는 똑같겠지."

슈트리나는 어깨를 으쓱하며 고개를 내저었다.

수상한 자들을 몇 명 심문한 결과 그들의 입에서는 공통되는 정보가 나왔다.

하나. 에샤르 왕자와 접촉하려 한 자는 기마 왕국의 억양을 쓰는 남자였다.

하나. 그 남자가 아지트로 삼고 있던 곳은 개방시장 근처에 있는 건물이었다.

"그 외에도 언제 이 나라에 왔는지는 알지 못하고, 최근에는 보지 못했다는 것도 있었지."

여하간 조금만 조사해도 쉽게 털어놓은 덕분에 정보수집에 난항을 겪진 않았다.

하지만…….

슈트리나는 '으음……' 하고 침음했다.

──틀림없는 함정이지. 그리고 아마 저쪽에서 주고 싶은 정보 말고는 알아내기 어려울 거야…….

한숨을 흘리면서도 슈트리나는 등 뒤의 기척에 든든함을 느꼈다.

제국 최강의 기사, 디온 알라이아. 미아 황녀의 최강의 검은 어떠한 함정이라고 해도 깨트려버릴 법한, 압도적인 강자의 분위기를 지니고 있었다.

그렇기 때문에 슈트리나는 한 걸음 더 파고들기로 했다.

일부러, 적의 함정 속으로…….

문제의 건물은 개방시장에서 빠져나온 곳에 있었다.

마치 타이밍을 노렸던 것처럼 구름이 걷히고 다시 드러난 달빛이 그 외관을 비추었다.

그것은 돌로 만든 조잡한 건물이었다.

주위에 세워진 것과 그리 큰 차이는 없다. 문은 목제고, 양측 창문에는 나무판이 달려있어 달빛이 내부를 비추는 건 기대할 수 없을 것이다.

"디온 알라이아. 당신, 밤눈은 좋아?"

"으음, 보통이지. 남들과 비슷해."

"그래……."

슈트리나는 제국 최강이 말하는 '보통'이 어느 정도일지 음미한 뒤…….

──뭐, 이 사람이라면 앞이 보이지 않는다고 해도 네다섯 명 정도라면 어떻게든 상대하겠지.

──라는 판단을 내렸다.

몇 번 만난 적이 있었던 늑대술사는 시각을 빼앗겼다고 해도 충분히 싸울 능력이 되는 전사였다. 디온이 그보다 못할 것 같지는 않다.

"그렇다면…… 그래. 일단 바깥부터 샅샅이 조사한 뒤에 저 나무 문을 부숴야겠어."

"안에 들어가려고? 함정인 게 뻔한데."

"무슨 일이 생기면 당신이 지켜줄 거잖아? 제국 최강의 기사님."

도발하듯 웃는 슈트리나를 향해 디온은 고개를 절레절레 내저었다.

"참나, 황녀님도 그렇고…… 제국의 아가씨들은 만용이 지나치다니까."

그 발언을 흘려들으며 슈트리나는 소리 없이 건물에 접근했다. 문 너머로 안을 살폈다. 하지만 안에서는 작은 소리 하나 들리지 않았다.

"디온 알라이아. 만용이라니 조금 의외인데. 이 넓이라면 태운다고 해도 최악의 경우 탈출할 수 있을 테고, 안에 몇 명 정도 잠복해 있어도 당신이 어떻게든 해줄 수 있잖아? 딱히 만용도 뭣도 아니야."

그렇게 말한 뒤 그녀는 한 걸음 뒤로 물러났다. 그리고는 디온을 보며 문을 가리켰다.

디온은 한숨을 쉰 다음 검을 한 번 휘둘러 열쇠가 잠긴 나무문을 두 동강 내버렸다.

내부는 예상했던 대로 칠흑의 어둠에 뒤덮여있었다.

"일단 말해두지만, 여기서부터는 만용은 금물이야. 옐로문 공작 영애. 잔뜩 겁을 집어먹고 내 뒤에 딱 붙어올 정도가 아니라면 죽을 테니까 조심하라고."

"그래, 알았어. 뭣하면 손이라도 잡을까?"

천연덕스럽게 대구하면서도 순순히 디온의 뒤에 붙는 슈트리

나. 그걸 확인한 후, 디온은 천천히 주위를 살피면서 안쪽으로 걸어갔다.

"흐음……. 적의 기척은 없는데……."

디온은 그렇게 중얼거린 뒤 작게 한숨을 내쉬었다.

"그럼 어떻게 할까? 옐로문 공작 영애. 내부를 조사하려면 광원을 확보해야……."

그때였다. 풀썩. 무언가가 떨어지는 소리. 직후 가루 같은 것이 확 날아올랐다.

"쯧, 독인가……?"

입가를 가리면서 슈트리나의 머리에 외투를 덮어씌웠다. 동시에 슈트리나를 안아 든 뒤 디온은 건물 밖으로 몸을 날렸다.

"……아니, 아마도 아니야. 디온 알라이아. 실내 전체에 독을 가득 채우는 건 아까운 일이고…… 그 이상으로 아마 그렇게 눈에 띄는 짓은 안 할걸."

반면 슈트리나는 누가 듣거나 말거나 중얼거렸다.

밖으로 나온 것과 동시에 검을 빼든 디온은 주위를 둘러보았다. 하지만 공격하는 자의 모습은 없었다. 그래도 잠시 경계를 계속했으나…….

"저런. 독이 아니라면 단순한 심술인가?"

디온은 검을 검집에 돌려놓은 뒤 머리카락에 붙은 가루를 털어냈다.

"아니, 그것도 아니야."

슈트리나는 살짝 발돋움을 해서 디온의 머리로 손을 뻗었다.

그걸 알아차린 디온은 작은 아가씨의 손이 닿을 수 있도록 허리를 숙였다.

덕분에 영애의 손이 디온의 머리카락에 묻어있던 가루를 잡는 것에 성공했다.

슈트리나는 손끝에 묻은 그 분말을 만지작거린 뒤 코에 가져갔다가, 이어서 작은 혀끝으로 톡 건드렸다.

"뭐야!"

당황하는 디온을 뒤로 슈트리나는 가져왔던 수통으로 입을 헹궜다.

"괜찮아. 그냥 밀가루니까. 품질은 나쁘네."

"밀가루? 그런 걸 실내에 뿌려놓고 대체 뭘 하고 싶었던 건데? 설마 우연히 떨어졌다는 건 아니지?"

미심쩍은 듯 눈썹을 찌푸리는 디온을 향해 슈트리나가 말했다.

"들어본 적 있어. 이렇게 실내에 가루로 된 것을 흩뿌린 뒤 불을 붙이면…… 어마어마한 기세로 타올라서 주위를 전부 날려버린다고."

"그걸로 우리를 어둠에 매장하겠다? 상당히 성가신 수단을 쓰잖아……. 그런 짓을 하지 않아도 무언가 방법은 있을 법한데……."

황당해하며 말하는 디온. 슈트리나는 짧게 침묵한 뒤 말했다.

"완벽한 독이 어떤 것인지 알아? 디온 알라이아."

"글쎄? 먹은 순간 죽어버리는 독인가?"

조용히 고개를 저은 뒤 슈트리나가 말을 이었다.

"리나는 이렇게 생각해. 가장 좋은 건 독을 썼다고 눈치채지 못하는 독. 자연사로 위장할 수 있는 게 베스트지. 살인자의 존재를 암시하지 않고, 오직 그 사람만을 배제할 수 있는 게 제일 좋아. 그다음은 어떠한 독을 사용했는지 알게 하는 것에 의미가 있는 것. 예를 들어 특징적인 독을 사용해서 가짜 범인을 날조하는 식이야."

그렇게 슈트리나는 말했다.

"아마도 이건 단순한 청소용 함정……. 적을 유인해서 격퇴하는 게 목적이라면 마비독이든, 눈을 멀게 하든 해서 움직임을 빼앗으면 돼. 그 후엔 심문이든 고문이든 마음대로 할 수 있으니까. 하지만 이건 청소야. 자신의 흔적을 추격하는 자를 거짓 흔적으로 유인해서 제거하기 위한 장치지."

"일부러 알아보기 쉬운 흔적을 남겨서 진짜 흔적을 보지 못하도록 가렸다는 거야?"

"더 제대로 조사한다면 진짜 흔적도 나올 테지만……. 우선은 바로 보이는 흔적부터 따라가기 마련 아닐까? 리나처럼 서두르는 사람이라면 특히 더 그렇지."

디온은 팔짱을 끼며 코웃음을 쳤다.

"그렇게 유인해서 오게 된 건물을 조사하려고 하면 터트려버린다는 건가."

"그래. 그리고 거기에 수상한 점은 없지. 폭발 후에는 무너진 건물과 화재의 흔적과 타버린 밀가루가 남을 뿐. 독이 가득 찬 방에서 사람이 죽은 것과 비교해 어느 쪽이 주목을 모을까……. 이 장치는 말이지, 독을 사용해서 죽였다는 걸 눈치채지 못하게 만드는 독이야. 자연사, 이 경우에는 사고사로 위장해서 죽이기 위한 장치인 셈이고."

슈트리나는 건물 쪽을 보며 말했다.

"어쨌거나 수확은 없었군. 뱀과 명확하게 이어져 있다는 증거도 없고, 기마 왕국의 억양이라는 것도 이렇게 된 이상 사실인지 아닌지……."

절레절레 고개를 내저으며 어깨를 으쓱하는 디온을 향해 슈트리나는 꽃 같은 미소를 지었다.

"후후후, 그렇게 비관할 것도 없어. 디온 알라이아. 아마 이 상황을 만든 건 뱀이니까."

"왜 그렇게 말할 수 있는 거지? 옐로문 공작 영애?"

슈트리나는 디온의 미심쩍은 시선을 산뜻한 미소로 흘려넘기며 말했다.

"간단해. 당신은 밀가루가 건물을 터트릴 수 있다는 걸 알았어? 그게 함정으로 쓰일 수 있다는 걸 떠올릴 수 있어?"

"아…… 그렇군."

"이 함정은 발동하면 건물 붕괴, 혹은 화재로밖에 보이지 않고 발동하지 않아도 그냥 밀가루나 실내에 흩뿌려져 있었을 뿐이야. 일반적으로 알려지지 않은 지식이기 때문에 증거 은멸에 쓸 수 있지만, 아는 사람이 한정적이기 때문에 그걸 사용한 사람의 정체도 당연히 한정되지."

거기까지 말한 뒤 슈트리나는 작게 고개를 기울였다.

"그리고 기마 왕국 억양도, 거짓이었다고 해도 쓸모없는 정보는 아니야.”

“이유는 뭐지?”

그 질문에 슈트리나는 고혹적인 미소를 지으며 말했다.

“그야 기마 왕국에 혐의가 가게 만들고 싶은 거라면…… 자연스레 무슨 독을 사용할지 범위를 좁힐 수 있잖아?”

“이상이 오늘 밤에 있었던 일입니다. 디온 알라이아, 그 외에 보충할 사항이 있을까?”

“아니, 딱히 없어. 뭐, 굳이 말하자면 옐로문 가를 적으로 돌리지 않는 게 좋을 것 같다는 걸 미아 황녀 전하께 진언드리고 싶다는 것 정도겠군요.”

어깨를 으쓱하는 디온을 보며 벨이 웃었다.

“괜찮아요. 리나가 적이 될 리 없으니까요.”

“벨…….”

간질간질 화기애애한 분위기를 뒤로 미아는 ‘흐암’ 하는 숨을 내쉬었다.

“리나 양, 기마 왕국이나 그 주변에서 볼 수 있는 독에 대한 대처법을 부탁드릴 수 있을까요?”

“네. 맡겨주십시오.”

슈트리나는 공손하게 머리를 숙였다.

“그런데 또 기마 왕국이라니……. 어째 최근에 자주 듣는 이름이네요……. 라피나 님께서도 그 관련으로 오셨다고 말씀하셨는데……. 여기에 무언가 의미가 있는 걸까요……?”

그렇게 미아는 또다시 '흐아암……' 하는 숨을 내쉬었다.

이로서 미아에게 정보가 모두 모였다.

과연 제국의 예지 미아는 이 사건을 무사히 해결할…….

"흐아아암……, 안 되겠어요……. 졸려요…… 한계예요."

……과연 제국의 예지, 잠자는 명탐정 미아는 이 사건을 무사히 해결할 수 있을 것인가?

그 결말을 아는 사람은 한 명도 없었다.

번외편 공정하고 공평한 정의의 왕

단죄왕 시온 솔 선크랜드는 적이 많은 인물이었다.

수많은 대립자들은 때로는 드러내놓고, 혹은 몰래 시온을 매도하며 공격했다.

그런 사람들이라고 한들 딱 한 가지, 부정하지 못하는 것이 있었다.

그건 시온이 지극히 공정하고, 개인감정을 일절 배제한 심판을 내린다는 점이다.

그들은 입을 모아 이렇게 말했다.

"단죄왕 시온 폐하가 공정하다는 건 의심할 여지가 없지. 그는 죄를 지은 자라면 같은 피가 흐르는 동생도 처형했고, 형제처럼 자랐으며 심복으로 의지해왔던 종자마저 처형했으니까. 뭐, 그게 좋은 일은 아니긴 하지만."

그날, 왕의 집무실에 한 명의 노귀족이 찾아왔다.

방문을 알리는 목소리에 시온은 조용히 시선을 들었다. 그곳에 서 있는 사람은 어릴 때부터 익히 보아온 얼굴이었다.

"란프론 백작인가. 오랜만이군."

시온의 고요한 목소리에 란프론 백작은 긴장으로 딱딱해진 미소를 돌려주었다.

"격조하였습니다, 폐하."

과거에는 선크랜드 보수파 귀족의 필두이자 에샤르의 교육 담당이기도 했던 란프론 백작이었으나, 일선에서 물러난 지 꽤 오래되었다.

패기로 가득하던 품격도 사그라들고, 지금은 호호 할아버지와도 같은 온화한 분위기만을 두르고 있을 뿐. 그런, 반쯤 은퇴한 귀족의 방문에 시온은 작게 고개를 기울였다.

"한데, 이번에는 어쩐 일이지? 오랜만에 만났으니 회포를 풀고 싶은 마음이야 크다만, 예의 반란 사건의 뒤처리가 남아있어서 말이야. 그리 여유롭게 시간을 낼 수도 없다만……."

대략 열흘 정도 전, 선크랜드의 일부에서 반란 소동이 일어났다.

시온의 칼날 같은 통치에 반감을 지닌 귀족들이 제2왕자 에샤르를 내세워서 대규모의 반란을 획책한 것이다.

그러나 상대가 나빴다. 그들이 칼을 들이대려 한 자는 천재 시온 솔 선크랜드였다.

반란의 징조를 파악한 시온은 즉시 직속 군대를 이끌고 주모자들을 일망타진해버렸다.

현재 하수인은 전원 지하 감옥에 들어갔다. 그리고 그곳에는 시온의 동생, 에샤르의 모습도 있었다.

"바로 그 건으로 말씀드리고 싶은 것이 있어 왔습니다. 폐하."

공손하게 머리를 조아린 뒤, 란프론은 시온의 눈을 똑바로 바라보았다.

"에샤르 전하의 처형을 부디 재고해주실 수 없겠습니까……. 에샤르 전하께서도 분명 그 주모자들의 마음을 돌리고자 노력하셨을 터입니다."

"글쎄……. 전부터 에샤르에게서는 나에게 열등감 같은 것을 느끼는 게 보였지. 반란 주모자들이 부추길 때, 나를 쓰러트릴 좋은 기회라 여겼다고 해도 이상하진 않다."

"하지만……."

"어찌 되었든 나라에 무용한 혼란을 초래하고 백성의 피를 흐르게 했다. 그 죗값은 갚아야 하지."

"피가 이어진 동생이 아닙니까. 그것을……."

"설령 동생이라고 해도…… 아니, 동생이기 때문에 가벼운 처분을 내릴 수는 없다."

단죄왕은 그 간언을 쳐냈다.

"란프론 백작, 그대도 그것을 모르는 건가? 선크랜드 왕의 공정한 통치를 계속 주장해온 그대조차도 모르는 건가? 나는 왕이다."

절대적인 권력을 지닌 자로서, 심판에 사감이 섞여서는 안 된다. 누구든지 처형해야 할 죄를 저지른 자라면 그 목숨으로 속죄해야 한다.

그것이 공정함이다.

"그렇습니까……. 어쩔 수 없군요."

그렇게 란프론 백작은 그 자리를 뒤로했다.

사건은 그날 밤에 일어났다.

감옥에 갇혀있던 에샤르를 몇 명의 인원이 구출하려고 했다.

주모자가 란프론 백작이었다는 점에서 시온은 특별한 감회를 느끼진 않았다. 그는 에샤르가 어릴 적에 양육을 맡았다. 그 후에도 에샤르와는 친하게 지냈던 모양이니 정에 흔들릴 수도 있을 것이다.

정상참작의 여지가 있는지 검토하고 있던 시온이었으나, 이어지는 보고에는 아무리 그라고 해도 놀라움을 감출 수 없었다.

범인 중에 자신이 의지하던 심복, 키스우드의 모습이 있었기 때문이다.

밤이 밝고 다음 날, 시온은 수감된 키스우드를 찾아갔다.

지하 감옥 안에서 흙먼지로 꾀죄죄해진 친구의 모습을 본 순간 시온의 얼굴이 희미하게 일그러졌다. 입술을 깨무는 그 얼굴은 아주 잠시, 울음을 참을 때와 같은 표정으로 보였으나……. 다음 순간에는 이미 엄격한 모습으로 바뀌어 있었다.

"키스우드, 어리석은 짓을 했군."

그에게 던지는 말은 온화했지만, 더없이 차가웠다.

"네. 그럴…… 테죠. 저는 당신을 막지 못했습니다."

지친 미소를 짓는 키스우드는 애통함을 얼버무리듯 익살스럽게 어깨를 으쓱했다.

"아쉽군……. 너는 계속 내 오른팔로서 나를 지지해주길 바랐는데. 왜 이러한 짓을 했지……?"

"모르시겠습니까? 그 이유를……."

"모르겠군. 왕의 올바름은 이 나라로 인해 성립되지 않나. 에샤르는 처형되어야만 해. 그렇지 않으면 정의가 무너진다."

그는 올발라야만 했다. 공정한 정의의 존재로서.

"그렇지 않으면……."

그의 뇌리에 달라붙어서 떨어지지 않는 광경이 있었다.

그것은 붉게 물든 세계.

저녁놀이 비추는 붉은 단두대.

사람들의 원한에 찬 목소리. 그것을 몸뚱이 하나로 받아내며 목이 떨어진 황녀의 모습.

그녀의 목을 날린 것은 다름 아닌 자신이다.

그녀는 죽어야만 했다. 그녀를 처형하는 것은 옳은 일이었다.

그 올바름이 흔들리지 않기 위해, 자신은 계속 올바른 존재여야만 했다.

시온은 작게 고개를 저었다.

"시온 폐하. 부디 저를 처형하시고 에샤르 전하의 목숨만은……."

그렇게 호소하는 키스우드를 향해 시온은 눈썹을 찌푸렸다.

"어째서지? 너는 에샤르와 그렇게 깊은 인연을 맺지도 않았을 터인데."

"에샤르 전하를, 친동생을 죽여버리면 당신은 정말로……."

"키스우드, 나는 '왕'이다. 이 선크랜드를 올바르게 다스려야만 해. 그러니 에샤르를 처형하지 않을 수는 없다. 게다가……."

짧은 침묵. 그 후 시온은 말했다.

"작별이다. 키스우드. 지금까지 나에게 힘이 되어 주어서 고맙다."

이렇게 시온은 '이상적인 왕'이 되었다.

모든 감정을 지워버리고 그저 올바르고 공정한 판단만을 내리

는, 그러한 '것'이 되었다. 인간성을 상실해버린 것 같은 그 모습은 사람들에게 경외와 두려움을 안겨주었다.

그는 평생 고독했다.

인간에게는 함께 걸어갈 사람이 필요하지만 왕에게는 필요 없다. 정의로운 왕은 그러한 자를 두는 것이 허락되지 않는다. ……그렇게 말하는 것처럼.

그것은 비극의 씨앗이 틔워낸 싹. 그중 하나의 형상.

선크랜드 왕실에 그 씨앗이 계속 남아있는 한, 비극적인 열매는 모습을 바꾸어 언젠가는 발아할 것이다. 설령 시온이 암살을 회피한다고 해도…….

시온의 암살을 미연에 막고 선크랜드에 깊이 뿌리내린 불행의 씨앗을 파낼 수 있는 것은 우리의 맹탕 황녀 일행뿐!

지금 미아와 그 동료들이 선크랜드 왕가가 품은 비극의 씨앗에 도전한다!

"……흐음, 왠지 이 드레스는…… 허리가 조금 끼는 것 같은데요? 치수를 잘못 잰 건가요……?"

…………괜찮을까?

"이상하네요. 이건 며칠 전에 수선한 것으로 아는데……. 아하, 알겠어요. 날씨로 인해 조금 줄어든 거군요? 그런 옷감도 있다고하니까요…….'"

·················정말로, 괜찮을까?

제4부 그 달이 인도하는 내일로 Ⅲ로 계속.

티어문 *Tearmoon*
Empire
Story
제국 이야기

소녀들은
심장이 떨리는 이야기를 나눈다

GIRLS' TALK ABOUT LO...GHOST STORY

"오오…… 이, 이것은……."

미아는 저도 모르게 감탄을 흘렸다.

그곳은 선크랜드로 향하는 순례가도. 많은 순례자가 오가는 넓은 길에서 조금 가장자리로 물러난 장소. 널따란 광장처럼 트인 장소에 그 마차가 세워져 있었다.

문에 황금으로 호화로운 장식을 단 대형마차. 제국 사대공작가의 한 축, 그린문가가 자랑하는 마차는 참으로 아름다운 외관을 뽐내고 있다.

하지만 뭐…… 그것만이라면 미아는 놀라지 않았으리라.

종종 잊어버리게 될 때가 있지만 미아는 제국의 황녀 전하다. 신분의 높낮이로 말하자면 에메랄다보다 위다. 당연히 이 정도의 마차에는 평소에도 많이 타 봤다.

가능하다면 그 돈도 절약해버리고 싶었지만, 너무 초라한 마차를 타면 타국에서 우습게 본다는 루드비히의 간언으로 인해 때와 장소에 따라서는 제대로 호화로운 마차를 타고 다닌다.

그럼 미아가 무엇에 감명을 받았는가…….

"대단해요. 이건 두 대의 마차를 연결할 수 있는 거군요?"

그렇다. 그린문 가의 마차는 좌우로 나란히 붙여서 연결하면 간이 숙박 장소로 이용할 수 있는 구조였다.

통상은 귀족이나 왕족이라고 해도 마을에서 떨어진 장소에서 야영을 하게 될 경우에는 간이 천막을 사용하는 게 일반적이다.

하지만 이 마차가 있다면 한층 쾌적하게 여행할 수 있다.

이전에 에메랄다의 배인 에메랄드 스타 호에는 그렇게 큰 관심을 보이지 않았던 미아였으나, 여기에는 감탄을 금치 못했다.

그 배는 그렇게 크지 않았지만 이 마차는 기능적인 측면은 물론이요 무척이나 크기 때문이다! 평범한 마차의 두 배 가까이 크지 않은가!

······아니, 뭐 마차를 두 대 연결해놓은 것이니 두 배의 크기가 되는 건 당연하긴 하지만······ 아무튼, 미아는 매우 감명을 받았다.

기본적으로 커다란 것을 좋아하는 미아는 이 마차가 아주 마음에 들었다.

"흠! 역시 그린문가가 자랑하는 기술력이군요. 근사해요."

외국과의 인연이 깊은 그린문가에는 최신 기술이 모여든다. 개중에는 어떻게 써먹기 어려운, 쓸데없는 것도 있지만 이렇게 유익한 것도 많이 있었다.

"우후후, 그 정도는 아닙니다. 자, 어서 안으로 들어가세요."

미아의 성대한 칭찬을 받은 에메랄다는 흡족해하며 일행을 마차 안으로 이끌었다.

두 대를 연결시킨 마차는 원래도 대형마차였기 때문에 상당히 넓었다.

성안의 방만큼은 아니어도, 여관의 방과는 비슷한 넓이로 보였다.

게다가 아무래도 마차 내부의 의자도 수납된 모양이었다. 평평해진 바닥에 푹신푹신한 깔개가 깔려 있었다.

시험 삼아 앉아서 깔개를 쓰다듬은 미아는 싱글벙글 웃었다.

"아아, 무척 쾌적하군요. 음? 이만큼 넓다면 여자 전원이 들어올 수 있지 않을까요?"

그 공간을 본 미아는 그런 말을 꺼냈다.

에메랄다와 메이드인 니나. 미아와 안느. 벨과 슈트리나. 티오나와 리오라. 이번 여행에 함께하는 여자는 총 8명이지만, 이 정도의 넓이라면 조금 비좁긴 해도 전원이 들어올 수 있을 것 같았다.

그런고로……

"저기, 에메랄다 양. 모처럼이니 다 함께 여기에 모여서 자는 건 어떨까요? 분명 즐거울 거예요."

"다 함께요?"

에메랄다는 괴이쩍다는 듯 눈썹을 찡그렸다. 팔짱을 끼고 잠시 생각에 잠겼으나……

"네. 그거 좋군요. 무척 즐거울 것 같아요!"

곧바로 밝은 표정이 되어 고개를 끄덕였다.

기본적으로는 대귀족의 영애이자 지극히 전통적인 귀족의 가치관을 지닌 에메랄다이긴 하나, 무인도에서 캠핑을 할 정도로 파격적인 활동성도 갖추고 있다. 게다가 그 무인도에서 겪은 일도 그녀 안에서는 굉장히 즐거운 추억으로 기억에 남은 모양이니……

그렇게 마차 안에는 총 8명의 소녀들이 모이게 되었다.

조금 좁지만 떠들썩한 그 분위기는 어쩐지 아주 즐거워서……

"우후후. 참 좋네요."

미아는 자꾸 그런 생각을 했다.

물론 이번 여행은 시온의 목숨이 달린 중대한 여행이다.

하지만 그건 그거. 계속 어깨에 힘이 들어간 상태로는 몸이 버티지 못한다. 그러니 즐길 수 있을 때는 즐기기로 하는 미아였다.

"저기, 미아 님. 정말로 괜찮은 걸까요?"

안느가 조심스럽게 말했지만 뭐, 괜찮다.

"당신은 제 전속 메이드인걸요. 신경 쓸 필요는 어디에도 없답니다. 그렇죠? 에메랄다 양."

지목당한 에메랄다는 안느 쪽을 쳐다봤다.

"음, 그렇죠. 당신은 미아 님의 전속 메이드이니 당당히 있으면 됩니다. 게다가 저도…… 그, 당신에게는 조금 은혜를 입었으니까요? 무언가 곤란한 일이 있을 때는 사양하지 말고 말하세요."

조금 쑥스러운 듯한 얼굴로 말하는 에메랄다였다.

"에메랄다 님……. 감사합니다."

안느가 희색을 띤 미소를 지었다. 참으로 훈훈한 분위기를 느낀 미아는 생글생글 웃었다.

"그나저나 이 마차는 참 튼튼하게 만들어졌고, 주변도……."

방어용 판자를 들어 올려 밖을 살피자 경호 임무 중인 병사의 모습이 보였다. 미아가 보는 걸 알아차린 건지 씩씩한 미소를 돌려주었다.

참으로 든든하다.

"엄중하게 경호해주고 있으니…… 어쩐지 무척 안심이 되네요."

"그러게요. 이번 여행은 디온 알라이아도 동행하고 있으니, 어떤 자객이 공격한다고 해도 괜찮겠어요."

혼돈의 뱀 반대 세력의 제1인자인 슈트리나가 화사한 미소를 지으며 고개를 끄덕였다. 반면 미아는 쓴웃음을 지었다.

"뭐, 그분 한 명만으로도 어지간한 경호는 문제없겠죠⋯⋯."

그렇게 화기애애한 분위기가 흐르려던── 바로 그때였다!

"그런 보장은, 없어요."

조용히 발언한 사람은 리오라였다. 시선을 그쪽으로 돌리자, 살짝 고개를 숙인 리오라가 이쪽을 바라보고 있었다. 앞머리로 눈이 가려져서 조금 무서운 느낌이었다.

"깊은 숲속에서는, 디온 알라이아라고 해도, 안전하다고 못해요."

"어머? 그렇군요. 역시 룰루 족에도 강자가 있을 테니까요."

그러고 보면 디온이 이끄는 부대는 룰루 족과의 격전 때 큰 피해를 입었다는 것을 떠올리는 미아였으나⋯⋯.

리오라는 작게 고개를 저었다.

"아뇨, 그런 게 아니에요."

어째서인지 낮은 목소리로 대답했다.

그리고는 주위를 조심조심 둘러본 리오라가 입을 열었다.

"사실 숲에는, 무서운 괴물이 나와요."

"⋯⋯네?"

미아, 직후에 깨닫다.

이 흐름은⋯⋯ 좋지 않다! 하지만⋯⋯.

"어머나. 루돌폰가의 메이드. 그거 혹시 괴담인가요?"

흥미진진해하며 달려드는 사람이 있었다! 에메랄다다!

그렇다! 무인도에서도 그랬지만 에메랄다는 기본적으로 이런 무서운 이야기를 좋아한다.

──이건 큰일이에요. 어떻게든 막아야…….

허겁지겁 제지하려고 한 미아였으나…….

"어머, 미아 님. 혹시 무서우세요?"

"무, 무무, 무섭다니, 그럴 리 없잖아요. 정말, 누가 오해하면 어, 어쩌려고요!"

미아는 눈썹을 치켜세우며 말했다!

물론 미아도 진심으로 무서운 것은 아니다. 전혀 아니다. 여유롭다.

하지만. 그렇지만.

여기에는 안느가 있다. 자신의 소중한 메이드가 무서워하면 안 되지 않은가. 게다가 벨과 슈트리나도 있다. 어린 아이에게 무서운 이야기를 들려주는 걸 허용할 수는 없다. 미아는 누나다. 연상으로서 제대로 선을 그어야…….

괴담으로 흘러가려는 흐름 앞에서 지금 미아가 용맹하게 맞선다!

소중한 손녀 벨이 무서워하는 걸 대의명분으로 내세워 화제를 바꾸려고 시선을 굴리는 미아…… 였으나. 벨은…… 반짝반짝 빛나는 눈으로 이야기를 듣고 있었다! 전혀 무서워하지 않았다!

그러는 사이에도 리오라의 이야기는 이어졌다.

"이건 룰루 족 사이에서, 전해지는 이야기예요. 정해의 숲 깊은 곳에……, 금단의 숲으로 가는 길이…….."

어둡디 어두운 숲속.

"으, 으응……. 여기…… 는?"

어느새 미아는 깊은 숲속에 서 있었다.

"어…… 어라? 이상하네요. 저는 분명…… 마차에서…… 어라?"

상황을 파악할 수 없어 혼란에 빠질 뻔한 미아였으나, 바로 정신을 차렸다.

"아하, 그렇군요. 그건 그거예요. 혁명군의 손에서 도망쳐서 숲속을 헤맬 때의 꿈인 거죠."

정체를 알고 나면 별것 없다. 과거에는 가위에 눌리기도 했으나, 어차피 그냥 꿈이다.

"흐흥, 언제까지고 이 상황을 무서워할 줄 알았다니 의외네요. 지금의 저에게는 생존술 지식이 있는걸요."

그렇다. 이때의 경험으로 인해 미아는 숲속에서 살아남는 법을 공부했다.

게다가 무인도에서 겪은 경험도 있다. 먹을 수 있는 버섯도 안다.

오히려 모처럼 꿈을 꾸게 되었으니 실전을 대비해 예행연습을 하자! 맛있는 버섯이라도 찾아주겠다! 하며 의기양양해진 미아……
였으나…….

"어라……?"

다시금 주위를 둘러보다가 불현듯 위화감을 느꼈다.

깊디깊은 숲……. 앞뒤를 둘러봐도 보이는 것이라고는 키가 큰 나무, 나무 나무. 마치 두 팔을 내미는 거인처럼 나뭇가지가 기묘하게 길고, 줄기는 부자연스럽게 뒤틀려있다.

"뭔가 기분 나쁘네요……."

보고 있자니 등이 오싹오싹해졌다.

미아는 소름이 돋은 팔을 문지르며 주변의 모습을 살폈다.

이상하다. 분명 그 숲에서는 깊은 고독을 느꼈다. 추격자가 두려웠다. 하지만 지금 느끼는 건 오히려 이 숲 자체에 대한 공포다.

숲속에 숨어있는 정체를 알 수 없는 무언가가 덮칠 것만 같은, 그런 공포……

"여기는 왠지 불길한 느낌이 들어요."

모처럼 꿈을 꾸는 것이니 모험해보겠다는 마음은 순식간에 흩어지고 말았다. 당장 숲에서 나가기 위해 출구를 찾으려고 한─ 그때였다!

문득 미아의 귀가 스, 스스슷…… 하는 소리를 포착했다.

그것은 나뭇잎이 흔들리는 소리, 나뭇가지가 스치는 소리……. 그 소리가 서서히, 서서히…… 가까워졌다!

"어라…… 뭐죠? 이 소리는……."

미아는 조심조심 뒤를 돌아보았고…….

"히, 히이이이이익!"

뻣뻣하게 굳은 비명을 질렀다.

나무 사이를 가르고 모습을 드러낸 것은 놀랍게도 거대한 나무였다! 나무 괴물이다!

나뭇가지를 두 팔처럼 크게 벌리고 어마어마한 기세로 이쪽을 향해 달려오고 있다!

"히이이이익!"

미아는 비명을 지르며 달렸다.

구불구불한 짐승길을 따라 심술궂게도 발목을 잡으려는 듯 불룩 솟아있는 나무뿌리를 피하고, 수풀을 가르며 출구를 향해 달렸다.

"아니, 출구는 어디인데요?!"

그런 비명을 질렀지만 그런다고 무언가가 바뀔 리도 없었다. 그저 조금씩 괴물과의 거리가 좁아질 뿐.

뒤를 돌아보자 어느새 괴물에겐 입처럼 구멍이 뻥 뚫려있었고…… 그것이 미아를 통째로 삼키기 위해 크게 벌어졌다!

"흐아아아아악! 더, 더는 안 돼요! 도망칠 수 없어요!"

체념하기 시작한 바로 그때, 전방에서 무언가가 날아왔다.

쌩. 바람을 가르는 소리를 남기며 날아오는 것. 직후, 작은 소리와 함께 괴물에 화살이 박혔다.

"미아 님, 이쪽이요!"

"리, 리오라 양?! 왜 이런 곳에……."

전방의 나무 뒤에서 활을 겨누고 있는 리오라의 모습. 미아는 허둥지둥 그쪽으로 달려갔다.

"리오라 양. 저, 저건 뭐죠? 저건…….."

"정해의 숲에 산다는, 괴물이에요. 잡히면, 큰일이 나요."

"어, 어떻게 되는데요?"

"……큰일이…… 나요."

정확한 표현을 피하는 리오라의 대답에서 무시무시한 상상이 무럭무럭 커져갔다.

"빨리, 도망쳐요."

리오라는 그렇게 말한 뒤 새 화살을 꺼내 겨누었다.

"하지만 리오라 양은요……?"

"저는 괜찮아요. 아무튼, 빨리 도망쳐요!"

그 말에 미아는…….

"하, 하지만……."

과연 혼자서 도망쳐도 괜찮은 걸까……. 여기선 리오라도 억지로 끌고 가는 게 낫지 않을까……?

"혼자 도망쳐야 할지, 도망치지 않을지…… 그것이 문제로군요."

진지하게 고민하기 시작해서…… 머리가 어질어질해질 때까지 고민하고, 고민하고, 또 고민하다가 어쩐지 몸이 흔들흔들 출렁거린다고 느낀 그 순간!

"미아 님, 미아 님?"

흔들흔들, 몸이 흔들리는 감각. 직후에 미아는 퍼뜩 눈을 떴다.

"어, 어라? 저 혹시 잤었나요……?"

"숲의 주인의 이야기…… 지루했어요?"

리오라가 조금 시무룩한 얼굴로 이쪽을 바라보고 있었다.

"네? 아, 아뇨……."

미아는 순간적으로 머리를 굴렸다. 그러자 조금 전까지 리오라가 말하던 무서운 이야기가 뇌리에 되살아났다.

안느식 수면 학습법을 습득한 미아이다. 자는 동안 들은 것은 잊지 않게 되었으니…….

"재미있었는걸요. 네……."

솔직히…… 어마어마하게 무서운 꿈을 꿨다고, 왜 그렇게 무서운 이야기를 한 거냐고 항의하고 싶은 미아였지만…… 말할 수 없었다.

꿈속에서 도움을 받아버린 몸으로서는 아무런 말도 할 수 없었다. 게다가…….

미아는 주변을 둘러보았다.

다들 무서워하기는커녕 즐겁다는 듯 웃고 있다. 이 분위기를 망가트릴 만한 담력은 미아에겐 없었다.

"네, 무척 재미있었습니다."

오히려 주변에 맞춰서 칭찬까지 해버렸다. 숨 쉬듯이 흐름에 편승하는 해파리 미아였다.

──하지만 곤란하게 됐네요. 아무래도 자면서 무서운 이야기를 들으면 꿈에 나오는 것 같아요! 크, 큰일이에요. 어떻게든 괴담으로 가는 흐름을 저지해야겠어요!

무서운 이야기만 듣지 않는다면 꾸벅꾸벅 졸아도 괜찮을…… 것이다. 그렇기에 어떻게든 괴담이 오가는 흐름을 막아야만 한다!

──하지만 어떻게 해야 하죠……?

미아는 곰곰히 고민하고, 고민하…… 고, 쿨쿨쿨…….

"헉! 으, 이런. 또 자버릴 뻔했어요……."

작게 중얼거리며 뺨을 찰싹찰싹 때렸다.

그렇게 어떻게든 해야 한다고 궁리한 찰나, 번뜩였다!

──아, 그래요. 확실히 무서운 이야기도 좋아할 테지만, 귀족 영애는 보통 연애 이야기도 좋아할 테죠. 그렇다면 제가 아벨과의 연애 이야기를 하는 동안에는 괴담을 막을 수 있지 않을까요?

"후훗. 제법 흥미로운 이야기였어요. 루돌폰가의 메이드. 하지만 아직 멀었군요. 다음은 제가……."

의기양양하게 이야기하려는 에메랄다를 미아가 한 손으로 제지했다.

"그보다 여러분. 그런 무서운 이야기도 물론 괜찮다고는 보지만, 여기서는 레이디로서 좀 더 유익한 이야기를 하는 게 좋지 않겠어요?"

"네……? 레이디로서 유익한 이야기라면, 어떤 이야기죠?"

어리둥절한 얼굴로 고개를 기울이는 에메랄다를 향해 미아는 온화한 미소를 머금었다.

"당연한 것 아닌가요? 사랑 이야기죠! 저와 아벨 왕자 전하의 데이트 이야기 같은 건 관심이 없으려나요?"

왕자 전하를 강조하면서 의미심장한 어조로 그렇게 말하자……!

"어머나! 꼭 듣고 싶어요!"

에메랄다가 어마어마한 기세로 달려들었다!

──썩 중요한 건 아니지만, 에메랄다 양은 무슨 화제에도 다 적극적이군요.

그렇게 평가하면서도 막상 디저트라면 무엇이든 다 적극적으로 임하는 미아 황녀였다. 피는 물보다 진함을 증명하는 것이…… 그곳에 존재했다.

뭐, 그건 그렇다 치고.

"미아 언니와 아벨 하, 왕자님은 어떤 곳으로 데이트하러 가시나요?"

에메랄다와 마찬가지로 흥미진진하게 달려든 사람은 벨이었다. 기본적으로 시온이나 키스우드 쪽이 벨의 취향에 맞는 모양이지만, 그건 그거고.

존경하는 미아 할머니와 아벨 할아버지의 연애에 호기심이 동하지 않을 리가 없는 손녀딸 벨이었다.

"후후후, 그래요. 아벨과는 마을에 쇼핑하러 갈 때도 있지만, 역시 말을 타고 멀리 놀러 가는 일이 많죠."

그렇게 미아는 이야기하기 시작했다. 아벨과의 승마 데이트를 아주 세밀하게, 열렬하게 이야기했다.

"둘이서 나란히 말을 달릴 때는 가볍게 경쟁할 때도 있어요. 노엘리쥬 호반까지 달렸을 때는 무척 즐거웠죠. 말 위에 앉아 호수에서 불어오는 바람을 맞으면 굉장히 기분이 좋답니다."

상쾌한 바람을 맞으며 아벨과 함께 우후후 아하하 웃으면서 말을 탄다.

꿈만 같은 시간을 떠올리며 미아는 저도 모르게 히죽히죽 웃었다.

"그리고 둘이서 같은 말을 탈 때는 정말, 심장이 남아나질 않아요. 아벨은 의외로 고지식한 구석이 있으니까, 아마 제가 아닌 다른 여성을 말에 태운 적은 없지 않을까요? 굉장히 긴장했다는 게 전해지더라고요. 이렇게 뻣뻣하게 굳어서, 몸이 얼어버렸다고 해야 할까요. 그게 또 아주 귀여운데요……."

참고로 미아가 그런 식으로 생각하는 와중에 아벨 또한 '미아는 긴장해서 굳었구나. 의외로 수줍음을 타네'라며 흐뭇하게 웃었다는 건 비밀이다.

사람이 심연을 들여다보려고 할 때는 심연 또한 이쪽을 들여다
보는 법이다.

"그렇군요. 그럼 키스도 말 위에서 하셨어요?"

고개를 주억거리며 진지하게 듣고 있던 벨이…… 별안간 그런
말을 꺼냈다!

"키, 키키, 키스?! 그, 그런 걸 할 리가 없잖아요. 망측해라! 아
직 그런 건 이르다고요! 그렇죠? 리나 양."

벨의 옆에서 생글생글 웃으며 듣고 있던 슈트리나는 갑자기 화
살이 날아오자…….

"어……."

살짝 고개를 갸우뚱 기울였으나…… 이윽고 무언가 이해했다
는 듯 까딱 끄덕였다.

"그래, 벨. 그건 망측한 거야. 그런 건 결혼한 뒤에 해야 하는
거니까, 누군가 이상한 남자가 꼬드긴다고 해도 귀를 기울이면
안 돼."

그리고는 벨에게 정숙한 숙녀 교육을 하기 시작했다!

"그런가요? 하지만 들은 이야기로는 할머니가 처음……."

이상하다는 듯한 표정을 짓고 있던 벨이었으나…….

"음, 제가 잘못 기억했나 봐요."

무언가 수긍했다는 듯 고개를 끄덕였다. 뭘 어떻게 수긍한 건지
묘하게 마음에 걸리는 미아였으나, 정신을 다잡고 말을 이었다.

"뭐, 여하간……. 섬 밖으로 나오는 일은 거의 없지만, 언젠가
더 먼 곳까지 가보고 싶네요. 아벨과 함께 초원을 달리는…… 승

마 데이트. 틀림없이 즐거울 거예요."

그렇게 신이 나서 이야기하는 미아. 그걸 보고 부드러운 미소를 짓고 있던 티오나가 문득 무언가를 떠올렸다는 듯 눈썹을 찡그렸다.

"하지만 미아 님, 조심하셔야 해요."

"조심하다뇨? 무슨 말씀이신가요?"

"······들어보신 적 없으세요? 들어가면 안 되는 무서운 폐촌 이야기를."

"············네?"

고개를 갸우뚱 기울이는 미아 앞에서······.

"이건 루돌폰 영지에서는 유명한 이야기지만요······. 어떤 곳에 아무도 살지 않는 폐촌이 있다고 합니다. 그래서 거기에 들어가게 되면······."

지극히 자연스럽게······ 괴담이 시작되고 말았다!

——이, 이건 무슨 재주죠?! 바, 방심했어요!

막으려고 해도 다들 이미 티오나의 이야기에 귀를 기울이고 있다. 지금 끼어드는 건 흥을 깨버리는 행위가 된다.

——큭. 하지만 대처법은 간단하죠. 무서워할 필요 없어요. 요컨대 잠들지 않으면 되는 것뿐이니······. 그래요, 자지 않으면 악몽도 꾸지 않죠. 그러니 눈 똑바로 뜨고!

기합을 넣은 미아는······ 확실히 잠들지도, 악몽을 꾸지도 않았다······. 않았으나······ 대신 티오나의 무시무시한 이야기를 똑똑히 듣고 말았다.

그렇게…… 티오나의 너무너무 무서운 폐촌 괴담이 끝나자…….

"후후후, 제법 흥미로운 이야기였어요. 티오나 양. 칭찬해드리죠."

만족해하며 그렇게 평가한 사람은 에메랄다였다.

처음 들어보는 괴담을 들어서 그런지 참으로 기뻐 보였다. 분명 다과회 등에서 친구들에게 들려줄 생각일 것이다.

"감사합니다."

조용히 머리를 숙이는 티오나는 문득 미아 쪽으로 시선을 돌렸다.

"그러니까 멀리 놀러 가실 때는 정말로 조심하세요, 미아 님."

진심 어린 걱정의 말이었다.

……솔직히 왜 무서운 이야기를 들려주는 거냐며 항의하고 싶은 미아였으나…… 그걸 꾹 참았다.

아무튼 티오나는 경고할 의도로 꺼낸 말이었다. 미아가 무서운 일을 겪지 않을 수 있도록 배려해서 나온 경고였다. 여기에 불만을 표출할 수는…… 없다.

"제법 재, 재미있는 이야기였네요. 저도 놀러 갈 때, 그런 폐촌을 발견하면 조심해야겠어요……."

은은하게 울상을 지으면서도 미아는 연신 고개를 갸웃거렸다.

──이상하네요. 분명 사랑 이야기를 하고 있었는데……. 어째서 무서운 이야기를 듣게 된 거죠……? 이해할 수 없어요……. 이건 부당해요…….

"아, 그러고 보면 미아 언니. 여쭤보고 싶은 게 있는데요."

그때 벨이 말을 걸었다.

"네? 어떤 거죠?"

"미아 언니는 시온 왕자님과 몇 번 춤을 추셨는데…… 시온 왕자님의 춤은 어떤 느낌인가요?"

"흠……."

미아는 크게 고개를 끄덕였다.

"그러고 보면 벨은 시온을 마음에 들어 했죠. 으음, 그 녀석의 춤은……."

팔짱을 끼며 또다시 '으음' 하고 침음을 흘렸다.

"참으로 아니꼬운 춤이네요. 어떤 스텝도 가뿐하게 소화하는 데다 심지어 완벽하죠. 이쪽의 요구에 모두 응하는 걸 넘어서 그걸 상회하는 답을 내놓고, 그런데다 이쪽이 추는 춤의 질도 올려 버려요. 한창 춤을 추고 있을 때는 황홀함을 느끼지만 끝난 뒤에는 분해지는…… 그런 춤이네요."

댄스 평론가 미아는 말했다.

"반면 아벨은 참 마음에 들어요. 아주 열심히 해서 응원하고 싶어지는 춤을 추거든요. 춤을 출 때마다 실력이 좋아지는 게, 노력하는 것이 보여서 무척 흡족해지죠."

말한다. 또 말한다!

"그렇군요. 아벨 할, 왕자님은 그런 느낌이군요. 상상한 대로예요."

흠흠 고개를 주억거리는 벨.

"그 외엔 사피아스 공자가 의외로 춤을 잘 추더군요. 예전에 무도회에서 같이 춤을 춘 적이 있는데, 분명 약혼자가 단련해놓은 거겠죠."

"저도 같은 생각이에요. 그는 참으로 파트너를 배려하는 춤을 추더라고요. 평소에는 그 모양인데, 춤은 정말 신사적이어서 놀랐다니까요."

에메랄다가 동의했다.

"아, 그리고 벨. 키스우드 씨는 조심하는 게 좋습니다. 그분도 상당히 춤 실력이 뛰어나지만, 왠지 너무 가뿐하게 다룬다는 인상이 있어요. 여러모로 경험이 풍부하다는 느낌이에요."

미아의 평가에 슈트리나가 고개를 크게 끄덕였다.

"벨, 여성 편력이 많은 남성은 얼핏 보기엔 무척 좋은 사람으로 보인다고 하니까 조심해야 해."

그리고는 미간에 주름을 만들며 무척이나 진지한 얼굴로 말했다!

"……충신 키스우드라면 괜찮을 테지만…… 알겠습니다."

마찬가지로 몹시 진지한 얼굴로 고개를 끄덕이는 벨이었다.

"뭐, 여하간. 역시 중요한 건 자신의 춤 실력이죠. 전에 가르쳐드렸죠? 월광무도. 그 기본을 계속 반복하면 자연스럽게 실력이 좋아집니다."

"으음. 이런 느낌, 이었죠?"

벨이 꿈틀꿈틀 손동작을 재현했다.

그것은 마치, 그…… 뭐라고 해야 하나……. 이게 뭐지……?

"벨……. 그 적당히 뭔가를 해서 성공이라고 생각하는 습관은 고치는 게 좋습니다."

미아는 한숨을 쉬었다.

"잘 들으세요. 손끝까지 집중해서, 이렇게 하는 겁니다. 이렇게 해서……."

미아가 직접 모범을 보여주기 시작한 그때.

"그러고 보면 미아 님……. 기묘한 춤을 추는 그림자의 이야기를 알고 계세요?"

불현듯 슈트리나가 말했다.

"기묘한 춤이요……? 글쎄요?"

슈트리나 쪽을 본 미아는 그 직후 불길한 예감을 받았다.

이 흐름……. 이 소소한 잡담에서 무언가 다른 이야기로 넘어가는 이 흐름은……!

"리, 리나 양. 그건 혹시 무서운 이야기……."

"'물컹물컹'이라고 하는 모양인데요……."

"무…… 물컹물컹? 뭔가 그리 무서운 느낌은 아니네요……."

고개를 갸웃거리는 미아를 향해 슈트리나는 부드러운 미소를 지었다.

"딱히 무서운 이야기는 아니지만……."

그렇게 슈트리나의 이야기가 시작되었다.

마차를 탔을 때 밭 한가운데에서 가끔 보인다고 하는, 춤추는 그림자의 괴담을!

"━━━━━━━━━━━━━━━━━……님, 미아 님?"

"으, 으응……."

흔들흔들 몸이 흔들리는 감각에 미아는 작게 신음을 흘렸다.

그리고는 멍하니 눈을 뜨자…… 걱정하는 얼굴로 이쪽을 보는 안느가 시야에 들어왔다.

"여, 여기는…… 어라?"

주위를 두리번두리번 둘러보자 그곳은 마차 안이었다.

바로 옆에는 아직 새근새근 푹 잠들어있는 에메랄다의 모습이 있었다. 발치에는 벨이 둥글게 몸을 말고 있고, 그 옆에는 슈트리나가 얌전히 잠들어있다.

"아…… 제가 또 중간에 잠들었군요……. 그럼 조금 전은 꿈…… 이었겠네요……. 꿈……?"

거기까지 중얼거린 미아는 고개를 갸웃거렸다.

으음……? 자신은 무슨 꿈을 꿨지? 그리고 보면 슈트리나의 이야기도 기억에 없다. 무언가 굉장히…… 아주아주 굉장히! 무서운 이야기였던 듯한 느낌이 드는데…….

의아해하는 미아를 향해 안느는 자상한 미소를 지었다.

"괜찮으세요? 가위에 심하게 눌리시던데, 어떤 꿈이셨나요?"

"으음. 저도 잘 기억나지 않지만, 왠지 무서운 꿈이었어요. 기묘한 춤을 추는 그림자가 나온 것 같기도 하고……."

"기묘한 춤…… 말인가요? 아, 그건 혹시……."

그 순간 깨달았다. 어째서일까. 안느의 목소리가 조금 무섭게 느껴진다…….

"이런 느낌의…… 춤이었나요?"

"히이이이이익!"

미아는 숨을 삼키면서도 돌아보지 않을 수 없었다. 그 시선 끝에서는 안느가 춤을 추고 있었다! 기묘한…… 기묘, 한? ……아니, 우스꽝스러운 춤을…….

"그…… 저기, 안느. 그건……?"

"아, 네. 어젯밤에 미아 님께서 가르쳐주신 월광무도입니다. 이런 느낌이었죠?"

팔과 다리를 오묘한 각도로 움직이며 꾸물거리는, 참으로 기묘한 춤이었다.

그걸 본 미아는 무심코 웃음을 터트렸다.

"정말이지, 아니에요. 안느. 후후후, 그래요. 당신에게는 분명 제 아이들도 신세를 지게 될 테니까, 제대로 출 수 있도록 가르쳐 드리겠어요."

"어머? 뭘 가르치신다는 거죠?"

어느새 에메랄다가 흥미진진한 얼굴로 보고 있었다.

"앗, 아뇨. 딱히……."

"어머! 미아 님, 친우인 저에게 비밀로 하시려는 건가요?"

조금 슬퍼 보이는 에메랄다의 얼굴에 미아는 쓴웃음을 지었다.

"아뇨, 안느에게 춤을 가르쳐준다는 이야기를 했는데요……."

"와! 그거 재미있을 것 같아요. 부디 저도 함께 하게 해 주세요!"

──정말 무슨 화제에든 적극적으로 달려드네요, 에메랄다 양.

조금 기가 막힌 미아였으나…… 문득 형언할 수 없는 감회를 느꼈다.

──하지만 잘 생각해 보면 신기한 느낌이에요…….

눈앞에서 즐거워하는 사람은 과거에 미아를 배신하고 일가족이 모두 제국에서 도망친 소녀다. 용서할 수 없었기에 이젠 별로 엮이고 싶지 않다고 생각했던 소녀다. 그 뒤에는 역시나 엮이고 싶지 않았던 티오나와 리오라도 있다.

직접적인 면식은 없었으나 아마도 미아의 죽음에 깊게 관여했을 슈트리나도 있고…… 그 옆에는 파멸의 미래에서 온 벨이 새근새근 잠들어있다.

──후후, 용케 이렇게나 기묘한 인연들이 여행하고 있네요.

과거에 적이었던 사람들, 미웠던 사람들과 하룻밤을 함께 보내고 괴담을 즐겼다. 그것이 참으로 신기하고…… 어쩐지 꿈을 꾸는 듯한 느낌이 든다.

그래서일까……. 미아는 조금 관대한 기분이 들었다.

"정말 어쩔 수 없군요. 에메랄다 양도 특별히 넣어드리겠어요. 여기에 티오나 양과 리오라 양과 리나 양도 넣어서 다음에 다 같이 춤 연구회를 열까요?"

분명 즐거울 게 틀림없다는 확신이 미아 안에 있었다. 두근거리는 마음으로 그때를 상상해보았다.

──흐음, 하지만 춤을 추려면 파트너가 필요하죠. 아벨은 당연히 부를 거고, 키스우드 씨도 쓸만해요. 그분은 어떤 춤이든 출 수 있을 것 같으니까요. 그 외엔 사피아스 공자, 그리고 시온도…….

어떤 요구에도 맞춰주는 그 얄미운 춤을 떠올리면서 미아는 생각했다.

──시온이 있으면 분위기도 더 달아오를 테니 어쩔 수 없죠.

불러야겠네요. 그러니까…….

　살며시 고개를 든 미아는 저 먼 곳에 있는 시온을 그렸다.

　──반드시 암살을 저지해야죠. 다 함께 즐겁게 춤을 추기 위해서도…….

　이리하여 미아 일행은 선크랜드로 향했다.

　그 여정 끝에 무엇이 기다리고 있는지, 지금의 미아는 알 수 없었다.

티어문

제국 이야기

Tearmoon

Empire

Story

미아 일기
~티어문 미식 여행기~

Mia's
DIARY
-Travel Record of Tearmoon food-

Tearmoon
Empire Story

8월 17일

티오나 양의 메이드인 리오라 양이 만든 숲의 은혜 냄비 요리를 먹었다.

루돌폰의 농민 요리와 룰루 족의 요리를 결합한 요리라고 한다.

재료는 며칠 전에 확보해둔 토끼고기. (리오라 양이 잡아 왔다고 한다. 룰루 족 종자를 한 명 고용해두면 식량 보급에 유리할 것 같다. 다음에 룰루 족 족장에게 상담해볼 필요가 있으려나?)

여기에 말린고기를 다진 것과 채소 종류를 싹둑싹둑 썰어서 넣었다.

듣자 하니 요리에 사용하는 채소는 딱히 정해진 게 없다고 한다. 무엇이든 신선한 것을 넣는 게 중요하다고 했다.

근처의 마을에서 사두었던 채소를 듬뿍 넣은 냄비 요리는 세련된 맛이라고 하기는 어려웠으나, 소박한 풍미가 넘쳐나는 멋진 맛이었다.

토끼고기의 농후한 맛이 거기에 섞여 들어가 훌륭한 조화를 이루었다. 숲의 은혜 냄비 요리, 대만족.

추천도 ☆☆☆☆☆

8월 18일

에메랄다 양의 메이드인 니나 양이 만든 고급 해산물 냄비 요리를 먹었다. 아무래도 어제 먹은 루돌폰가의 요리에 경쟁심리가 불타오르는 모양이었다.

물론 여행하는 동안은 그린문가의 요리사가 동행하며 음식을 만들고 있었으나, 니나 양에게는 메이드가 만든 요리라는 게 중요한 부분이었던 듯하다. 조금 귀찮다.

하지만 니나 양의 실력은 변함없이 훌륭했다.

무인도에서 먹었을 때는 재료가 상당히 한정적이었다는 것을 잘 알 수 있었다.

그린문가에서 보유한 톡 쏘는 국물에 말린 해산물을 넣고, 여기에 밀가루를 반죽한 부드러운 식감의 것이 들어갔다.

국물을 듬뿍 빨아먹은 그것을 후후 불어가면서 먹자 뭐라 말할 수 없는 진미였다.

또 말린 조개는 버섯과 식감이 비슷해서 이것도 무척 마음에 든다.

그린문가 비전의 맛을 대접받은 기분. 불만 없음.

추천도 ☆☆☆☆☆

8월 19일

어쩐지 제 일기장은 8할이 식사 이야기뿐이로군요.

정신을 차리고 보면 그날 먹은 식사에 대해 적어놨잖아요. 신기한 현상이네요. 혹시 어떠한 저주에라도 걸린 걸까요?

그러니 오늘은 진지하게 일기를 쓰겠습니다.

오늘은 황녀전속 근위대가 일하는 모습을 견학했습니다. 늘 호위하느라 고생하는 그들이 어떤 식으로 일하는지 알아두는 건 무척 중요하니까요.

뭐니 뭐니 해도 그들은 저의 방패. 제가 위기에 처했을 때 의지해야 할 분들이니 적절한 노동환경이 보장되고 있는지, 사기에 문제는 없는지 제대로 확인해둘 필요가 있습니다.

그래서 말과 장비를 보여주고 설명도 하는 걸 들었는데, 그때 저는 깨달았습니다.

식사는 어떻게 하고 있는 거죠?

병사의 사기에 식사는 아주 중요합니다. 이 기회에 견학해두는 게 좋겠다고 생각했죠.

……딱히 그때 맛있는 냄새가 났다거나 그런 이유는 아니랍니다.

그래서 병사들의 음식을 먹어보고 깜짝 놀랐습니다!

일부 병사들 사이에서는 친숙하게 먹어온 전장 냄비 요리라고 했는데, 이게 참 멋진 맛이더라고요!

겉보기에는 펌프킨 스튜 같은 느낌? 노란색의 걸쭉한 스튜인데, 한 입 먹어보니까 아주 매콤하더라고요.

같이 먹은 벨은 한 입 먹자마자 눈물이 그렁그렁해졌습니다. 어린아이에게는 조금 과하게 매웠을지도 모르겠네요. 하지만 저는 눈치챘습니다. 그 매운맛 속에 있는 오묘한 감칠맛을.

스튜에 들어간 채소는 오랫동안 푹 끓였기 때문에 흐물흐물. 입에 들어간 당근은 살살 녹았고, 만월 양파도 스튜에 녹아서 형태를 확인할 수 없더군요.

그렇다고 불필요하냐면 결코 그렇지 않습니다. 그게 스튜 전체의 맛을 묵직하고 복잡다단하게 꾸며주니까요.

빵을 찍어서 먹으면 딱 좋다고 하기에 시험 삼아 먹어보았는데, 그렇게 하자 매운맛이 희석되어 감칠맛을 더 또렷하게 알 수 있게 되더군요.

이런 것을 매일 먹을 수 있다면 병사의 사기도 문제없지 않을까요? 아니, 오히려 그렇게 맛있는 것이 있는데 한 번도 먹어보지 못했다는 게 불만입니다.

이 세계에는 제가 모르는 맛있는 요리가 아직 더 많이 있다는 것을 새삼 느꼈습니다.

어머? 어쩐지 또 식사 이야기를 적은 것 같은데요……. 정말 신기하네요…….

후기

안녕하세요, 오랜만에 뵙습니다. 모치츠키입니다.

이번 권은 초기부터 이름만은 계속 나왔던 선크랜드 왕국에 미아 일행이 놀러 가는 이야기였습니다. 과연 어떤 새로운 요리와의 만남이 기다리고 있을 것인가……! 네? 아니라고요?

그리고 보면 얼마 전 이런 꿈을 꿨습니다. 망해버린 테마파크에 가는 꿈이었는데요.

그곳은 유럽의 성을 테마로 한 곳이었습니다. 거대한 성이 여럿 세워져 있는 데다 심지어 전망대에는 산속의 요새 같은 성도 있다는, 참으로 꿈이 가득한 장소였죠.

그런 테마파크에서 저는 생각했습니다.

"이거 티어문의 자료로 쓸 수 있겠는데! 꼭 다음에 또 와야지! 그나저나 설마 실제로 들어갈 수 있다니. 성 묘사가 아주 편해지겠어! 아싸!"

이런 꿈이었는데요……. 기왕이면 제대로 성 내부 모습까지 보여주지…….

미아 : 아아……. 그런 꿈은 흔한 편이죠. 저도 얼마 전에 성이 나오는 꿈을 꿨답니다.

모치츠키 : 오오. 성이라고요……? 하지만 미아 황녀님은 성에 살고 있으니 딱히 신기하지도 않…… 아니…… 잠깐. 혹시 그거, 소위 과자로 만든 성이었다거나 그런 건 아니죠?

미아 : 그런 거였다면 좋았겠네요. 생각할 필요도 없이 먹으면 그만이잖아요. 제 꿈속에 나온 성은 놀랍게도 온갖 곳에 버섯이 자란 버려진 성이었다고요!

모치츠키 : 세상에……!

미아 : 생크림이 듬뿍 올라간 케이크 성 같은 거였다면 좋았을 텐데…… 맛있어 보이긴 해도 버섯은 버섯. 차마 그냥 먹을 수 없으니 누군가에게 요리를 부탁하고 싶었지만 아무도 없더라고요…….

모치츠키 : 그렇군요. 뭐, 먹으려고 하면 먹지 못한다는 게 꿈의 기본 패턴 같은 거니까요. 요리하지 않으면 먹을 수 없는 게 잔뜩 있다는 건 특이한 느낌이 들지만요…….

미아 : 저는 그게 너무 슬퍼서, 다음에 본격적으로 버섯 요리 연구를 시작하려고 생각했답니다. 열심히 해야겠어요!

이렇게 조금 위험한 결의를 다지는 미아였다.

여기서부터는 감사 인사입니다.

Gilse님, 예쁜 일러스트를 그려주셔서 감사합니다. 특히 내지 컬러의 춤추는 미아가 굉장히 즐거워 보여요! 감사합니다.

담당자 F님, 늘 적절한 지적과 세밀한 감상을 주셔서 감사합니다. 많은 힘을 얻었습니다.

가족에게. 늘 응원해줘서 감사합니다. 조금 더 노력하겠습니다.

그리고 이 책을 읽어주신 독자 여러분, 감사합니다. 덕분에 무사히 다음 권을 계속 낼 수 있게 될 것 같습니다. 만화판과 함께 계속해서 읽어주시면 좋겠습니다.

춤의 비결

저도 미아 할...... 언니처럼 춤을 잘 추고 싶어요.

벨, 다리 부딪치지 않게 조심하세요.

빙글

빙그르

혹시 일기에 춤의 비결이?

할머니, 뭔가 진지하게 일기를 쓰시는데......

오늘의 점심은 버섯 치즈 리조토였다. 진한 치즈의 풍미에 베과 버섯이 잘 어우러져서 참으로 맛있었다. 추천도

디저트로 받은 크림 브륄레, 여기도 최고로 맛있었다.

오늘은 셰프가 각지의 버섯을 들여와 특제 버섯 냄비 요리를 만들어주었다. 내가 특히 추천하는 버섯은

오늘은 식욕이 왕성하네요, 벨.

으물

분명 잘 먹는 게 춤의 비결인 거로군요, 할머니!

실력이 늘지는 않았다.

으물

으물

티어문 제국 이야기

8권

구매해주셔서 감사합니다

권말 보너스

만화판 제15화 미리보기

COMICS TRIAL READING

TEARMOON

EMPIRE STORY

검술대회
이틀 전.

아벨
왕자님!

안녕,
미아 황녀.

어디
가시는
건가요?

타
닷

어머나,
그렇군요.

맞아.

곧
검술대회니까.

지금부터
잠시
단련하러
가려고.

응? 그래, 상관없는데….

저, 그 검술대회의 도시락 건으로 잠시 드릴 말씀이 있어서요.

그럼 걸으면서 이야기할까.

괜찮다면 같이 가도 괜찮을까요?

수제 도시락?

중얼…

시온 왕자 에게도……

그렇구나……

네, 아벨 왕자님과 시온 왕자님에게 드릴 걸

다 함께 만들기로 했답니다.

어라.

예상 밖의 반응인데요, 이거.

미아는 수제 도시락에 요구되는 수준이 한 단계 올라갔다는 걸 알아차렸다.

설마 아벨 왕자님이 수제 도시락에 익숙했을 줄이야……

이래서는 수제니까 맛이 떨어진다는 말을 못 하게 되잖아요…!

아

도착했어, 미아 황녀.

중얼

중얼

중얼

역시 좀 더 정성이 들어간 요리를……

내가
독점하지
못한다는 게.

……네?

하하.

이렇게 필사적으로 검을 휘두른 적은 지금까지 한 번도 없었어.

무척 열심히 연습하고 계시는군요.

나만
미아 황녀의
도시락을
먹으면

그 덕분에
시온 왕자를
이겼다는 말을
들을지도
모르니까.

미아는
수제 도시락에
요구되는 수준이
하늘을 뚫었다는 걸
알아차렸다.

············

흐어?

주물
주물

썩둑
썩둑

쑥
쑥

구우면······

불로
굽기만 하면
먹지 못할 수준은
아닐 거야······.

철
퍽

키스우드 씨.

다음은······.

고기야
모양이
이상해도
문제없지.

사각형으로
만들라고
했잖아!

처음부터 다시

이렇게
생긴 빵
사이에
어떻게
속을 채워
넣을 거야!

샌드
위치라고.

말하고
싶지만.

⋯⋯라고

두근
두근

차마
말하기가
그렇네.

하
아

⋯⋯네,
괜찮습니다.

어떻게든
해 보죠.

하지만 이대로는
속이 빠져나와서
먹기불편할 텐데……

포크로드 양.

그렇다면
……

뭔가 접착제 대신
잡아줄 만한 것이……

네?

낫젯빠…

읽은 적 있으니까
맡겨주세요.

미안하지만
안느 씨와 함께
화이트소스를
만들어주겠어?

아,
괜찮습니다.

재료는……

역시 지식은
풍부하군.

좋아.

네!

안느 씨,
지금부터
말하는 걸….

말가루와
우유와……

그 지석이 다니악한 방향으로 가지만 않는다면!

평범하게 해 주세요, 평범하게!

그리고 숨겨진 맛으로 별미라는 물고기 내장 소금 절임을….

마지막 작업입니다.

자.

바르고 끼운다!

올린다!

바른다!

시온 전하보다
먼저 만났다면
그녀를 모셨을지도
몰라.

키스우드는
꿈에도
몰랐다.

이전 시간축에서는
저 사람에게도
상당히 호된 꼴을
당했지만…….

흥

흥

명청이 시온

흥

미아가
참으로
귀족적이자
상식적인
사고방식을
지녔다는 것.

전부
그 녀석이
나쁜 거예요.

종자의
죄는
주군의
죄니까요!!

티어문

TEARMOON
EMPIRE
STORY

제국 이야기

티어문 제국 이야기 기대해주세요

TEARMOON EMPIRE STORY

Tearmoon Empire Story

모치츠키 노조무 지음

Giise 일러스트

Tearmoon Teikoku Monogatari 8~Dantoudai kara hazimaru hime no gyakuten story~
by Nozomu Mochitsuki

Copyright © 2021 by Nozomu Mochitsuki
Original Japanese edition published by TO Books, Inc.
Korean translation rights arranged with TO Books, Inc.
Korean translation rights © 2022 by Somy Media, Inc.

티어문 제국 이야기 8 ~단두대에서 시작하는 황녀님의 전생 역전 스토리~

2022년 5월 14일 1판 1쇄 발행

저　　　자	모치츠키 노조무
일 러 스 트	Gilse
옮 긴 이	현노을
발 행 인	유재옥
본 부 장	조병권
담당편집	정영길
편 집 1 팀	김준균 김혜연 박소연
편 집 2 팀	정영길 조찬희 박치우
편 집 3 팀	오준영 곽혜민 이해빈
미　　　술	김보라 박민솔
라이츠담당	한주원 이승희
디 지 털	박상섭 이성호 최서윤 김지연
발 행 처	㈜소미미디어
인쇄제작처	코리아피앤피
등　　　록	제2015-000008호
주　　　소	서울 마포구 토정로 222, 403호(신수동, 한국출판콘텐츠센터)
판　　　매	㈜소미미디어
마 케 팅	한민지 최정연 박종욱
물　　　류	허석용
전　　　화	편집부 (070)4164-3962, 3963 기획실 (02)567-3388
	판매 및 마케팅 (070)4165-6888, Fax (02)322-7665

ISBN 979-11-384-1048-9 04830
ISBN 979-11-6507-670-2 (세트)

TEARMOON EMPIRE STORY

SPECIAL BOOKLET

[티어문 제국 이야기 Ⅷ ~단두대에서 시작하는 황녀님의 전생 억전 스토리~]

8권 한정 쇼트스토리 소책자

티어문 제국 이야기

제국이야기

단두대에서 시작하는 황녀님의 전생 역전 스토리

TEARMOON
EMPIRE STORY
WRITTEN BY
NOZOMU MOCHITSUKI

모치츠키 노조무 지음
Gilse 일러스트

8권 초판 한정
쇼트스토리 소책자

신약 열흘 늦은 생일 파티
~무욕의 재상 루드비히의 비밀~

the New Testament :Birthday party 10 days later

티어문 제국의 황금시대를 구축한 명재상, 루드비히 휴이트는 물욕이 적은 인물로 알려져 있다.

이런 에피소드가 있다.

재상부(宰相府)가 화재로 무너졌을 때의 일이다. 빠르게 위기를 감지한 그는 직원에게 피난 명령을 내린 것과 동시에 본인은 필요한 서류 반출에 집중하여, 그 후의 행정작업에 올 타격을 최소한으로 줄였다.

그때 그는 개인적인 물건은 일절 가지고 나오지 않았다.

그의 개인실도 화마에 휩싸였음에도 아무것도 가지고 나오지 않았다. 한눈 한 번 팔지 않고, 그저 공적인 서류만을 구출한 그는 무욕의 공무원으로 이름을 떨치게 되었으나······.

여기에 이의를 제기하는 자가 있었다. 그 인물이 말하기를, 루드비히 재상은 딱히 물욕이 적은 건 아니다. 다만 그는 가장 소중히 여기는 것을 늘 몸에 지니고 다녔을 뿐이라는 것이다.

그 진실은······.

1년이 끝나고 추운 겨울을 맞은 시기.

탄신제도 무사히 끝났고 점점 차분함을 되찾아가는 제도(帝都)를 한 대의 마차가 달려갔다.

좁은 골목 앞에서 소리 없이 멈추는 마차. 이어서 마차 안에서 나타난 이는 제국의 예지, 미아 루나 티어문 황녀 전하였다.

"후우……."

작게 내뱉은 숨은 희게 물들어 있었다. 위를 올려다보자 잿빛으로 탁해진 구름에서 드문드문 눈이 내리기 시작했다.

"미아 님. 이쪽입니다."

앞서 걷는 안느의 안내를 받아 미아는 서둘러 걸어갔다.

이윽고 도착한 장소에는 한 채의 집이 세워져 있었다.

그곳은 충신 안느의 본가였다.

"축하드립니다. 미아 황녀 전하."

문을 열자마자 밝은 목소리가 미아를 맞았다.

따뜻한 미소를 머금고 축하하는 말을 건네는 안느의 부모와 명랑한 동생들. 그 환대에 미아의 얼굴도 자연스럽게 풀어졌다.

이렇게 연말의 하루를 안느의 집에서, 안느와 함께 축하받는 것은 미아 안의 연례행사가 되었다.

작지만 따스함으로 넘쳐흐르는 이 가족이 미아는 무척 마음에 들었다.

"올해도 초대해줘서 감사해요."

안느의 가족들에게 시선을 보내며 미아는 온화한 미소를 지었다.

"그런데 어땠나요? 탄신제 때는 다들 배부르게 드셨을까요?"

그렇게 묻자 아이들은 저마다 무언가 말했지만…….

그런 그들을 제지하고 대표로 입을 연 사람은 미아의 전속 작가이기도 한 에리스였다.

"저는 못 먹겠다는 생각이 들 만큼 먹었습니다."

본래 몸이 약해서 소식하던 에리스였지만, 미아의 전속 작가가 된 뒤로 완전히 건강해져서는 식사량도 늘었다고 들었다. 혈색도 좋아졌고…… 솔직히 말해, 조금 포동해진 건지도 모른다.

시험 삼아 미아는 에리스의 팔을 붙잡아 보았다.

"힉, 무, 무슨 일이세요? 미아 님."

놀라는 에리스를 뒤로 미아는 자신의 팔을 잡아보았다……. 그리고 작게 서글픈 한숨을 내쉬었다.

"어쨌거나 다행입니다. 음식은 먹을 수 있을 때 먹어두지 않으면 나중에 후회하니까요."

그러니 조금쯤은 이것저것 축적해두어도 괜찮다! 고…… 미아는 자신의 배를 문질렀다.

……그래, 괜찮다!

"혹시 식욕이 별로 없으신 건……."

미아의 행동을 본 안느가 걱정하며 눈썹을 찌푸렸다.

"후후후, 설마요. 그럴 리 없습니다. 전혀 문제없어요."

미아의 눈앞에는 따끈따끈한 김이 올라오는 요리가 있다. 파티에서 나오는 것처럼 화려하지는 않다. 하나, 미아의 눈을 속일 수는 없다.

그 요리에서 풍기는, 형언할 수 없을 만큼 좋은 냄새……. 이건 틀림없이 맛있다. 미아의 감이 알리고 있다.

"오히려 너무 많이 먹어버리는 게 아닌지 걱정될 정도예요."

그때였다.

"실례합니다."

현관 쪽에서 남성의 목소리가 들렸다.

잠시 후 모습을 드러낸 건 미아의 또 다른 충신인 루드비히였다.

"아, 왔군요."

미아는 안경을 쓴 충신의 모습을 확인한 뒤 환영하듯 미소 지었다.

"미아 님. 이것은 대체……."

반면 루드비히는 곤혹스러운 얼굴이었다. 그도 무리는 아니다. 지금부터 이뤄지는 것은 지극히 사적인 생일 파티이기 때문이다.

본래 루드비히가 부름을 받을 이유는 어디에도 없다.

그렇다면 미아는 왜 부른 것인가. 그건…… 보답하고 싶었기 때문이다.

예전에 미아는 이전 시간축의 보답을 위해 안느에게 생일선물을 건넨 적이 있었다. 그때 반대로 초대받은 것이 안느의 집에서 열리는 이 생일 파티다.

이 파티는 말하자면 미아와 안느, 두 사람이 고마워하는 마음을 담아 서로를 축하하는 자리이다.

그리고 올해도 그런 생일 파티를 맞이하며 미아는 불현듯 생각했다. 과거의 안느에게 보답한다면, 루드비히에게도 보답해야만 하지 않을까.

──뭐, 이러니저러니 해도 망할 안경은 저를 구명하기 위해 탄원하고 다녔던 모양이니까요. 안느에게 은혜를 입었듯 망할 안경…… 아니, 루드비히에게도 은혜를 입은 거죠. 그렇다면…… 보답하는 게 도리예요.

안느를 전속 메이드로 지명한 건 그녀를 좋게 대우하기 위한 목적이었고, 고마움을 담은 선물도 여러 번 건넸다. 반면 루드비히에게는 딱히 아무것도 하지 않았다는 걸 떠올렸다.

이쯤에서 한 번 포상을 내리는 것이 황녀의 의무…… 같은 생각을 한 미아는 루드비히를 이 자리에 부르기로 했다.

"사실 오늘은 평소의 보답을 위해 당신에게 선물을 준비했답니다."

"선물…… 말씀입니까?"

의아한 듯 고개를 갸웃거리는 루드비히를 향해 미아는 작은 나무상자를 내밀었다. 안에는 얼마 전 거리에서 발견한 독특한 펜이 들어있다.

"이건 새롭게 개발된 만년필이라는 필기구랍니다. 필기감이 좋고, 손에 잘 붙고…… 무엇보다 잉크가 안에 들어있기 때문에, 꼬박꼬박 잉크를 묻힐 필요가 없는 우수한 물건이죠."

상인이 권유하는 대로 시험 삼아 써보았던 미아는 바로 만년필이 마음에 들었다. 이것이라면 요인의 이름을 외울 때 종이에 거듭 적는 일이 편리해질 것 같다고 흡족해하면서 동시에…….

망할 안경에게 주기에 딱 좋은 물건이 아니냐는 생각이 들었다.

하지만 만년필을 본 루드비히는 떨떠름한 표정이었다.

"이러한 고가의 물건을 구매하신 겁니까……?"

눈썹을 찡그리며 바라보는 루드비히. 그 이유는 미아도 잘 이해하고 있었다.

그는 재정을 담당하며, 낭비를 없애기 위해 귀족에게 절약을 호소하는 입장이다. 그런 그가 쓸데없이 고급스러운 펜을 사용할 수는 없다. 그렇게 생각하는 것이리라.

하지만, 그렇기 때문에.

"네, 샀습니다."

일부러 당당히 고개를 끄덕였다. 루드비히의 반응은 미아가 예상한 범주였기에 침착한 태도를 보일 수 있었다.

"어째서인지…… 여쭤어봐도 되겠습니까? 당신께선 돈의 가치를 알고 계시죠. 이 펜에 낸 금화가 있다면 여러 명의 백성이 며칠간 먹을 수 있었을 겁니다. 왜 그런 낭비를."

──왔군요……!

미아는 근엄한 얼굴로 루드비히를 바라보았다.

계속 고민했다. 루드비히에게 어떻게 이 선물을 받아들이게 만들지.

그가 과소비를 싫어하는 건 알고 있다. 그렇기에 아마 이 펜을 평범하게 받아주지는 않을 것이다. 그런 건 뻔히 알았다.

그렇다고 이 펜이 아니라 다른 저렴한 물건을 포상이라고 말하며 주는 것은 또 미묘했다.

확실히 흔히 팔고 있는 과자 정도라면 그도 받아들일 테지만, 그래서는 역효과다. 자신이 일한 대가가 이 정도냐며 의욕이 깎일지도 모른다.

포상을 내린다면, 그 행적에 걸맞은 가치 있는 것을 본인이 수긍하며 받아들일 수 있게 해야만 하는데…….

──포상을 받게 만드는 것만으로도 이렇게 번거롭다니, 역시 망할 안경이에요. 정말 귀찮은 녀석이라니까요!

머리를 굴리면서도 미아의 눈꺼풀 뒤에는 그리운 충신의 모습이 어른거렸다. 그 밉살맞고, 귀찮고…… 그래도 누구보다도 충성을 다했던 망할 안경……. 늘 미아를 교육하기 위해 어려운 과제를 냈던 친애하는 충신.

그 얼굴을 떠올리며 미아는 생각했다.

──이건 망할 안경의 도전장 같은 거죠. 그렇다면 무슨 일이 있어도 극복하겠어요!

굳게 다짐한 미아는 고민의 성과를 전개했다.

"당신이야말로 이 펜을 사용해야 한다고 생각했기 때문이랍니다, 루드비히. 저는 생각해요. 비싼 물건에는 비싼 이유가 있다고. 돈을 낼 가치가 있다고."

그렇게 말하며 조용히 만년필을 집어 들었다. 만년필은 그 손 안에서 희미한 광택을 띠었다.

"저는 이 펜에는 그런 가치가 있다고 생각합니다. 제대로 관리하면 오랫동안 사용할 수 있고, 필기감이 좋으면 사용자의 피로도 경감하겠죠. 많은 돈을 낼 가치가 있는 좋은 물건이라고 생각했기에 샀습니다. 그리고……."

미아는 루드비히를 물끄러미 바라보았다. 그 안경 너머, 지금은 이미 없는 과거 충신의 모습을 찾아내려는 것처럼.

"저는 당신에게도 그런 가치가 있다고 생각합니다."

"제게…… 말입니까?"

의표를 찔린 듯 중얼거리는 루드비히를 향해 미아는 고개를 끄덕였다.

"네, 그래요. 확실히 이 펜을 팔면 가난한 사람들을 여럿 구할 수 있을지도 모르죠. 하지만 당신은 이 펜을 사용해 그보다 더 많은 사람을 구할 수 있습니다. 당신의 수완으로 수백, 수천의 사람을 구할 수 있어요. 아닌가요?"

그것이 바로 미아가 내놓은 대답.

그리고 미아의 마음속에 있는 본심이기도 했다.

이러니저러니 하면서도 미아는 루드비히의 실력을 의심한 적이 없었다. 그러면 이 펜은커녕 그보다 훨씬 값비싼 물건에도 걸맞은 능력을 발휘한다. 아니, 포상으로 가늠할 수 없을 만큼 일할 것이 틀림없다고 미아는 믿는다.

"그러니 이건 낭비가 아닙니다. 아니면 이렇게도 말할 수 있겠네요. 이걸 낭비로 만들지, 아니면 적절한 투자로 만들지는 당신이 보여주는 성과에 달려있다고……."

미아는 두 손으로 만년필을 루드비히에게 내밀었다.

"그러니 받아줄 수 있을까요? 루드비히."

"그건…… 즉 이 고가의 펜에 걸맞은 능력을 발휘하리라 기대하신다고……. 그런 의미입니까?"

그 질문에 미아는 고개를 옆으로 살짝 기울이고는…….

"물론 저는 이미 당신은 이 펜에 걸맞은 공적을 세웠다고 생각합니다. 하지만 만약 당신이 앞으로도 제 밑에서 힘써준다면 그보다 더 기쁜 일은 없을 거예요."

그리고는 슬쩍 곁눈질로 루드비히의 얼굴을 살폈다. 아무 말도 하지 못하고 침묵하는 루드비히를 보며 미아는 승리를 확신했다.

──후후후, 성공이에요. 제가 보기에도 트집 잡을 구석이 없는 완벽한 논리……. 반해버릴 정도라니까요. 망할 안경에게 완승했어요!

그렇게 승리의 감동에 젖은 미아였으나…… 직후, 경악해서 굳어버렸다.

왜냐하면 눈앞에 있던 루드비히가 주저 없이 무릎을 꿇었기 때문이다.

그는 미아를 똑바로 올려다보며 엄숙한 어조로 말했다.

"그렇다면 저는 맹세하겠습니다. 당신께서 필요하지 않다고 말씀하시는 날이 올 때까지 제 모든 힘으로 당신을 섬기겠습니다."

"어…… 아, 아니, 그렇게까지 크게 받아들이지 않아도……. 그, 맹세 같은 게 아니라, 약속 정도여도 괜찮은데요?"

너무나도 진지한 대응이 돌아오는 바람에 조금 당황하는 미아였다.

이리하여 사대공작가의 뒤를 이어 미아와 루드비히 사이에도 새로운 약속이 맺어졌다. 그해 겨울은 제국의 역사에 무척이나 큰 의미를 지닌 겨울이 되었다.

티어문 제국의 황금시대를 구축한 명재상, 루드비히 휴이트는 물욕이 적은 인물로 알려져 있다.

하지만 그를 잘 아는 인물은 그것을 부정한다.

루드비히 재상에게는 무척 소중히 여기는 것이 있다고.

어떤 때에도 그의 가슴 주머니에 넣어두는 몹시 소중한 보물…….

그것은 조금 손때묻은, 한 자루의 만년필이었다고 한다.

티어문 제국 이야기

TEARMOON
EMPIRE
STORY

제국 이야기

신약 열흘 늦은 생일파티

『가난한 왕자와 황금룡』(미완)

the New Testament :Birthday party 10 days later

왕자는 죽음의 그림자 계곡으로 간다.

그저 친구인 황금룡을 구하기 위해. 그 생명의 불꽃을 다시 틔우기 위해.

"기다려. 반드시 너를 되살릴 테니까."

조용한 결의를 품고 계곡을 내려가는 왕자. 그 앞에서 기다리는 거대한 시련을 그는 아직 몰랐다.

자기 전, 에리스 어머니에게 이야기를 듣는 것은 벨에게는 잊을 수 없는 무척 즐거운 시간이었다.

가장 좋아하는 건 위대한 제국의 예지, 자신의 할머니가 이룩한 위업을 듣는 것이지만 그와 비등하게 에리스가 쓴 모험담도 좋아했다.

특히 『가난한 왕자와 황금룡』은 벨이 좋아하는 이야기다. 듣다 보면 너무 즐거워서 잠을 못 자게 된다는 게 조금 곤란하지만…….

그날 밤도 침대에 누운 벨은 설레는 얼굴로 에리스에게 물어보았다.

"에리스 어머니, 다음! 그다음은 어떻게 되죠?"

신이 나서 물어보는 벨을 향해 에리스는 쓴웃음을 지으며 대답했다.

"그러게. 어떻게 될까……."

"네……? 아직 완결이 안 난 건가요?"

"그래. 이 이야기는 여기까지만 썼어."

의아한 듯 고개를 갸웃거리는 벨. 그 머리를 다정하게 쓰다듬으며 에리스는 말했다.

"옛날에 이 이야기를 아주 좋아하던 사람이 있었거든."

에리스는 온화하게 눈을 좁혔다. 마치 시선 너머에서 그리운 사람을 찾는 것처럼.

"늘 내가 쓴 이야기를 생글생글 웃으면서 읽어준 사람이었지. 어떤 이야기든 마음에 들어 했지만, 만나게 된 계기였던 이『가난한 왕자와 황금룡』을 특히 좋아해 줬어. 다 읽고 나면 꼭 이렇게 말하는 거야. 다음은 어떻게 될지 기대되어서 견딜 수 없다고. 그런 말을 들으니 좀처럼 끝내는 게 어려워져서."

그리고는 쓸쓸하게 웃으며 말했다.

"하지만 제대로 끝내야 했었다고 생각해. 제대로 끝내야 한다며 마지막 이야기를 쓰기 시작한 건 그분이 쓰러진 뒤였어. 어떻게든 살아계실 때 끝내고 싶었는데…… 늦었지. 그래서 깨달은 거야. 나는 그분을 위해 이 이야기를 쓰고 있었다는 걸. 그래서 가장 읽어주길 바란 사람이 읽어주지 못하는데, 이 이야기의 다음 내용을 쓰는 의미가 있는 걸까……. 그렇게 생각했더니 더는 뒷이야기를 떠올리지 못하게 되었어……."

"그거……."

입을 열려고 한 벨의 머리에 살며시 손을 올려놓은 에리스가 고개를 저었다.

"어떤 엔딩이었다면 그분께서 기뻐해 주셨을까……."

그…… 조금 후회가 섞인 중얼거림을 벨은 잊을 수 없었다.

미아와 안느의 합동 생일 파티는 즐거운 여흥 시간을 맞았다.

특히 미아를 기쁘게 한 건 케이크…… 였다는 건 말할 필요도 없지만, 그 후에 이어지는 에리스의 신작 낭독회 또한 미아에게는 행복의 시간이었다.

"……꽃의 나라의 백성은 아쉬워하며 왕자에게 말을 걸었습니다. 왕자는 그런 그들에게 미소로 화답하며 말했습니다.『또 오겠습니다. 다음 봄에, 이 나라에 꽃이 만발하는 시기에. 부디 그때까지 건강하시길.』그렇게 왕자와 용의 여행은 계속되었습니다."

에리스는 조용히 원고를 내린 뒤 머리를 깊이 숙였다.

낭독이 끝나자 미아는 '후우……' 하고 만족스러운 한숨을 내쉬었다.

조용한 여운에 잠긴 뒤 환한 미소를 지으며 박수를 보냈다.

"아아, 멋져요. 정말 멋져요. 에리스, 이번에도 무척 훌륭했어요."

미아는 가장 좋아하는 이야기인『가난한 왕자와 황금룡』의 신작을 듣고 크게 기뻐했다.

"에리스 어머니의 **미완의 대작**『가난한 왕자와 황금룡』제5권인『고대의 용에게 장송의 꽃다발을』이군요. 무척 반가워요."

벨도 방긋방긋 웃으며 고개를 끄덕였다. 아무래도 그녀도 이 이야기의 팬인 모양이다. 좋은 독서 친구를 발견했다! 벨과 작품 이야기를 나누자! 같은 생각을 하던 미아였으나…….

"후후후, 그렇죠. 제가 제일 좋아하는 이야기예요……, ……응?

미완?"

벨의 말속에서 묘하게 불길한 키워드를 포착한 미아는 눈썹을 찡그렸다.

"미완이라니, 어떻게 된 거죠?"

"네.『가난한 왕자와 황금룡』은 무척 인기가 많은 이야기로…… 아주 오래 연재했는데, 결국 제49권인『황금빛 친구의 죽음』을 끝으로 속편이 나오지 않았거든요…….'"

"잠깐만요. 벨. 그거 소제목이 굉장히 신경 쓰이는데요! 아니, 하지만 딱히 내용을 알려달라고는 안 하겠어요. 오히려 만약 말했다간 당신이라고 해도 용서하지 않을 거예요!"

우선 단단히 못을 박은 후.

"크흠, 뭐 그건 그렇다 치고. 즉 49권에서 제대로 엔딩이 났기 때문에 후일담 같은 게 나오지 않았다는 건가요?"

"아뇨. 미아 언니. 그…… 소제목에서도 느끼셨을 테지만 아주 흥미진진한 타이밍에 연재가 중단된 거라서요…….'"

그 말을 듣고 미아는 '히이이이익!' 하며 경직된 비명을 질렀다.

"아아아, 그, 그 소제목에서 딱 흥미진진할 때 끝났다는 건 정말로 가장 독자를 피 말리게 하는 상황에서 잘렸다는 느낌이 드는데요! 대체 어째서……? 혹시 나라가 황폐해졌기 때문인가요? 내란 등으로 책을 낼 수 있는 환경이 아니게 되었다거나……?"

미아의 질문에 벨은 조용히 고개를 저었다.

"아뇨. 나라의 상황이 서서히 악화하는 중이긴 했지만, 아직 책을 내지 못할 정도는 아니었던 모양이에요. 다만 미아 할머니가…….'"

"제가요……? 뭐죠?"

"독에 당해 쓰러지셔서……."

"아……."

그 말에 떠올렸다. 그러고 보니 잊고 있었지만, 자신은 벨이 있던 세계에선 독을 먹고 꽃처럼 져버렸다고 했었다…….

"흐음. 그건 알겠지만요……. 어디까지나 제가 읽지 못했을 뿐인 것 아닌가요? 그게 미완의 이유는 되지 않을 것 같은데요……."

미아의 지적에 벨은 작게 고개를 저었다.

"에리스 어머니가 그러셨어요. 미아 언니가 읽어주지 못하는데 이 이야기를 완성하는 건 의미가 없는 일이 아닐까……. 그런 생각이 들자 뒷이야기를 쓰지 못하게 되었다고요."

"아하……. 그렇군요."

그제야 미아에게도 이해가 갔다.

요컨대 에리스는 자신의 작품을 미아에게 가장 먼저 보여줌으로써 충성을 보여왔다. 마치 햇곡식을 신에게 바치는 것처럼.

확실히 그것은 충성을 보이는 하나의 방법일지도 모르지만…….

"흐음……."

미아는 고개를 한 번 끄덕인 뒤 에리스에게 갔다.

"에리스……."

"아, 미아 님."

미아의 모습을 본 에리스는 생긋 웃었다.

"올해의 탄신일도 축하드립니다."

"고마워요. 기쁘네요. 그런데 몸 상태는 어떤가요?"

"마음 써 주셔서 감사합니다. 이렇게 일어나서 평범하게 생활할 수 있게 되었습니다. 이것도 미아 님 덕분이에요."

"그렇군요. 네, 확실히 안색도 좋아 보이고……."

몸이 약한 에리스다. 너무 무리하면 안 된다. 제대로 건강하게, 끝까지 집필하기를 절실히 바라는 미아였다.

그리고 그러기 위해서 꼭 해야만 하는 말이 있다.

"에리스, 당신은 무엇을 위해 이야기를 쓰고 있나요?"

그 질문에 에리스는 바로 진지한 얼굴이 되어 대답했다.

"그건 물론 미아 님께 즐거움을 드리기 위해서입니다. 저는 미아 님의 전속 예술가이니까요……."

거기서 말을 한 번 끊은 에리스가 불안하다는 듯 고개를 기울였다.

"……저기, 제 이야기에 무언가 마음에 안 드는 점이 있었나요?"

그런 에리스를 향해 미아는 쓴웃음을 지으며 고개를 저었다.

"아뇨, 아닙니다. 오히려 반대예요. 정말 멋진 이야기였어요. 저는 이 이야기를 무척 좋아해서, 다음 내용이 어떻게 될지 늘 궁금해한답니다. 그래서 저에게 가장 먼저 보여주는 건 아주 기뻐요. 영광이에요."

그후 미아는 본론에 들어갔다.

"하지만 오직 저만을 위해 이야기를 쓰지는 말아주었으면 해요."

"어떤 의미인가요?"

눈을 깜빡이는 에리스를 보며 미아는 짧게 '으음' 하고 고민했다.

"당신 자신도 이야기를 좋아할 테니 제가 말할 필요는 없다고 보지만요. 이야기란 한 명이 독점하는 것이 아니에요. 모두가 즐거움을 나누는 거죠."

세인트 노엘에서 독서 친구 클로에를 만났을 때, 그녀와 책 이야기를 할 때 마음이 설렜던 걸 떠올리며 미아는 말했다.

"당신의 이야기는 분명 재미있어요. 하지만 그것만이 아니에요. 사람들에게 희망을 나눠주는, 읽는 이의 마음을 밝혀주는…… 그런 힘을 지니고 있지 않나. 저는 그렇게 생각해요. 그러니 저만을 위해서 쓰는 게 된다면 무척 아까운 일이 아닐까요."

그렇게 강조하며 주장하는 미아였다. 진심으로 역설했다!

왜냐……? 답은 간단하다.

확실히 『가난한 왕자와 황금룡』은 문제가 없을지도 모른다. 미아가 살아있기만 하면 되니까. 하지만 예를 들어, 에리스가 누군가를 사랑하게 되고 그 사람을 위해 이야기를 쓰게 된다면?

그때는 뭐, 미아도 당연히 읽게 해줄 수도 있지만…… 그 이야기가 굉장히 재미있는데, 혹여라도 상대가 중간에 읽을 수 없게 되었을 때는 어떻게 될까……?

미아는 재미있는 이야기와 만났는데도 완결을 읽을 수 없다는 무시무시한 사태가 일어나게 된다.

그건 어떻게든 피하고 싶다. 하도 궁금해서 지분 좋게 낮잠 잘 수 없게 될지도 모른다.

사람은 자신이 뿌린 씨앗은 자신이 거둬야 하는 법. 『가난한 왕자와 황금룡』과 관련해 자신과는 상관없다고 생각하면, 언젠가 다른 이야기에서 쓴맛을 보게 될 것이 틀림없다…….

게다가…… 좋아하는 이야기를 중간에 읽지 못하게 된다는 건, 다음 권이 없이 완결되지 않는다는 건 누구에게나 슬픈 일이다. 그래서 미아는 설령 자신이 죽은 뒤라고 해도『가난한 왕자와 황금룡』이 완결되어 사람들에게 널리 읽히는 게 기쁘다.

따라서 미아는 주먹을 불끈 쥐고 말했다!

"그러니 당신은 저를 신경 쓰지 말고 자유롭게, 마음껏 집필에 임해주세요. 저를 배려할 필요는 전혀 없으니까요."

그 말이 자신의 황녀전에 어떠한 영향을 미치는지 조금도 상상하지 못했던 미아이지만…….

여하간, 에리스는 미아의 말에 감동하며 머리를 숙였다.

"감사합니다. 미아 님……. 눈을 뜬 기분입니다. 확실히 최근에 쓴 이야기는 조금 스케일이 작아진 느낌이 들어요. 더 자유롭게, 풍성하게, 이야기를 전개해나가고 싶습니다!"

에리스는 안경 너머로 눈동자를 반짝반짝 빛내며 고개를 끄덕였다.

『가난한 왕자와 황금룡』.

그것은 대륙 문학사에 이름을 남긴 문호, 에리스 리트슈타인의 대표작인 장편 판타지 소설이다.

완결까지 실로 20년 가까운 세월을 들인 그 책이 그려낸 것은 왕자와 드래곤의 따뜻한 우정 이야기.

그 책의 후기에 저자는 이러한 내용을 적었다.

후원자로서 저를 응원해주신 미아 폐하께 더 없는 감사를 드립니다. 제가 도중에 아이디어가 막혀 붓을 꺾으려 했을 때마다 폐하의 말씀이 저를 지지해주었습니다. 제 이야기에는 사람들의 마음을 밝혀주는 힘이 있다, 그러니 모두와 함께 그 즐거움을 나누고 싶다. 그 말씀에서 저는 미아 님께서 이상으로 삼은 나라의 모습을 본 느낌이 들었습니다. 미아 님의 이상 실현에 이 책이 조금이라도 도움이 되었다면, 어둠이 많은 이 세상을 조금이라도 밝게 비춰줄 수 있었다면 좋겠습니다.

에리스 리트슈타인.

한편 그 이야기의 완결을 가장 먼저 읽은 열광적 독자이기도 한 미아는, 책을 다 읽고는 만족스럽게 고개를 끄덕이며 이렇게 중얼거렸다고 한다.

"후후후, 이 이야기라면 분명 앞으로 태어날 그 아이도 만족해주겠죠."

그 말이 어떠한 의미를 지녔는지…….

후대를 살아갈 그녀의 자손을 즐겁게 해주는 멋진 이야기였다는 의미인지, 아니면…….

그 진정한 의미는 공표되는 일 없이…….

미아 황녀의 X 프로젝트
~무한의 케이크를 위하여!~

Project X of Imperial Princess Mia

"……흐음."

페르쟝에서 돌아온 미아는 백월궁전에 있는 자신의 방에서 신음을 흘렸다.

"이건 제법 어려운 문제로군요……."

호화로운 침대 위에서 뒹굴뒹굴. 생각이 정리되지 않는다면서 뒹굴뒹굴.

그대로 잠들어버릴 뻔했던 미아는 다급히 뺨을 찰싹찰싹 때렸다.

"안 되겠네요. 제대로 생각해야죠……. 모처럼 떠올린 좋은 아이디어가 물거품이 되어버릴 거예요."

그건 페르쟝 미식 투어를 통해 얻은 착상……. 미아 학원에 음식을 배우는 학부를 개설하는 아이디어였다. 불현듯 떠올린 생각은 안느가 만든 카티라로 인해 한층 진화를 이루려 하고 있었다.

"그 카티라는 무척 맛있었죠. 평범한 밀을 사용하지 않았는데도 무척 훌륭한 맛이었어요. 설탕도 아주 조금만 사용했다던데…… 그런 케이크가 존재하는군요."

그건 미아의 눈앞에 희망의 빛을 드리우는 근사한 케이크였다.

"타티아나 양은 단것을 너무 많이 먹으면 건강을 해친다고 했었죠. 설탕이 좋지 않다고……. 하지만 그런 케이크를 만들 수 있다면…… 어쩌면."

미아에게는 꿈이 있다.

그건 케이크 성에 살면서 케이크로 배를 채우는 것.

삼시 세끼 케이크를 먹으며 낮잠. 여기에 건강하기까지 하다면 그걸 천국이라고 부르지 않고 무엇이라 부르리오.

"주방장의 채소 케이크도 너무 많이 먹는 건 금물이라고 했는데, 만약 밀이나 설탕을 사용하지 않고 몸에 좋은 재료만으로 만들 수 있다면…… 세끼 모두 케이크를 먹는 것도 꿈이 아닐지도 몰라요!"

그렇다. 미아는…… 그 가능성을 깨닫고 말았다!

밀과 설탕을 사용하지 않아도 카티라를 만든 안느의 노력이 미아가 기존에 지니고 있던 개념을 파괴하고 새로운 가능성으로 이어지는 길을 제시했다.

"역시 연구가 필요해요. 안느도 페르쟝에 가지 않았다면 그런 멋진 카티라를 만들지 못했을 테죠. 그렇다면…… 전문으로 요리를 배우는 장소를 미아 학원에 만드는 건 제 꿈을 실현하기 위한 첫걸음이 될 터……."

분명 대륙 각국에는 미아가 모르는 재료가 잠들어있을 것이다. 그걸 사용하면 어쩌면, 아무리 먹어도 전혀 문제 되지 않는 궁극의 케이크를 만들 수 있을지도 모른다.

"흐음……. 무한히 먹을 수 있는 케이크를 개발하는 프로젝트……. ∞(무한) 케이크 프로젝트라고 이름을 붙이죠."

고개를 주억거리던 미아는 바로 눈썹을 찡그렸다.

"아니, 하지만……. 말을 꺼내는 방식이 문제예요. 삼시 세끼 케이크를 먹는 생활을 하고 싶으니 요리 연구에 매진하라고는 할 수 없잖아요."

그런 소릴 했다간 루드비히까지 가기도 전에 안느에게 혼날 것이다. 게다가 뭐니 뭐니 해도 주방장. 뭐든 균형 잡힌 식생활을 권장하는 그 곰 같은 요리사에게 그런 요구는 통할 리가 없으니…….

"이름은 신중하게 정할 필요가 있겠네요. 케이크는 숨기기로 하고, 무한도 이름으로 남겨놓는 건 위험할지도 몰라요. 루드비히라면 눈치챌지도……. ∞…… 가 아니고, X……. 그래요, X 프로젝트라고 명명하죠!"

그제야 마음에 드는 이름에 정착하여 만족스러워하는 미아였다.

"뭐, 최종 목표는 그렇다 쳐도 그 앞 단계인 각국의 요리 연구는 분명 나쁜 일이 아닐 거예요. 그렇게 기초적인 요리 기술을 향상해서, 그 끝에 이상적인 케이크를 만들어낸다면 좋고. 이건 그걸 위한 첫걸음이라고 생각해야죠."

그렇게 미아는 바로 미아 학원의 학원장, 갈브에게 한 통의 편지를 보냈다.

"새 케이크를 만든다면 그 사람의 협력이 필수죠. 지난번 채소 케이크를 만들어낸 그 실력, 이번에도 기대하겠어요."

더불어 궁정 주방장 무스타 와그만에게도 언질을 준 미아…….였으나……, 직후에 이 일련의 일을 완전히 잊어버리게 되었다. 왜냐하면…….

"자, 그럼 황녀전을 확인하도록 할까요."

황녀전에서 시온 암살 사건이라는 특대의 난제를 발견해버렸기 때문이다.

그날, 발타자르 브란트는 성 미아 학원을 방문했다.

제국의 지방행정을 관장하는 적월청에 소속된 그에게 제국에 만연한 반농사상을 일소하는 건 몇 년에 걸친 커다란 과제였다. 그런 그이기에 성 미아 학원과는 최대한 긴밀한 연계를 맺고 싶었다.

적월청 내부에선 성 미아 학원에 의혹의 시선을 보내는 자도 있지만, 그런 걸 일일이 신경 쓸 수는 없다.

"뭐, 소중한 친구의 부탁이기도 하니까. 여기서는 힘을 쏟도록 할까."

그렇게 어깨를 으쓱이긴 했으나, 실제로 그 자신도 지금 하는 일에 보람을 느끼고 있었다.

아무튼, 여느 때처럼 학원장 갈브의 사무실을 찾아간 그는 '어라?' 하고 작게 눈썹을 꿈틀거렸다.

자신의 은사이자 성 미아 학원의 학원장인 현자가 심각한 얼굴로 양피지를 읽고 있었기 때문이다.

"무슨 일 있습니까? 스승님."

그렇게 말을 걸자…….

"아아…… 왔느냐. 제자 발타자르여."

갈브는 조용히 시선을 들어 깊이 한숨을 내쉬었다. 미간에 주름을 만들고 무언가 고뇌하는 듯한 그 모습에 발타자르는 고개를 갸웃거렸다.

"무언가 문제라도 있습니까? 스승님께서 고민할 만한 문제는 아무것도 없다고 보는데요……."

"문제는 아니다. 다만 내 지혜가 너무도 얄팍하여 한탄하고 있었을 뿐."

그렇게 말하더니 갈브는 들고 있던 양피지를 발타자르에게 던졌다.

"이것은……?"

아무래도 그건 편지인 모양이었다. 보낸 이는 갈브를 이 학원의 학원장으로 임명한 장본인…….

"미아 황녀 전하의 편지입니까……. 그렇군요, 타국의 요리를 연구하는 학부라."

발타자르는 한숨을 쉬며 어깨를 으쓱했다.

"그렇군요. 이건 예상하지 못한 발상입니다. 하지만 확실히 외교사절을 맞는 경우에는 좋을지도 모르겠군요."

외국에서 온 사절을 맞을 때는 당연히 제국의 요리로 환영한다. 하지만 미아는 그 부분에 이의를 제기했다.

"여행의 피로가 쌓인 상대에게는 익숙지 않은 제국의 요리보다 오히려 고국의 요리가 더 좋지 않은가. 무언가 하나라도 그리운 고향의 맛이 있다면 자연스럽게 회담의 분위기가 좋아질 터. 미아 황녀 전하의 노림수는 이런 것이려나요."

제국 내에서도 각 귀족령마다 나오는 요리가 조금씩 다르다. 그걸 즐기지 못해서는 적월청의 관리로 일할 수 없으나…… 그래도 가끔은 고향의 맛이 그리워지니…….

"상대방을 배려하는 착안점이라니, 역시 제국의 예지라고 해야겠군요……."

그렇게 시선을 든 발타자르는 조용한 눈빛으로 편지를 바라보는 스승의 얼굴을 발견했다.

"왜 그러시죠……?"

"아니……. 나도 처음에는 그렇게 생각했다. 그래, 그건 확실히 필요한 일이지. 미아 학원이 농업의 소중함을 가르치는 학교라면 그것과 관련이 깊은 요리를 배우는 학부를 개설하고 싶다는 것도 그리 이상한 이야기라고는 할 수 없으나……, 과연 그것뿐일까?"

"무슨 의미입니까? 스승님. 이 편지에 무언가 다른 의미가……?"

그러자 갈브는 편지에 적힌 한 단어를 가리켰다.

"X 프로젝트……? 이게 뭐죠?"

"이런 생각은 안 드느냐? 발타자르여. 미아 황녀 전하께선 괜한 일은 하지 않는 분. 그 하나하나에는 이중, 삼중의 의미가 있지. 그렇다면 이 X 프로젝트라는 이름에는 아무런 의미가 없는 걸까……?"

"X…… 흐음, 글쎄요. 무언가의 머리글자라는 가능성도 있어 보이는데요……."

"그 부분을 잠시 고찰해보았을 때…… 불현듯 이것이 아닌가, 답을 깨달아서 말이다……. 나도 모르게 경악해버렸구나."

"답을 아셨습니까? 그건……?"

고개를 갸웃거리는 발타자르를 향해 갈브는 득의양양한 얼굴로 자신의 고찰을 설명했다.

"X란 즉 크로스……. 두 개의 것을 교차시킨다는 의미지. 그렇다면 무엇과 무엇을 교차시키는가? 하나의 선을 미아 학원으로 가정한다면…… 다른 하나의 선은?"

갈브는 의미심장하게 손가락을 교차시키고는…….

"이건 외교와 교육에 영향력을 지닌 그린문가가 아닐까? 즉 미아 황녀 전하는 이것을 계기로 그린문가와의 관계를 수복하라고 말씀하시는 게 아닐까……?"

조금 뻐기는 얼굴로 말했다!

확신으로 넘치는 스승의 말에 발타자르는 허를 찔린 듯 굳었다. 하지만 바로 그의 머리가 움직이기 시작했다.

"그렇…… 군요. 확실히 그린문가와 미아 학원의 관계는 아직 단절된 상태였죠. 경솔했습니다……."

교육계에 강한 영향력을 지닌 그린문 공작가. 그 가문의 에트왈린인 에메랄다는 과거 미아 학원에 훼방을 놓은 적이 있었다.

그녀의 방해 공작으로 인해 학원에 부를 예정이었던 강사가 여럿 사퇴하는 위기를 맞았었다.

다행히 갈브가 움직여서 무사히 학원을 굴릴 수 있게 되었으나, 그 이후 그린문가와는 소원한 관계가 이어지고 있다.

하지만…… 상황은 바뀌었다.

루드비히에 의하면 이미 사태의 원인이었던 에메랄다와 미아의 관계는 개선되었다. 오히려 겨울에 새로이 맺은 맹약으로 이전보다 양호한 관계를 구축하고 있다고 해도 과언이 아니다.

그럼에도 성 미아 학원과 그린문가의 관계는 단절된 상태다. 이래서는 제국 내에 힘을 지닌 강사진을 초청할 수 없다.

그건 학원에게도, 학생들에게도 바람직한 사태가 아니다.

"외국 요리를 연구한다면 그린문가의 외교력을 활용하게 되겠죠. 그렇게 이쪽에서 부탁하여 저쪽에 명예를 만회할 기회를 주고, 그럼으로써 그린문가와의 관계를 개선한다……."

"그래. 조금 전 네가 말한 목적을 첫 번째 목적이라고 한다면 그린문가와의 관계 수복이 두 번째 목적. 이 두 가지를 교차하여 해결하라는 것이 바로 X 프로젝트의 의미가 아니겠느냐……?"

확실히 갈브의 추측은 참으로 타당해 보였다.

"역시 미아 황녀 전하……. 그 빛나는 지혜는 하늘에 뜬 달처럼 빛바랠 줄을 모르는가."

무심코 감탄의 한숨을 흘리는 제자에게 갈브는 날카로운 안광을 보냈다.

"아무래도 미아 님은 진심인 모양이야……."

"무슨 의미입니까?"

갈브는 수염을 쓰다듬으며 무겁게 고개를 끄덕였다.

"진심으로…… 성 미아 학원을 제국 최고, 그리고 대륙 유수의 배움터로 만드실 생각이라는 게다. 그 세인트 노엘과도 견줄 수 있는 최고봉의 학원으로 만드시려는 거지."

그 말에 발타자르의 팔에 소름이 돋았다.

대륙의 최고봉, 세인트 노엘 학원과 견주는 교육기관. 그걸 목표로 세워진 학교는 다른 나라에도 여럿 존재한다. 하지만 그 목적을 달성한 곳은 단 한 군데도 없다.

하지만 미아는 그에 비견할 수 있는 학원을 진심으로 만들려고 하고 있다.

"그리고 그 명성을 이용해 제국 내에서 농업을 바라보는 의식을 개혁한다······. 그런 의도일 테지."

"그렇군요. 발언력을 고려하였다는 겁니까······."

황녀가 떼를 부려서 만든 삼류 학교의 발언이 아니라, 제국 교육계의 협력을 받는 대륙 유수의 학교로서 하는 발언······.

농업을 대하는 의식 개혁을 이끌어가는 상징이 되는 학원. 미아 황녀는 그것을 만들려 하고 있다.

"그래서 곤란하구나, 발타자르."

어안이 벙벙해졌던 발타자르는 불현듯 스승의 말에 정신을 차렸다.

"곤란하다고요? 왜죠? 이렇게 보람이 있는 일을 마다하실 스승님도 아니실 텐데요."

고개를 기울이는 발타자르를 보며 갈브는 장난기 어린 얼굴로 웃었다.

"1, 2년쯤 하고 후진에게 양보해줄 생각이었거늘, 이렇게 즐거워지면 그만둘 수 없지 않으냐."

그런 스승을 보고 발타자르는 무심코 쓴웃음을 지었다가······, 어깨를 으쓱했다.

한편······ 궁극의 케이크를 만들기 위해 미아가 꼬드긴 다른 쪽 인물은 무엇을 하고 있었냐면······.

"학교에서 요리를 배운다······."

미아가 가져온 이야기에 무스타 와그만 주방장은 무심코 신음했다.

"요리는 학문이 아니라고 보는데······."

요리의 세계는 장인의 세계다.

자신의 혀로 스승을 찾고, 제자로 입문하여 스승의 기술을 훔쳐 자립한다.

그렇게 요리 기술을 단련한 그였기에, 학교에서 배운다는 전제에 위화감을 느끼고 말았다.

그래서 그런 건 아니지만, 딱히 그 일에 적극적으로 관여할 마음이 없었다.

미아가 시킨 것도 특별한 협력을 요구한 건 아니고, 그저 나중에 조언을 구하러 갈지도 모른다는 정도였기에 무언가 요청이 있다면 그때 검토할 생각이었다.

상황이 바뀐 것은 그로부터 조금 지난 뒤였다.

"뭐지? 이 빵은······."

백월궁전의 넓은 조리실에 무스타 와그만의 고통스러운 목소리가 울렸다.

"주방장님······."

그의 밑에서 일하는 젊은 요리사도 무척 곤란한 표정이었다.

그들의 눈앞에는 여러 개의 빵이 놓여 있었다.

그중 하나를 먹어본 무스타는 깊은 한숨을 흘렸다.

"이건 실패작인가?"

문제는 버석버석하고 맛없는 식감이었다.

딱딱하기만 하고 맛 자체도 흐릿하다. 풍미도 썩 좋지 않지만, 역시 가장 큰 문제는 식감이다.

질이 나쁜 밀을 사용해서 만든 빵……. 딱 그런 인상의 빵이었다.

"이건 어느 밀을 사용해서 만들었지?"

"네. 시중에 유통되는 밀입니다. 시장 사람들의 평판이 아주 나빴기에 어느 정도인가 궁금해서……."

젊은 요리사는 머리를 긁적이며 몹시 씁쓸한 표정을 지었다.

"올해는 평소 사용하는 밀의 수확량이 감소했다더군요. 이 대용 밀 덕분에 부족하지는 않은 것 같지만…… 그래도 이건……."

쓴웃음을 짓는 젊은이를 뒤로 무스타는 밀가루의 봉투를 보고는 눈썹을 찡그렸다.

"미아 2호 밀……. 그래, 이게 미아 님의 학원도시에서 만들었다는……."

그 이야기는 널리 알려져 있었다.

미아 황녀의 기근 대책. 그 일환으로 개발되었다는 신규 품종 밀.

추위에 강하다는 그 밀은 대신 맛이 썩 좋지 않다고 한다. 그러나…….

"미아 황녀 전하의 이름을 딴 밀의 품질이 나쁘다니, 도저히 간과할 수 없는 일이지."

무스타는 저도 모르게 그렇게 말했다. 참을 수 없었으니까…….

——어쩌면 그분께서는 신경 쓰지 않으실지도 모르지만…….

백성을 먹이고 생명과 건강을 유지할 수 있다면 맛이 나쁘다는 건 신경 쓸 필요가 없다고…… 그렇게 말할지도 모른다.

하지만 그래도…… 그렇다고 해도…….

"지금까지 사용하던 밀과 다르다면, 분량을 바꿔보면 돼. 굽는 시간, 불의 세기, 물의 양, 시험할 요소는 얼마든지 있어. 연구가 부족하니까 맛이 나쁠 뿐, 그걸 밀 때문이라고 치부하는 건 요리사로서 부끄러운 일이지."

조용히, 결연한 목소리로 말한 무스타는 일어났다.

이리하여 요리사들의 도전이 시작…… 되었으나……. 그들은 높디높은 벽에 부딪혔다.

"주방장님, 이거 빵으로 만드는 게 불가능한 거 아닙니까?"

무스타 휘하에서 일하는 요리사들은 오래 지나지 않아 백기를 들었다.

무스타 본인도 마음이 꺾일 것 같았다.

분량, 불의 세기, 굽는 시간, 굽는 법, 다양한 방법을 시도했지만 맛있는 빵은 만들어지지 않았다. 시행착오 결과 만들어진 것은 맛없는 빵뿐이다.

가슴속에 응어리진 원통함은 점점 그들의 의욕을 빼앗아 갔다.

"이 식감을 어떻게 할 수가 없는데……."

억울함을 곱씹는 무스타를 향해 조리실의 누군가가 말했다.

"어쩔 수 없죠. 종래의 밀을 입수할 수 없으니까요. 대용품이라고는 해도 먹을 수 있잖아요. 이게 없으면 굶었을 테니까, 맛을 따지는 건 사치 아닐까요?"

그 말을 진심으로 부정하지 못하는 자신이 속상했다. 그렇기에 무스타는 완고하게 고개를 저었다.

"아직이야……. 어딘가에 돌파구가 있을 터……. 무언가 방법이……."

그런 때였다. 그는 불현듯 떠올렸다. 성 미아 학원에 있는 요리 학부를…….

미아 황녀의 명령으로, 학원에서는 각국의 요리법을 배우기 위해 다양한 문헌을 수집하고 있다고 들었다. 어쩌면 그곳에 무언가 힌트가 있지 않을까?

결심한 무스타는 바로 휴가를 받아 성 미아 학원으로 향했다.

그곳에서 그를 기다리고 있던 건 무시무시한 수의 문헌이었다. 외국에 발이 넓은 그린문가에서 총력을 들여 모은 수많은 문헌. 그건 대륙만이 아니라 바다 건너의 나라도 포함할 만큼 대단한 양이었다.

"이건……."

압도되는 느낌을 받으면서도 문헌을 뒤지던 무스타는 지금까지 자신이 본 적도 없는 조리법을 발견하고는 무심코 눈을 부릅떴다.

요리 연구를 게을리한 적은 없다. 그 나름대로 책을 조사하고 다양한 요리사의 요리를 먹어보며 기술을 훔쳤다.

하지만 그런 무스타라고 해도 멀리 떨어진 나라의 요리는 모르는 것도 많다. 하물며 해외의 요리를 아는 방법 같은 건 존재하지 않는다.

그런 것을 이토록 쉽게 접할 수 있다. 그 의미를 알지 못하는 무스타가 아니었다.

"그래, 이게 학교의 장점인가······."

감명을 받으며 주위를 둘러보자 그와 마찬가지로 문헌을 조사하는 아이들의 모습이 보였다. 물어보니 신분과 상관없이 일류 교육을 베푼다는 미아의 이상에 기반하여, 귀족부터 고아원 출신까지 다양한 학생이 학원에 다닌다고 했다.

"미아 님의 이상의 학원······."

그는 미아가 말을 꺼냈을 때 보수적인 태도를 보였던 자신이 부끄러워졌다.

이 건을 끝낸 뒤에는 꼭 협력하겠다며 새롭게 결의하는 무스타였다.

"저기, 실례합니다."

그때였다. 무스타에게 말을 거는 사람이 있었다. 시선을 굴리자 아직 어린 소년 한 명이 서 있었다.

"혹시 당신은 궁정 주방장인 무스타 와그만 님이 아닙니까?"

작게 고개를 갸웃거리는 소년을 보고 무스타는 자세를 바로잡았다.

어딘가 기품이 느껴지는 말투, 더불어 자신을 알고 있다는 점으로 보아 상대방이 귀족 자제일 것이라 예상했다.

"네. 백월궁전에서 궁정 주방장으로 일하는 무스타 와그만입니다. ······당신은?"

"아, 역시 그렇군요. 실례했습니다. 저는 세로 루돌폰이라고 합니다. 잘 부탁드립니다."

소년, 세로는 당당한 태도로 이름을 밝혔다.

"루돌폰…… 이라면, 루돌폰 변경백의 자제셨군요……."

미아의 친구, 티오나 루돌폰과는 면식이 있는 무스타였다. 확실히 잘 보니 어딘가 누나와 비슷한 분위기가 느껴지는 것도 같았다.

"그런데 궁정 주방장이 왜 여기에 있는 거죠? 혹시 미아 님께 무언가 지시를 받으셨습니까?"

"아뇨. 실은……."

딱히 숨길 일도 아니라고 판단한 무스타는 간략하게 여기에 온 사정을 설명했다. 그러자 세로의 얼굴이 순식간에 심각해졌다.

"왜 그러십니까?"

고개를 갸웃거리는 무스타를 향해 세로가 살짝 머리를 숙였다.

"불편을 끼쳐서 죄송합니다. 사실 그 밀을 만든 건 저희입니다."

"세상에!"

경악하며 바라보는 무스타를 향해 세로는 씁쓸한 얼굴로 고개를 끄덕였다.

"미아 2호는 페르쟝의 아샤 왕녀 전하와 제가 발견한 밀을 기반으로 만들어낸 것입니다. 맛에 관해서는 저희도 마음에 걸리던 참이었습니다……."

그렇게 말한 세로는 조용히 고개를 들었다.

"부디 용서해주세요. 하지만 꼭……. 지금껏 먹었던 밀과 같은 맛을 지녔으면서도 추위에 강한 밀을 만들어내겠습니다. 아무쪼록 지금은 인내해주셨으면 합니다."

"새 밀을 만들겠다니…… 그 밀을 더 개량하려는 겁니까?"

"페르쟝에는 그런 기술이 있다고 하니까요. 수년 내에는……만들고 싶습니다. 그게 저희의 사명이니까요."

어린 소년의 얼굴에는 확고한 자부심이 있었다.

제국의 예지, 미아 루나 티어문이 사명을 내려주었다는 자부심.

그것을 본 무스타는 저도 모르게 자세를 바로잡았다. 그리고는 떠나는 세로의 등을 바라보며 불현듯 생각했다.

"그래…… 그렇구나. 미아 황녀 전하께선 이럴 때를 위해 이 요리학부를 만들려고 하신 거야……."

그것은 하늘의 계시와도 같은 번뜩임이었다.

미아는 흉작이 왔을 때 먹을 것이 없어지지 않도록 세로 루돌폰과 아샤 왕녀에게 사명을 주었다.

그리고 그 밀이 맛없을 때를 위해…… 미아 학원에 요리학부를 만들고 궁정 주방장인 무스타 와그만에게 언질을 준 것이다.

먹을 것이 없을 때 맛을 따지는 건 사치다.

──맛이 없다고 해도 배를 채우기 위해 대용 밀을 먹어라. 불평하지 말고 먹어라……. 그런 말을 그 미아 황녀 전하께서 하실 리가 없었는데.

어느새 자신을 옭아매고 있던 말……. 무스타는 그것을 조용히 벗어던졌다.

"그래. 그분은…… 결코 음식을 가벼이 여기지 않으시지. 음식의 가치를 정확하게 이해하고 계셔."

맛과 상관없이 먹기만 할 수 있다면 굶주림은 버틸 수 있다. 생명을 유지할 수는 있다. 하지만 마음은?

눈앞에 떠오르는 광경이 있었다.

미아 황녀의 탄신제······. 그 기적과도 같은 축제.

배부르게 먹고 빛나는 웃음을 짓던 사람들······.

맛있는 요리는 먹은 자의 마음도 건강하게 만들어준다. 그래서 미아는 대용 밀을 확보하여 백성의 육체를 지키고, 그 대용 밀을 맛있게 요리하여 사람들의 마음에 힘을 불어넣으려고 하는 게 아닐까······.

"그리고 그걸 나에게 알려주셨지. 나에게 기대하고 계신다는 건가······."

그렇다면 그 마음에 보답해야만 한다. 늘 자신이 만든 요리를 맛있다고 말해주는 그분의 기대에 부응해야 한다······. 그런 뜨거운 마음이 등을 떠미는 것을 느끼며 주방장은 문헌을 계속 조사했고, 마침내 발견했다.

"굽지 않고 삶는 건 어떨까······."

그건 발상의 전환이라고 할 수 있을지도 모른다.

제국의 요리에는 빵이 불가결하다. 밀은 빵을 만드는 것. 그런 생각에 사로잡혀 유연함이 부족했음을 새삼 실감했다.

그 후로 그는 다시금 높이 쌓아 올린 문헌에 시선을 주었다.

"대륙만이 아니야. 전 세계에 이렇게 많은 조리법이 있다면, 분명 그 밀에도 어울리는 조리법이 있을 거다."

이때 무스타의 시행착오와 세로 루돌폰의 분투, 더불어 미아 학원에 얽힌 갈브와 그 제자들의 움직임이 어떠한 결실을 보았는지는 널리 알려진 대로이다.

　미아 황녀에게서 각자 신임을 받은 자들의 마음이 교차하는, 그것은 말 그대로 X 프로젝트라는 이름에 걸맞았다……. 하지만 그 배후에.

　"흐음……. 주방장이 고안한 새 디저트도 제법……. 이 쫀득한 느낌이 참을 수 없어요. 이런 식으로 다양한 조리법을 시험하면 언젠가는……. 우후후. 무한 케이크, 기대되는데요."

Tearmoon Teikoku Monogatari 8~Dantoudai kara hazimaru hime no gyakuten
story~
by Nozomu Mochitsuki

Copyright © 2021 by Nozomu Mochitsuki
Original Japanese edition published by TO Books, Inc.
Korean translation rights arranged with TO Books, Inc.
Korean translation rights © 2022 by Somy Media, Inc.

티어문 제국 이야기 8

초판한정 쇼트스토리 ~단두대에서 시작하는 황녀님의 전생 역전 스토리~

2022년 5월 14일 1판 1쇄 발행

저 　　자 모치츠키 노조무
일 러 스 트 Gilse
옮 긴 이 현노을
발 행 인 유재옥
본 부 장 조병권
담 당 편 집 정영길
편 집 1 팀 이준환 김혜연 박소연
편 집 2 팀 정영길 조찬희 박치우
편 집 3 팀 오준영 곽혜민 이해빈
미 　　술 김보라 박민솔
라이츠담당 한주원 이승희
디 지 털 박상섭 이성호 최서윤 김지연
발 행 처 ㈜소미미디어
인쇄제작처 코리아피앤피
등 　　록 제2015-000008호
주 　　소 서울 마포구 투정로 222, 403호(신수동, 한국출판콘텐츠센터)
판 　　매 ㈜소미미디어
마 케 팅 한민지 최정연 박종욱
물 　　류 허석용
전 　　화 편집부 (070)4164-3962, 3963 기획실 (02)567-3388
　　　　　　판매 및 마케팅 (070)4165-6888, Fax (02)322-7665

ISBN 979-11-384-1048-9 04830
ISBN 979-11-6507-670-2 (세트)

정가 10,500원

04830

9 791138 410489

ISBN 979-11-384-1048-9
ISBN 979-11-6507-670-2 (세트)

NOT FOR SALE